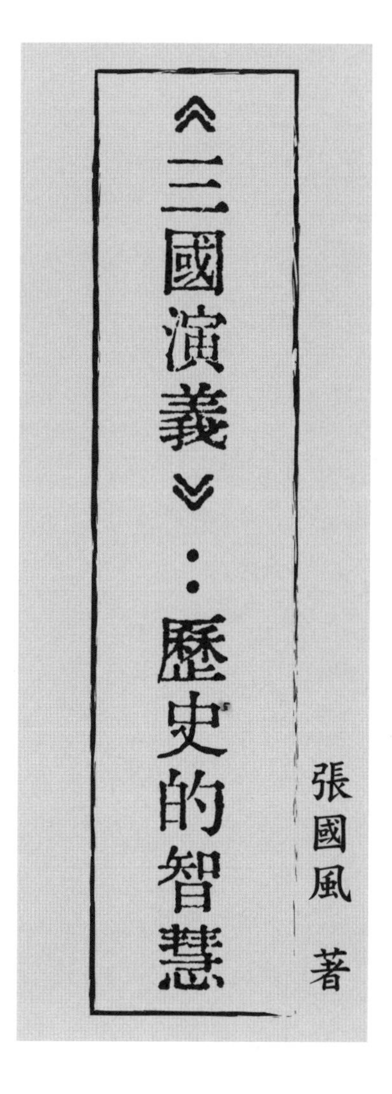

開明書店

序：説不盡的經典

寧宗一

「經典」是個說不盡的話題。對於經典名著的解讀，絕不應該預設任何門檻，而應該在開放的多元的文化視野下，進行充分自由的交流，為進一步解讀經典拓寬更為廣闊的空間。

但是，人們總要追問，何謂經典？哪些是經典？經典是怎樣確立的？又是甚麼時候被確認的？這些，自然是見仁見智了。然而我們又不能不對經典的含義尋找出一種共識。

在關於經典的多重含義下，我想是指那些真正進入了文化史、文學史，並在文化發展過程中起過重大作用、具有原創性和劃時代意義以及永恆藝術魅力的作品。它們往往是一個時代、一個民族歷史文化最完美的體現，按先哲的說法，它們是「不可企及的高峰」。當然，這不是說它們在社會認識和藝術表現上已經達到了頂峰，只是因為經典名著往往標誌着文化藝術發展到了一個時代表現力的最高點，而作家又以完美的藝術語言和形式把所身處現實的真善美與假惡醜，以其特有的情感體驗深深地鐫刻在文化藝術的紀念碑上。而當這個時代一去不復返，其完美的藝術表達和他們的情感意識、體驗以至他們對自己時代和現實認識的獨特視角，卻永恆地存在而不可能被取代、被重複和被超越。

我們不妨拿出幾部人們再熟悉不過的經典小說文本，說明它們是如何從不同的題材和類型共同敍寫了我們民族心靈史的。比如，《三國演義》並非如有的學者所說是一部「權謀書」。相反，它除了給人以閱讀的愉悅和歷史啟迪以外，更是給有志於王天下者傾聽的英雄史詩。它弘揚的是：

民心為立國之本，人才為興邦之本，戰略為勝利之本。正因為如此，《三國演義》在雄渾悲壯的格調中瀰漫與滲透着的是一種深沉的歷史感悟和富有力度的反思。它作為我們民族在長期的政治和軍事風雲中形成的思想意識和感情心態的結晶，對我們民族的精神文化生活產生過廣泛而深遠的影響。

看《水滸傳》，我們會感到一種粗獷剛勁的藝術氣氛撲面而來，有如深山大澤吹來的一股雄風，使人頓生凜然盪胸之感。剛性雄風，豪情驚世，不愧與我們民族性格中的陽剛之氣相稱。據我所知，在世界小說史上，還罕有這樣傾向鮮明、規模宏大的描寫民眾抗暴鬥爭的百萬雄文，它可不是用一句「鼓吹暴力」能簡單評判的小說。

《西遊記》是一部顯示智慧力量的神魔小說。吳承恩寫了神與魔之爭，但又絕不嚴格按照正與邪、善與惡劃分陣營。它揶揄了神，也嘲笑了魔；它有時把愛心投向魔，又不時把憎惡拋擲給神；並未把摯愛偏於佛、道任何一方。在吳承恩犀利的筆鋒下，宗教的神、道、佛從神聖的祭壇上被拉了下來，顯露了他們的原形。《西遊記》不是一部金剛怒目式的小說，諷刺和幽默這兩個特點貫串全書。我想，只有心胸開朗、熱愛生活的人，才會流露出這種不可抑制的幽默感。應當說，吳氏是一位溫馨的富於人情味的人文主義者，他希望他的小說給人間帶來笑聲。

《金瓶梅》則並不是一部給我們溫暖的小說。冷峻的現實主義精神，使灰暗的色調一直遮蔽和浸染全書。蘭陵笑笑生的腕底春秋，展示出明代社會的橫斷面和縱剖面。它不同於《三國》《水滸》《西遊》那樣以歷史人物、傳奇英雄和神魔為表現對象，而是以一個帶有濃厚的市井色彩、從而同傳統的官僚地主有別的惡霸豪紳——西門慶一家的興衰榮枯的罪惡史為主軸，借宋之名寫明之實，直斥時事，真實地暴露了明代中後期社會的黑暗、腐朽和不可救藥。作者第一個引進了「醜」，把生活中的否定性人物作為主人公，直接把醜惡的事物剖析給人看，展示出冷峻的真實。《金瓶梅》正是以過人的感知力和捕捉力，及時反映出明代中後期現實生活中的新矛盾、新鬥爭。它不像它之前的小說，只是所處時代的社會奇聞，而是那個時代的社會縮影。

《儒林外史》在當時的小說界也是別具一格，使人耳目一新。吳敬梓在小說中，強勁地呼喚人們在民族文化中擇取活力不斷的源泉，即通過知識分子羣體的批判的自我意識，來掌握和發揚我們民族傳統的人文精神；另一方面，把沉澱於中國知識分子的文化—心理結構中沒有任何生命力的政治、社會和文化形態——八股制藝和舉業至上主義，特別是那些在下意識層面還起作用的價值觀念加以揚棄，從而笑着和過去告別。

正如魯迅先生所說，《紅樓夢》一經出現，就打破了傳統的思想和手法。曹雪芹的創作特色是自覺偏重於對美的發現和表現，他更願意更含詩意地看待生活，這就開始形成他自己的優勢和特色。而就小說的主調來說，《紅樓夢》既是一支絢麗的燃燒着理想的青春浪漫曲，又是一首充滿悲涼慷慨之音的輓詩。《紅樓夢》寫得婉約含蓄，瀰漫着一種多指向的詩情朦朧，這裏面有那麼多的困惑，那種既愛又恨的心理情感輻射，常使人陷入兩難的茫然迷霧。但小說同時又藏着那麼一股潛流，對於美好的人性和生活方式如泣如訴的憧憬，激盪着要突破覆蓋着它的人生水平面。小說執着於對美的人性和人情的追求，特別是對那些不含雜質的少女的人性美感所煥發着和昇華了的詩意，這正是作者審美追求的詩化的美文學。比如，進入「金陵十二釵」正、副、又副冊的紅粉麗人，一個一個地被推到讀者眼前，讓她們在人生大舞台上盡情表演了一番，然後又一個個地給予她們以合乎人生邏輯的歸宿，這就為我們描繪出令人動容的悲劇的美和美的悲劇。

《紅樓夢》乃是曹氏的心靈自傳。恰恰是因為他經歷了人生的困境和內心的孤獨後，才對生命有了深沉的感歎，他不僅僅注重人生的社會意義、是非善惡的評判，而且更傾心於對人生遭際之況味的執着品嚐。曹氏已經從寫歷史、寫社會、寫人生，走到執意品嚐人生的況味，這就在更深廣的意義上表現了人的心靈和人性。這在中國小說發展史上也是前無古人、後啟來者的巨大超越。

從民族美學風格的形成角度來觀照，《紅樓夢》已呈現為鮮明的個性、內在的意蘊與外部的環境相互融合滲透成同一色調的藝術境界，得以滋養曹雪芹的文化母體，是中國傳統豐富的古典文化。對他影響最深的，不僅是美學的、哲學的、心理學的，而首先是詩的。我們把它稱之為「詩小說」，或曰「詩人之小說」，《紅樓夢》是當之無愧的。我們可以說《紅樓夢》已把章回體這種長篇小說的獨立文體推進到了一個嶄新的階段。

寫至此，深感魯迅先生對小說文體及其功能界定之準確。他在《近代世界短篇小說集・小引》一文中說，小說乃「時代精神所居的大宮闕」（見《三閒集》）。信哉斯言！從《三國》至《紅樓》，都可以說是「時代精神所居的大宮闕」，它們包容的社會歷史內容和文化精神太豐富了，於是它們成了一座座紀念碑，一座座中國小說史乃至世界小說藝術發展史上的里程碑。後人不僅從中得到了那麼多歷史的審美的認知，而且對它包含的文化意蘊至今也未說盡。隨着人們感知和體驗的加深、審美力的提高，它是永遠說不盡的。一切經典名著的真正魅力也正在於此。何謂經典，在這裏也就得到了最有力的說明。

另外，我國古典詩詞從《詩》三百、楚辭到李杜、蘇辛，散文從莊周到韓柳，戲曲從十大悲劇到十大喜劇，其中不乏經典名篇，幾乎都是一座座永難挖掘盡的精神文化礦藏。其歷史的深度和文化反思的力度，特別是它們的精神層面的底蘊，值得我們不斷品味其中的神韻。所以，傳世之經典名著和所謂熱門的、流行的、媚俗的暢銷書不是同義語，也絕不是在一個等次上。

至於經典的閱讀，同樣是一個值得深入思考的問題。初讀經典與重讀經典、淺讀經典與深讀經典的過程，不僅僅是因為這些經典名著已經過時間的淘洗和歷史的嚴格篩選，本身的存在證明了它們的不朽，因而需要反覆地閱讀；也不僅僅因為隨着我們人生閱歷的積累和文學修養的不斷提升而需要重讀、深讀、精讀，以獲得新的生命感悟和情感體驗。這裏說的經典閱讀，乃是從文化歷史發展過程着眼的，僅就我們個人親身感知，「左」的形而上學只會給經典名著帶來太多的誤讀和謬讀。且不說「文革」期間，經典幾乎都被批判和否定，即使在「文革」前的一段相當長的時間裏，面對經典，我們的閱讀心態和閱讀行為又是何等的不正常，閱讀空間又是何等的殘破、狹小！那種以階級鬥爭和階級分析為經緯的閱讀方式，使得我們只懂得給書中人物劃分成分，或者千方百計地追尋作者的階級歸屬和政治派別。再有那機械的、刻板的經濟決定論，使我們閱讀名著時，到處搜羅數據以理解時代背景；而解析文本時，只要一句「階級侷限」可成為萬能的標籤，從而奪走許多傳世之作鮮活的生命。至於那個「通過甚麼反映了甚麼」的萬古不變的公式，更是死死套住了人們的閱讀思維。就是在這種被扭曲了的閱讀心態下，我們對傳統文化中的經典名著產生了太多太多的誤解。

改革開放，思想解放，衝破禁區，經典名著重印，給讀書界帶來了前所未有的生氣。然而，這裏仍然存在一個閱讀和重讀以及如何重讀經典的問題。不可否認，經典對一些讀者，也許只是被知曉的程度，或只限於了解書名和主人公的名字，對作品本身卻知之甚少。即使讀過，有時也只是淺嚐輒止。而重讀或深閱讀卻絕非「再看一遍」，也非多看幾遍。如果僅僅停留於「看幾遍」，那可能是無用的重複。重讀的境界應當像意大利作家伊塔洛・卡爾維諾在《為甚麼讀經典》一書中所言：經典，是每次重讀都像初讀那樣帶來新發現的書；經典，是即使我們初讀也好像是在重溫的書。這位作家是用這種體會來解釋何謂經典的，但同樣道出了閱讀經典的感受。它啟示我們，初讀也好，重讀也好，都意味着把經典名著完全置於新的閱讀空間之中，即對經典進行主動的、參與的、創造性的閱讀。換言之，是在打開名著那不朽的、超越時空的過程中，建立起自己的閱讀空間。而這需要的，是營造一種精神氛圍，張揚一種人文情懷，也許只有這樣才能感受到一種期望之外的心靈激動。

事實是，讀書是純個體活動。我們讀一本書，讀得再深再透也只是個人的視角和體驗。而一部經典名著，當然不是給一個人、一羣人看的，而是無數個人都會讀它，這就會有千千萬萬種不同的讀法、不同的心靈體驗。在閱讀這個領域倒不妨借用那句名言：「獨立之精神，自由之思想」。所以，當你跳出傳統閱讀的思維模式和話語圈子，你才會明敏地發現一個個既在文本之外又與文本息息相關的閱讀事實。因此，開闢多向多元多層次的思維格局，培育自身建設性的文化性格，是我們在面對經典名著時必須要有的一種健康的閱讀心態。

文化傳統是一個國家的靈魂。作為傳統文化中的核心的經典，則是一個民族、一個國家的靈魂，對它的核心價值應深懷敬畏之心。經典資源除具有培養審美力、愉悅心靈之功能以外，還葆有借鑒、參照、垂範乃至資治的社會文化功能。對於每個公民來說，經典名著在我們以科學的現代意識觀照下，其內涵必有啟迪當代公民明辨何為真善美，何為假惡醜，何為公正，何為進步與正義之功能，並給我們機會從中汲取力量，有所追求，有所摒棄，有所進取。印象中有位當代作家談到閱讀名著的感受，他認為閱讀進入了敬畏，那閱讀便有了一種沉重和無法言說的尊重，便有了一種超越純粹意義上的閱讀的體味和凝思，進而有了自卑，深感自己知識的貧乏，對世界和中國歷史竟那樣缺少對骨肉血親一般的了解。我想，這就是經典的力量吧！

當然，事情還有另一面，誰都不會否認這是一個物質的時代，也是一個喧囂和浮躁的時代，商業因子竟然太多地滲入到閱讀世界。人們不妨看看大大小小的書店裏那「經典」的盛況：「經典小說」「經典美文」「經典抒情詩」…… 可以說濫用「經典」之名已然成風；而琳琅滿目、五花八門的「解讀」也隨風而生。這種功利虛幻症的蔓延，令人感歎。

今天，我們呼喚閱讀經典，乃是一種文化上的渴望。在商業大潮和浮躁的氛圍下，我們更需要精神的滋養、心靈的脫俗。李漁說：「毒氣所鍾者能害人，則為清虛之氣所鍾者，其能益人可知矣。」物質產品如此，精神產品當然更是這樣。文學藝術是最貼近人類靈魂的精神產品。我們的使命是把閱讀看成生命的一部分，因為閱讀經典已經進化成了我們生命的一種慾望。

目錄

寫亂世的首先打響

《三國演義》作為中國小說史上的第一部長篇小說，是一部長篇歷史小說，這當然不是一種巧合。歷史的興亡成敗，史學與生俱來的宏大背景和時空縱深，史書的龐大規模和豐富內容，可以最方便地提供長篇小說所需要的巨大內容與敘事線索。與此同時，借鑒史書的體裁，特別是參考紀傳體、編年體和紀事本末體，參考史家敘事的互見法，小說家也可以不太困難地構築起長篇小說的巨大框架。在中國古代的各種文體中，史傳和詩歌正是最強勢的文體。詩歌長於抒情而史傳善於敘事，小說向史傳借鑒敘事的技巧是順理成章的事情。在小說成熟以前，沒有別的文體比史傳更善於敘事。惟其如此，古人讚譽小說的敘事之妙，便說是才比班、馬，文追左丘。毛宗崗稱譽《三國演義》，便說作者是司馬遷再世：「予嘗讀《史記》，至項羽垓下一戰，寫項羽，寫虞姬，寫楚歌，寫九里山，寫八千子弟，寫韓信調軍，寫眾將十面埋伏，寫烏江自刎，以為文章之妙，莫有奇於此者，及見《三國》當陽長坂之文，不覺歎龍門之復生也。」「其過枝接葉處，全不見其斷續之痕，而兩邊夾敘，一筆不漏。如此敘事，真可直追遷史。」「每見左丘明敘一國，必旁及他國而事乃詳。又見司馬遷敘一事，必旁及他事而文乃曲。今觀《三國演義》，不減左丘、司馬之長。」反觀《金瓶梅》那種以日常生活為題材的長篇世情小說，不可能跑到歷史小說的前面去。令人驚奇的是，歷史真實性非常稀薄的《水滸傳》也幾乎與《三國演義》同時誕生了。當然，有關《水滸傳》的成書時間，學術界還有爭論。有人認為，《水滸傳》的成書，當在永樂以後，正德、嘉靖以前，那就得另說。這裏採用的還是成書於元末明初的含糊的說法。

當然，從結構上看，小說與史學畢竟有所不同，尤其是長篇小說。正史的體裁大多為紀傳體，以一個人物的生平為敘事的線索，長篇小說的結構顯然不能照搬紀傳體的結構。毛宗崗注意到這一點，所以他在《讀〈三國志〉法》中說：「《三國》敘事之佳，直與《史記》仿佛，而其敘事之難則有倍於《史記》者。《史記》各國分書，各人分載，於是有本紀、世家、列傳之別。今《三國》則不然，殆合本紀、世家、列傳而總成一篇。分則文短而易工，合則文長而難好也。」不難想像，編年體或是紀事本末體的結構也無法套用於長篇小說的結構。從關注點來看，史學關注的是軍國大事，小說關注的是故事和人物。兩者有交叉，但畢竟不同。

中國古代的小說，恰恰選擇了一個亂世作為題材，來進行它的長篇小說的最初嘗試，這是不是一種巧合呢？當然不是。我們看現在保存下來的宋元講史話本，譬如《新編五代史平話》《武王伐紂書》《樂毅圖齊七國春秋後集》《秦併六國平話》《三國志平話》《三分事略》《吳越春秋連像評話》，寫的都是亂世。這個書單差不多也就是現在能夠看到的宋元講史話本的全部。至於宋元時期的戲曲，元雜劇的優秀作品，大多以亂世作背景。如《竇娥冤》《魯齋郎》《單刀赴會》《趙氏孤兒》《陳州糶米》。南戲中的《琵琶記》《拜月亭》，也是寫亂世。《西廂記》裏，也要穿插兵變。孫飛虎的兵變提供了崔、張愛情取得突破的契機。從現存的《永樂大典》的目錄來看，大量的宋元話本已經失傳，可是，按常理推測，能夠保存下來的，大多是其中的精華。由此可見，長篇小說和戲曲都是寫亂世的首先打響。

中國歷史上的亂世很多，恰恰是寫三國的歷史演義最為出色，這當然也不是偶然的。如魯迅所說：「因為三國底事情，不像五代那樣紛亂；又不像楚漢那樣簡單，恰是不簡不繁，適於作小說。而且三國時底英雄，智術武勇，非常動人，所以人都喜歡取來做小說底材料。再有裴松之注《三國志》，甚為詳細，也足以引起人之注意三國的事情。」（《中國小說的歷史的變遷》）

當中國文學的重心從正統文學向通俗文學大轉移的時候，當小說和戲曲由附庸而為大國，取詩文而代之的時候，寫亂世的題材首先取得成功，這是毫不奇怪的。通俗小說和戲曲不同於文言小說，它不是文人所作，不是為文人所傳播、文人所欣賞的案頭之作。在起步的階段，它是瓦舍勾欄的藝人謀生的手段。通俗小說和戲曲面對的是廣大文化程度有限的民眾，這就決定了，小說和戲曲必須主要依靠情節的曲折離奇來吸引聽眾和觀眾，戲曲則除了情節的曲折離奇以外，還需要調動「唱、唸、做、打」的各種手段。因為是亂世，所以常常可以打破常規，可以容納更多的巧合，敷演出更多的悲歡離合，可以產生更多浪漫的情節，寄託更多的人生感慨。從另一個方面來看，亂世是一個最需要英雄，也產生了英雄的時代。毛宗崗說得好：「古史甚多，而人獨貪看《三國志》者，以古今人才之聚，未有盛於三國者也。觀才與不才敵，不奇；……觀才與才敵，而眾才尤讓一才之勝，則更奇。」毛宗崗所謂「一才之勝」，指的顯然是諸葛亮。亂世是鬥智鬥勇的時代，是「天下爭於氣力」的時代。三國故事的魅力就是一個「鬥」字。如果你對這個「鬥」字不感興趣，那就讀不下去。

毛宗崗在《三國演義》的開頭加了楊慎的一首詞作為卷頭詞，詞中寫道：「是非成敗轉頭空，青山依舊在，幾度夕陽紅。」好像當年的是非成敗都沒有甚麼意義，只有大自然是永恆的。宋人范仲淹寫了一首《剔銀燈》，意思更加消極：

> 昨夜因看蜀志，笑曹操、孫權、劉備，用盡機關，徒勞心力，只得三分天地。屈指細尋思，爭如共劉伶一醉？
>
> 人世都無百歲，少癡騃，老成尪悴。只有中間，些子少年，忍把浮名牽繫。一品與千金，問白髮如何迴避？

情緒如此消極，這似乎不像我們所熟悉的那個「居廟堂之高，則憂其民；處江湖之遠，則憂其君」「先天下之憂而憂，後天下之樂而樂」的范仲淹，但這首詞確為范仲淹所作，見於《中吳紀聞》，收入《全宋詞》。由此可見，人都是複雜的，范仲淹的思想性格也是多側面的，人的情緒也總有起伏波動。一時的消沉，不影響范公的偉大。體味這首詞的意思，我們不妨設想一下，如果「是非成敗」真的沒有甚麼意義，如果三國紛爭，「爭如共劉伶一醉」，那麼，作者還寫這本書幹甚麼呢？毛宗崗給《三國演義》加上了這個帽子以後，讀者對蜀漢滅亡、曹操一統中國北方，司馬氏進一步統一全國的悲劇結局或許可以心平氣和一些。反正「是非成敗轉頭空」，反正「分久必合，合久必分」，人何苦要去與命爭呢？可是，全書把人的智慧、人的力量和人的主觀努力、鬥智鬥勇，寫到那樣淋漓盡致的地步，恐怕不是一首短短的卷頭詞就可以抹掉的。讀者的激動心情，也不是兩句哲理就可以抹平的。三國時期在中國的歷史長河中固然只佔很小的一段，可以說是「轉頭空」，但讀者讀完《三國演義》以後，卻不能立刻就平靜下來。

「鬥」，就是鬥勇氣，鬥力量，鬥智慧。《三國演義》中的人物，凡是給人留下深刻印象的，也無一不和人物的軍事政治智慧，或是超羣絕倫的武藝有關。即便是反面人物，如曹操、呂布，也是如此。呂布不是雄獅，可也不是蟲豸。劉、關、張三位英雄，與呂布「轉燈兒般廝殺」，也沒能佔得多少便宜。轅門射戟，更是讓人領教了呂布的絕技。呂布一生的污點，就是殺丁原而投董卓。所謂「見利忘義」，主要是指這件事。毛宗崗就此諷刺道：「殺一義父，拜一義父，為其父者，不亦危乎？」曹操固然是「奸雄」，「奸雄」畢竟還是「雄」。《三國演義》裏，只看到一首首力量的讚歌、武藝的讚歌！你看那猛張飛，「聲若巨雷，勢如奔馬」，百萬軍中取上將首級，如探囊取物。一聲吆喝，曹操幾十萬大軍，嚇得屁滾尿流。你看那關雲長，一把青龍偃月刀，竟有八十二斤重。雖然漢代的度量衡與現在不同，但也得有四十多斤。華雄、顏良、文丑，都成了他的刀下之鬼。你看那趙雲，身陷重圍，竟無半點怯意。槍挑劍砍，砍倒大旗兩面，殺死曹營名將五十餘人。再看那典韋，「雙手提着兩個軍人迎敵，擊死者八九人」。當然，比較而言，《三國演義》更加側重寫智慧，勇氣和力量的描寫還在其次。智勇雙全勝過匹夫之勇，運籌帷幄比戰場上的拚搏更為重要。《三國演義》中最有魅力的人物諸葛亮就是政治智慧和軍事智慧的化身。全書簡直就是一首智慧的讚歌！你看那曹操，老謀深算；你看那周瑜，足智多謀；你看那司馬懿，深謀遠慮；再看那諸葛孔明，更是料事如神，玩對手於股掌之上。《三國演義》中最吸引人的地方，一般來說，也就是鬥得最精彩的地方。

人們都盼望太平盛世，不喜歡亂世，所謂「亂離人不如太平犬」；可是，人們又都愛看寫亂世的歷史小說。這是多麼有趣的現象啊！這正如現在很多人愛看體育節目，卻並不參加體育鍛煉一樣。又好比熱愛和平的人民，未必不喜歡戰爭片；溫文爾雅的人們，卻酷愛好勇鬥狠的武俠小說；循規蹈矩的大眾偏偏愛看推理片、警匪片。這裏好像也有一種所謂「互補」的現象。人性中的各個互相矛盾的側面都希望得到滿足。有些在實踐中得以滿足，有些在幻想中、在審美中、在玩味他人的實踐中得到滿足。其實，人們之所以喜歡描寫亂世的、刻畫勾心鬥角的《三國演義》，倒也並不是要學習權術、學習勾心鬥角，很大程度上是出於對真實的熱愛。這種真實在冠冕堂皇的經史中，遠沒有小說寫得那麼不加掩飾。

曹操煮酒論英雄

老不看《三國》

《三國》沒有像《水滸》那樣被列入禁書，因為《三國》似乎很正統，是真的講忠義，不像《水滸》那樣掛羊頭賣狗肉，講的是忠義，做的是殺人放火、攔路搶劫、開黑店、賣人肉包子、劫法場，如此等等。所謂「替天行道」，實在是一個圓滑得可以的口號。關於「道」的理解，已是人言言殊，更何況如何「行道」，又是每個人都有自己的解釋和理解。從弱勢羣體的立場上去讀《水滸》，看到的是官僚機器的腐敗，憎惡的是以強凌弱，擊節歎賞的是「路見不平，拔刀相助」，是金聖歎所謂「無惡不歸朝廷，無美不歸綠林。已為盜者讀之而自豪，未為盜者讀之而為盜也」。既然官府那兒沒有公平，老天爺也不來管，那就只有寄希望於武松、魯智深、李逵等梁山好漢來「替天行道」了。「替天行道」這四個字中，包含着百姓對官府、對法律深深的失望和怨毒。難怪《水滸傳》被判為「誨盜」之作，明清的統治者要來禁它了。可是，《三國演義》沒有《水滸傳》那種對造反者的同情，黃巾軍被描寫成蠱惑民眾、不堪一擊的烏合之眾，毛宗崗沒有《水滸傳》那種造反有理的義憤，他在《讀〈三國志〉法》裏一開始就大談正統不正統的問題：

讀《三國志》者，當知有正統、閏運、僭國之別。正統者何？蜀漢是也。僭國者何？吳、魏是也。閏運者何？晉是也。

毛宗崗的正統論反映了一種道德化的歷史觀。他完全以道德的眼光去進行朝代性質的劃分。按照他的理論，劉備以興復漢室為號召，所以是正統的代表。曹操篡漢而立，自然是「篡國之賊」；雖然據有中原，不得為正統。

晉雖然統一了中國，「而晉亦不得為正統者，何也？曰晉以臣弒君，與魏無異，而一傳之後，厥祚不長，但可謂之閏運，而不可謂之正統也」。東晉是偏安江東，亦不得謂之正統。三國之統一於晉，「猶六國之混一於秦，五代之混一於隋」。而秦是暴秦，「不過為漢驅除」，等於是為漢鋪路。隋文帝的皇位是從北周那裏篡來，當然也不得為正統。

司馬光的看法與眾不同。他的嘔心瀝血之作《資治通鑒》，以曹魏紀年，使毛宗崗有所不滿：「故以正統予魏者，司馬光《通鑒》之誤也。」毛宗崗的指責，是對司馬光的誤解。是有意的誤解，還是無意的誤解，那就只有毛宗崗自己知道了。司馬光認為，天下分裂，不能以其中的一國為正統。無論其是仁是暴，是大是小，是強是弱。只要你沒有統一中國，就不能代表正統：「苟不能使九州合為一統，皆有天子之名而無其實者也。雖華夷仁暴、大小、強弱或時不同，要皆與古之列國無異。豈得獨尊獎一國謂之正統而其餘皆為僭偽哉！」司馬光認為，史學家對分裂時期的各國應該一視同仁，不要強分正統和僭偽：「名號不異，本非君臣者，皆以列國之制處之。彼此均敵，無所抑揚，庶幾不誣事實，近於至公。」既然如此，司馬光又為甚麼以曹魏紀年，來記載三國時期的歷史呢？其實，《資治通鑒》的三國部分以曹魏紀年，只是為了敘事的方便，是不得已而為之。這一點，司馬光解釋得非常清楚，他似乎已經預見到後人可能的誤解：「然天下離析之際，不可無歲時月日以識事之先後。據漢傳於魏而晉受之，晉傳於宋以至於陳而隋取之，唐傳於梁以至於周而大宋承之，故不得不取魏、宋、齊、梁、陳、後梁、後唐、後晉、後漢、後周年號以紀諸國之事，非尊此而卑彼，有正閏之辨也。」說到底，司馬光的史學是對勝利者的尊重，不管其仁暴與否。勝利者是不受責備的。這種正統觀超越了道德的衡量，但在勝利者的前面加上了一個條件，就是必須「使九州合為一統」。話說得再清楚不過。司馬光不承認魏、蜀、吳之間有正統和僭偽之別。曹魏、東吳、蜀漢都不能算是正統。三國之間，不過是如同春秋、戰國時期的列國之間的關係。以魏紀年，不過是圖個方便，並沒有揚此抑彼的意思。

其實，何謂正統，歷來的學者都沒有講清楚。不過是勝者王侯敗者寇罷了。歷史是勝利者撰寫的，失敗者沒有歷史的話語權。誰是勝利者，誰就是正統。譬如說，儘管封建的史學家對永樂借武力推翻建文耿耿於懷，可是，永樂以後的明朝歷代皇帝，從洪熙、宣德到崇禎，都是永樂的子孫。永樂不是正統，誰是正統！史家的那點不平，不過是於事無補的書生空論。就《三國演義》而言，細究起來，它的思想一點也不正統，書裏講的都是勾心鬥角的事情。讀完《三國演義》，絕不會受到「修身、齊家、治國、平天下」的「正面教育」。諸葛亮在舌戰羣儒的時候，對皓首窮經的書生極盡諷刺挖苦之能事：

> 尋章摘句，世之腐儒也，何能興邦立事？且古耕莘伊尹，釣渭子牙，張良、陳平之流，鄧禹、耿弇之輩，皆有匡扶宇宙之才，未審其平生治何經典。豈亦效書生區區於筆硯之間，數黑論黃、舞文弄墨而已乎？（第四十三回）

簡直是「讀書無用」！諸葛亮痛斥「皓首窮經」的經生和「惟務雕蟲」的文人都是「小人之儒」：

> 若夫小人之儒，惟務雕蟲，專工翰墨，青春作賦，皓首窮經，筆下雖有千言，胸中實無一策。（第四十三回）

諸葛亮對文人的貶刺不見於史料，估計是說話藝人的隨意發揮。與此同時，諸葛亮對儒家所不齒的縱橫家卻給予很高的評價：

> 蘇秦佩六國相印，張儀兩次相秦，皆有匡扶人國之謀，非比畏強凌弱、懼刀避劍之人也。君等聞曹操虛發詐偽之詞，便畏懼請降，敢笑蘇秦、張儀乎？（第四十三回）

諸葛亮舌戰羣儒

讀完《三國演義》，只覺得滿紙的權術機變，心中充滿利害得失的算計；只覺得仁義道德都是假的。除了劉備集團以外，人和人之間只有利害關係，沒有甚麼別的關係。孫權和曹操的善待部下，也不過是為了籠絡人才、為己所用而已。各路諸侯、各個集團都在算計着別人，都在提防着他人之算計自己。兵不厭詐，政治鬥爭中也充滿着欺詐。戰爭是流血的陰謀詭計，政治是不流血的陰謀詭計。你來我往，處處都是假；時和時戰，沒有一點真。今天的親密盟友，明天很可能就變為勢不兩立的敵人；今日不共戴天的敵人，明天也可能會站在同一條戰壕裏。如毛宗崗所說：「曹操去而孫、劉離，曹操欲至而孫、劉又合：此兩家離合之機也。」一切都要根據情況而定。劉備依附公孫瓚時，與袁紹對立。劉備被曹操逼得走投無路，又去依附袁紹。劉備為呂布所逼時，他趕忙去投靠曹操。漢獻帝要利用劉備對付曹操，劉備便偷偷地接受了衣帶詔的使命，參與董承的密謀。數不清的聯合，扯不盡的分裂，道不完的爾虞我詐，說不盡的背信棄義。防不勝防，躲不勝躲。最重要的事情，就是想出欺騙別人的主意和識破他人的花招。平心而論，小說《三國演義》在這方面提供的認識價值，甚至超過了陳壽的《三國志》。有句俗話說「老不看《三國》」，就是講的這個道理。不但曹操如此，孫權、袁紹、呂布、袁術也都如此。曹操更是權術的化身。譬如他和許攸的見面：

> 時操方解衣歇息，聞說許攸私奔到寨，大喜，不及穿履，跣足出迎。遙見許攸，撫掌歡笑，攜手共入。操先拜於地。攸慌扶起，曰：「公乃漢相，吾乃布衣，何謙恭如此？」操曰：「公乃操故友，豈敢以名爵相上下乎！」……攸曰：「公今軍糧尚有幾何？」操曰：「可支一年。」攸笑曰：「恐未必。」操曰：「有半年耳。」攸拂袖而起，趨步出帳曰：「吾以誠相投，而公見欺如是，豈吾所望哉！」操挽留曰：「子遠勿嗔，尚容實訴。軍中糧實可支三月耳。」攸笑道：「世人皆言孟德奸雄，今果然也。」

操亦笑曰：「豈不聞兵不厭詐？」遂附耳低聲言道：「軍中止有此月之糧。」攸大聲曰：「休瞞我，糧已盡矣！」操愕然曰：「何以知之？」攸乃出操與荀彧之書以示之。（第三十回）

場面非常具有戲劇性。故友相逢於戎馬倥傯之際，無拘無束，熱烈親密，正是在這種氣氛之中，小說將曹操的奸詐刻畫得入木三分。曹操對許攸的熱情親密並非出自虛偽，但政治家、軍事家的本能提醒他，不能泄露曹營軍糧已盡的祕密，不能讓私人感情壞了軍國大事。

小說中對曹操籠絡關羽的描寫是另一個例子。曹操收留關羽的目的非常明確，就是「欲得之以為己用」。關羽在投降以前提出了三個條件：「一者，吾與皇叔設誓，共扶漢室；吾今只降漢帝，不降曹操。二者，二嫂處請給皇叔俸祿養贍，一應上下人等，皆不許到門。三者，但知劉皇叔去向，不管千里萬里，便當辭去：三者缺一，斷不肯降。」其中最要命的是第三條。曹操聽了張遼的匯報以後，覺得前兩條都不成問題，聽到第三條時卻覺得「然則吾養雲長何用？此事卻難從」。最後聽張遼做了一番解釋，曹操才同意了。心想張遼所謂「更施厚恩以結其心，何憂雲長之不服也」，不無道理。曹操不顧程昱、荀彧等人的多次反對，耐心地等待關羽的轉變，表現出政治家的度量。從私人恩怨的角度來看，曹操對關羽真正做到了仁至義盡。從三日一小宴、五日一大宴，到贈送金銀綾羅、美女名馬，甚至在關羽不辭而別，將沿途守關將領殺得七零八落的情況下，曹操還下令沿途關卡諸將放關羽離去。曹操的心中並非沒有矛盾，作者在大寫他的大度的同時，沒有忘記揭示他性格的另一個側面。曹操籠絡關羽是不擇手段的，他「使關公與二嫂共處一室」，企圖壞他名節。他用優厚的物質待遇使關羽背上沉重的報恩包袱。這一包袱嚴重的消極意義在華容道上暴露無遺。關羽時時流露出對劉備集團的留戀之情，曹操不是「口雖稱羨，心實不悅」，便是「愕然而悔」，若有所失。曹操也欽服關羽，推崇關羽，他最推崇的是關羽對故主那種死心塌地的忠誠。曹操有心利用關羽作榜樣，教育其部下要像關羽忠於劉備一樣忠心於他。書中寫道：

遼知公終不可留，乃告退。回見曹操，具以實告。操歎曰：「事主不忘其本，乃天下之義士也！」（第二十五回）

卻說曹操部下諸將中，自張遼而外，只有徐晃與雲長交厚，其餘亦皆敬服；獨蔡陽不服關公，故今日聞其去，欲往追之。操曰：「不忘故主，來去明白，真丈夫也。汝等皆當效之。」遂叱退蔡陽，不令去趕。程昱曰：「丞相待關某甚厚，今彼不辭而去，亂言片楮，冒瀆鈞威，其罪大矣。若縱之使歸袁紹，是與虎添翼也。不若追而殺之，以絕後患。」操曰：「吾昔已許之，豈可失信？彼各為其主，勿追也。」因謂張遼曰：「雲長封金掛印，財賄不以動其心，爵祿不以移其志，此等人吾深敬之。想他去此不遠，我一發結識他做個人情。汝可先去請住他，待我與他送行，更以路費征袍贈之，使為後日記念。」（第二十七回）

曹操是如此，其他集團的領袖也是一樣。當政治軍事利益和道德教條產生矛盾的時候，他們一般都會毫不猶豫地讓道德教條服從政治軍事的需要。赤壁之戰中，周瑜和蔣幹也是故友相逢於戎馬倥傯之際。蔣幹還是周瑜的同窗。蔣幹渡江而來東吳，是為曹操當說客。周瑜先是點穿蔣幹的來意，讓他開不得口；接着，在宴會上立下規矩：「今日宴飲，但敍朋友交情；如有提起曹操與東吳軍旅之事者，即斬之！」後來又對着和尚罵禿子：「假使蘇秦、張儀、陸賈、酈生復出，口似懸河，舌如利刃，安能動我心哉！」周瑜表面上對蔣幹非常親密，挽臂入帳，設宴款待，領着蔣幹去參觀東吳「堆積如山」的糧草。其實是裝出大大咧咧的樣子，以此來麻痹這位同窗。最後還裝出醉後疏忽，將一封假信「遺忘」在案上，以此來剝削「同窗契友」及其主人的愚蠢。蔣幹帶了那封假信回去，自以為立了一件大功。結果是曹魏方面中了周瑜的離間計，白白損失了兩員水軍頭領。蔣幹被年輕時的同窗狠狠地耍了一把。按道理說，周瑜要使離間計，利用誰不好呢，偏偏要作弄一個「同窗契友」！從軍事政治的利益來衡量，周瑜的離間計是一步絕妙的好棋；可是，從朋友之道來說，這位周郎卻是有失忠厚。幸好曹操上當以後，倒也沒有處分蔣幹，沒有把蔣幹當作替罪的羔羊。或許是因為曹操「雖心知中計，卻不肯認錯」的緣故。在《三國志平話》裏，蔣幹的結局要悲慘得多：

> 卻說武侯過江到夏口。曹操船上高叫：「吾死矣！」眾軍曰：「皆是蔣幹！」眾官亂刀銼蔣幹為萬段。

雖然曹操、周瑜都不願讓道德教條束縛住自己的手腳，但嘉靖本的《三國演義》裏，已經有一批為道德教條而犧牲的忠臣義士，譬如丁管、伍孚為抗爭董卓而死；吉平、沮授、徐庶之母、孔融、崔琰、耿紀、韋晃為抗爭曹操而死；諸葛瞻父子為蜀漢殉國；王累進諫，因劉璋不從而自殺。毛宗崗的評點有意地突出這些人的形象，撰寫詩詞大加讚揚，對這些從一而終的犧牲者大唱讚歌，是所謂「忤奸則有孔融之正，觸邪則有趙彥之直，斥惡則有禰衡之豪，罵賊則有吉平之壯，殉國則有董承、伏完之賢，捐生則有耿紀、韋晃之節」。毛宗崗還修改情節，讓孫夫人聽到先主駕崩的流言而投江自盡。但是，具有諷刺意味的是，這些人物的死都顯得非常概念化，沒有一點動人的力量。這不是因為毛宗崗的藝術功力不夠，而是因為這樣一個亂世實在不需要這樣的人物。他們既無補於國家，更無補於民眾，甚至對集團的利益也沒有一點用處。而讀者在小說有意無意的薰染之下，已經沉浸在一種利害得失的盤算之中。

老鼠生兒會打洞

幾千年的中國社會，是宗法社會。宗法社會就必然要序家譜，明輩分，講門第，論出身，重血統。封建王朝覆滅以後，封建的宗法觀念並沒有隨之而銷聲匿跡。革命一來，卑賤者革了高貴者的命，被奴役者革了奴役者的命；可是，經歷了一場社會大變動，社會地位轉換以後，古老的血統論和階級分析法相結合，產生出一種按照出身來考察人的政治立場的制度和方法。流行的說法是：「甚麼藤結甚麼瓜，甚麼階級說甚麼話。」後一句話沒有問題，前一句話卻很值得玩味。原來人的政治立場，決定於他的出身，猶如藤決定了瓜一樣。毒藤上結的必然是毒瓜，好藤上結的就是好瓜。道理就這麼簡單，真理是最樸素的。這種制度和方法極具可操作性。按照這種簡便易行的階級分析的方法，全體中國人按照出身，從政治上被分成了三六九等。譬如說，農村的人就可以分成僱農、貧農、下中農、中農、富裕中農、富農、小地主、地主、大地主。他們的子女就繼承了父輩、祖父輩的這筆無形的「遺產」。很顯然，這種公民生而不能平等的理論難免有簡單化的嫌疑；於是，又有「重成分，不惟成分，重在表現」，「出身不由己，道路可選擇」的彌縫之說。從實際的情況來看，「惟成分論」佔據了統治的地位，而「不惟成分論」則處於輔助的地位。一個人如果出生在地、富、反、壞、右的家，他的一生注定要受盡鄙視和屈辱。面臨升學、就業、參軍、提幹等現實利益的問題時，先天地處於受歧視的地位。那個令人難堪的標記將伴隨他的終生。誰叫他來到人間就帶着那個剝削階級的烙印呢？西方人有「原罪」的概念，中國人沒有。可是，地、富、反、壞、右的出身與生俱來，比「原罪」還要可怕百倍。

中國人對出身的高度重視在《三國演義》中得到了充分的證明。

劉備並沒有挾天子以令諸侯的實力和號召力。他自小「販履織席為業」，在逐鹿中原的羣雄中，劉備是名副其實的草根，他的實際社會地位是最低的，他沒有可以利用的社會資源。他的雄心與他的實力非常不相稱。據說劉備是「中山靖王劉勝之後」。雖然正史也承認這一點，其實沒有太大的實際意義，要知道從劉勝到劉備已經過了三四百年。諸葛亮在著名的「隆中對」裏提到：「將軍既帝室之冑，信義著於四海。」承認劉備是漢朝宗室，無非是「龍生龍，鳳生鳳，老鼠生兒會打洞」。阿Q所謂「我們先前——比你闊的多啦」，趙太爺所謂「你哪裏配姓趙」，都是同樣的無聊。裴松之在給《三國志・先主傳》所作的注裏，就曾經很客氣地對劉備的光榮出身表示過一點懷疑：「臣松之以為先主雖云出自孝景，而世數悠遠，昭穆難明，既紹漢祚，不知以何帝為元祖以立親廟。」宋人司馬光也對此表示慎重的態度：「昭烈之於漢，雖云中山靖王之後，而族屬疏遠，不能紀其世數名位……是非難辨，故不敢以光武及晉元帝為比，使得紹漢氏之遺統也。」(《資治通鑒》卷六十九)血統論在中國的老百姓中間很有市場，歷代的農民起義都要抓一個宗室子弟來做旗幟，以號召民眾。秦末的農民起義，詐稱公子扶蘇未死，奉為旗幟。項羽則找到了楚懷王的一個孫子，來號召民眾，是所謂義帝。西漢末年的綠林軍，立西漢的遠支皇族劉玄為帝，年號更始。劉備利用傳說中的宗室身份，作為自己的政治資本。當然，劉備的崛起主要是靠自己的艱苦奮鬥，靠正確的戰略，那種有名無實的宗室身份起不了太大的作用。我們只要看劉表、劉璋這些比劉備更加貨真價實的宗室都沒有取得成功，看明末的宗室福王、唐王、魯王、桂王，一個跟一個地覆滅，他們是那樣的不堪一擊，也就不難明白其中的道理。但是，這點資本用得好，也能起點作用，總比沒有強。《三國演義》的傾向是擁劉反曹，所以就極力地誇大劉備的宗室血統。連徐庶的母親都知道劉備的宗室身份：「吾久聞玄德乃中山靖王之後，孝景皇帝閣下之孫。」我們看小說裏的劉備，不管和誰第一次見面，幾乎都要把自己的宗室身份標榜一番：

玄德曰：「我本漢室宗親，姓劉，名備。今聞黃巾倡亂，有志欲破賊安民；恨力不能，故長歎耳。」（第一回）

玄德說起宗派，劉焉大喜，遂認玄德為姪。（第一回）

（劉）恢見玄德乃漢室宗親，留匿在家不題。（第二回）

玄德離席再拜曰：「劉備雖漢朝苗裔，功微德薄，為平原相猶恐不稱職……」（第十一回）

遇見那個不起眼的督郵，劉備也要表白自己「備乃中山靖王之後」。劉備一顧茅廬時，向應門的童子自我介紹說「漢左將軍、宜城亭侯、領豫州牧、皇叔劉備，特來拜見先生」，沒有忘記自己的「皇叔」身份。他給諸葛亮的留言上也特意表明：「竊念備漢朝苗裔，濫叨名爵。」雖然是「濫叨名爵」，但「漢朝苗裔」不「濫」。他的自我介紹，就好比現在有的人在名片上列出一大堆令人眼花繚亂的頭銜，讓人目不暇接，「美不勝收」。童子回答劉備：「我記不得許多名字。」等於是對劉備的揶揄和諷刺。待到劉備遇見漢獻帝，那就更有必要把出身說清楚了：「臣乃中山靖王之後，孝景皇帝閣下玄孫，劉雄之孫，劉弘之子也。」獻帝立刻「教取宗族世譜檢看」，宗正卿一讀：「孝景皇帝生十四子。第七子乃中山靖王劉勝。勝生陸城亭侯劉貞。貞生沛侯劉昂。昂生漳侯劉祿。祿生沂水侯劉戀。戀生欽陽侯劉英。英生安國侯劉建。建生廣陵侯劉哀。哀生膠水侯劉憲。憲生祖邑侯劉舒。舒生祁陽侯劉誼。誼生原澤侯劉必。必生潁川侯劉達。達生豐靈侯劉不疑。不疑生濟川侯劉惠。惠生東郡范令劉雄。雄生劉弘。弘不仕。劉備乃劉弘之子也。」真所謂文獻具在，言之有據。至此，劉備的皇叔身份得到了最權威的確認。元代至治年間刊刻的《三國志平話》甚至寫道：「獻帝見先主面如滿月，兩耳垂肩，貌類漢景帝。」好像獻帝見過三百多年前的漢景帝似的！其實，《史記》《漢書》並沒有一字提到景帝的長相。再說，傳了這麼多代，居然面貌還會相似，這基因的作用真是太強大了！後來劉備稱漢中王乃至登基稱帝，這個皇叔的身份還是很有用的。具有諷刺意味的是，劉備自封漢中王時給漢獻帝所上的奏表中，卻沒有理直氣壯地說自己是「中山靖王之後」，可見還是底氣不足。此表直接從《先主傳》上抄來，文字相差無幾，其中寫道：

> 在昔《虞書》，敦敘九族，庶明勵翼；帝王相傳，此道不廢。周監二代，並建諸姬，實賴晉、鄭夾輔之力；高祖龍興，尊王子弟，大啟九國，卒斬諸呂，以安大宗。

這是在羞羞答答地暗示自己的宗室身份。可惜，劉備只知道「大啟九國」，不知道還有「七國之亂」。宗室強大未必就好，建文帝就是被燕王朱棣推翻的。康熙晚年深為嗣位問題所苦惱，歸根到底，就是因為宗室強大，尾大不掉，所以才使得嗣位問題變得那麼棘手。

當然，並不是所有的人都承認劉備那個疑似的皇叔身份。袁術就罵劉備：「編席織履小輩，安敢輕我！」「汝乃織席編屨之夫，今輒佔據大郡，與諸侯同列；吾正欲伐汝，汝卻反欲圖我！深為可恨！」袁術的部將紀靈罵劉備：「劉備村夫，安敢侵吾境界！」不承認劉備的高貴血統。劉備稱漢中王，曹操聞訊大怒，大罵劉備：「織席小兒，安敢如此？吾誓滅之！」此時他又不說：「今天下英雄，惟使君與操耳！」也忘掉了他不拘一格的人才政策。諸葛亮舌戰羣儒的時候，東吳方面的陸績就對劉備的出身表示懷疑：「曹操雖挾天子以令諸侯，猶是相國曹參之後。劉豫州雖云中山靖王苗裔，卻無可稽考，眼見只是織席販屨之夫耳，何足與曹操抗衡哉！」諸葛亮的反駁也非常有意思：「曹操既為曹相國之後，則世為漢臣矣。今乃專權肆橫，欺凌君父，是不惟無君，亦且蔑祖；不惟漢室之亂臣，亦曹氏之賊子也。劉豫州堂堂帝胄，當今皇帝按譜賜爵，何云『無可稽考』？且高祖起身亭長，而終有天下；織席販屨，又何足為辱乎？」諸葛亮首先針對曹操的情況，提出要重在表現，出身雖好，表現不好，也不足道。其次指出劉備的血統有權威性的證據，無可懷疑。三是以漢朝的開國皇帝為例，說明出身貧窮者，未必不能擁有天下。看諸葛亮的意思，退一萬步說，即便劉備的出身有問題，那也沒關係，漢高祖的出身也並不顯赫。正如那《西廂記》中紅娘痛斥鄭恆：「你道是官人只合做官人，信口噴，不本分。你道窮民到老是窮民，卻不道將相出寒門！」陳勝、吳廣早就喊出「王侯將相寧有種乎」的響亮口號。由此可見，惟成分論和不惟成分論的鬥爭古來就有。從諸葛亮的出身來說，他不應該支持惟成分論。我們看元代的《三國志平話》，諸葛亮被曹操、夏侯惇、張郃罵作「村夫」，周瑜嘲笑諸葛亮「出身低微，元是莊農」。劉備集團內部也有類似的聲音。張飛早先的時候，即辱罵諸葛亮是「牧牛村夫」。直到《三國演義》，曹操罵諸葛亮為「諸葛村夫」。在三顧茅廬以前，張飛稱諸葛亮為「村夫」：「量此村夫，何足為大賢！」在明清戲曲中，張飛多次辱罵諸葛亮是「村夫」「村牛」「農叟」：「兀那村夫，你聽者，則這張飛情性強，我忙掄丈八槍，你若不隨哥哥來，將火來，我燒了你這臥龍岡。若不是俺兩個哥哥在此，我則一槍搠殺你這個村夫，你無道理，無廉恥，無上下，失尊卑也。」「到今日，反拜村夫為了軍師參謀，倒使參商卯酉……他本是臥龍岡一農叟，我是個大丈夫，怎落在他人後。他是個耕田鋤地一村牛，怎比我開疆闢土金精獸」（《羣音類選・氣張飛雜劇》）；「誰知那村夫好不知進退，鎮日間譚天論地，講長道短」（《大明天下春・三國志》）。諸葛亮也自稱「耕夫」。可見諸葛亮的出身並不高貴。劉備集團的人都很注意確認劉備的皇叔名分。呂布稱劉備為賢弟，張飛立刻駁斥呂布：「我哥哥是金枝玉葉，你是何等人，敢稱我哥哥為賢弟？」可惜張飛這樣爽快之人，亦未能免俗。

毛宗崗極力地為劉備爭正統，所以他在評點中也儘量強調劉備的血統：「百忙中忽入劉、曹二小傳，一則自幼便大，一則自幼便奸。一則中山靖王之後，一則中常侍之養孫。低昂已判矣。後人猶有以魏為正統，而書『蜀兵入寇』者，何哉？」其實，毛宗崗也是實用主義，雙重標準，劉表、劉璋是正經宗室，他又不說人家是正統了。毛批對劉表沒有甚麼好話，無非是「徒有其表」，「兒女態」，「優柔不斷」，「以虛名自愛，文而無用。雖胄美三公，名高八俊，亦何益哉」，對劉璋則挖苦道：「忠厚為無用之別名，非忠厚之無用，忠厚而不精明之為無用也。劉璋失豈在仁，失在仁而不智耳。」毛宗崗又為宗室劉備的淪落貧困而不滿於漢武帝的削藩：「漢武

劉皇叔北海救孔融

用主父偃計，削弱宗藩，以致光武起於田間，昭烈起於織席，可勝歎哉！」

出身不好就是毛病。陳琳給袁紹起草聲討曹操的檄文，其中一大段內容就是拚命挖苦曹操的出身：

> 司空曹操祖父中常侍騰，與左悺、徐璜並作妖孽，饕餮放橫，傷化虐民；父嵩，乞匄攜養，因贓假位，輿金輦璧，輸貨權門，竊盜鼎司，傾覆重器。操贅閹遺醜，本無懿德；僄狡鋒協，好亂樂禍。（第二十二回）

從曹騰罵到曹操，罵他祖孫三代，髒言污語，罵得狗血噴頭。難怪曹操聽了，嚇出一身冷汗。原來，曹操的出身並不光彩。祖父曹騰是桓帝時宦官集團的頭面人物，而宦官正是當時民眾痛恨的對象。東漢自順帝以後，允許宦官養子以襲爵，於是，曹騰就有了養子曹嵩，也就是曹操的父親。曹嵩出錢一萬萬，買了一個太尉的官。曹嵩是曹騰本家那兒過繼來的，還是從夏侯氏那邊過繼來的，人們弄不清楚，所以陳琳的檄文中說他「乞匄攜養」，史書上也說「莫能審出其生出本末」。後來，陳琳投靠曹操，曹操雖然既往不咎，也責備陳琳：「卿昔為本初移書，但可罪狀孤而已，惡惡止其身，何乃上及父祖邪？」意思是說，你罵我，我沒意見，各為其主嘛；你怎麼罵我祖宗三代？陳琳的討曹檄文使人想起唐人駱賓王的討武檄文。無獨有偶，駱賓王也攻擊武則天「地實寒微」。武則天的祖輩並不顯赫，父親武士彠經商起家，隨李淵起兵而發達。當然，曹操本是豁達大度之人，沒有計較以前的老賬。陳琳是當時著名的才子，後人將其與王粲等人並稱為「建安七子」。陳琳不僅有文才，亦有政治眼光。袁紹勸何進召外兵以誅宦官，陳琳指為失策：「不可！俗云『掩目而捕燕雀』，是自欺也。微物尚不可欺以得志，況國家大事乎？今將軍仗皇威，掌兵要，龍驤虎步，高下在心；若欲誅宦官，如鼓洪爐燎毛髮耳。但當速發雷霆，行權立斷，則天人順之。卻反外檄大臣臨犯京闕。英雄聚會，各懷一心，所謂倒持干戈，授人以柄：功必不成，反生亂矣。」後來事態的發展，為陳琳不幸而言中。由此可見，陳琳確實是人才。

曹操的出身使他天然地反對惟成分論。我們看他的用人，果然是不分貴賤。曹魏的謀士中固然頗多大族中的翹楚，武將中卻有很多來自庶族寒門的人物。曹操的用人，完全不顧出身的貴賤，這是他比袁紹高明的地方。當然，出身對人的思想性格會有一定的影響。曹操那種酷虐變詐的性格和他出身宦官世家當有一定的關係。

袁紹門第顯赫，他家四世三公，「樹恩四世，門生故吏遍於天下」。可見袁紹不但是出身好，而且有廣泛的社會關係可以利用。董卓也是顧慮袁氏的社會影響，生怕袁紹「若收豪傑以聚徒眾，英雄因之而起」，則天下非董卓所有矣。所以封袁紹為渤海太守來安撫他。討伐董卓時，袁紹之所以能夠一呼百應，應者雲集，成為各路諸侯的盟主，就是憑藉的這個條件。曹操也不得不說：「袁本初四世三公，門多故吏，漢朝名相之裔，可為盟主。」名門望族的潛在勢力使很多人望而生畏。後來的官渡之戰，未決勝負之前，許昌和曹軍中的許多人都在與袁紹暗中勾結，也是這個道理。袁氏以門第傲人，這是人才逐漸離他而去的一個重要原因。曹魏方面的荀彧、荀攸、許攸，劉備方面的趙雲，都是從袁紹那兒走的。猶如韓信、英布、彭越之棄項羽而奔劉邦。荀彧本是士族中的佼佼者，可是他卻離開同是士族的袁紹而投奔出身宦官的曹操，曹操人才政策的成功由此可見。

戲法人人會變

三綱五常是一種王權理論。所有的王權理論，都把理想君王的存在作為自己的前提。歷史上創業的固然是英主，可是，按照宗法制的規定，一般來說，他必須在他的子孫中選擇接班者。非常可惜，雄才大略不能像基因一樣地遺傳下去，接班的總是庸主多，昏君多，明智的君王是比較少見的。偶然出現一個像點樣的君主，史學家便要呼為「中興之主」。孟子說：「君子之澤，五世而斬。」（《孟子・離婁下》）今人講：「富不過三代。」真所謂古今所見略同。

從東漢來看，皇位交接的情況尤其糟糕。東漢後期的一百多年裏，就沒有一個成年的皇帝。桓帝即位時年齡算是最大的了，也不過十五歲。殤帝只是一個抱在手裏的嬰兒。和帝登基時只有十歲。其他皇帝登基時的年齡呢，安帝十三歲，順帝十一歲，沖帝兩歲，質帝八歲，靈帝十二歲，獻帝九歲。外戚和宦官兩大集團輪流地把持朝政，皇帝成為隨人擺弄的傀儡。可怕的是，在國家的最高決策層，卻偏偏沒有人在為國家的前途考慮，更不用說為民眾考慮。統治者起來踐踏自己制定的倫理規範，使這種本來就虛偽的倫理規範變得更加一文不值。劉備的接班人劉禪還不是最差的，他不過是智商低一點。劉禪有福，遇到諸葛亮這樣的賢相，又兩次獲得趙雲的搭救。毛宗崗感歎道：「以一英雄之趙雲，救一無用之劉禪，誠不如勿救矣。然從來豪傑不遇時，庸人多厚福。禪之智則劣於父，而其福則過於父。玄德勞苦一生，甫登大寶，未幾而殂，反不如庸庸之子安享四十二年南面之福也。」儘管如唐人劉禹錫的《蜀先主廟》所云：「得相能開國，生兒不象賢。」但是，劉禪把一切權力交給諸葛亮，從不加以干涉，非常放心，無限地信任。如《三國志・諸葛亮傳》所說：「政事無巨細，咸決於亮。」他不過是寵着黃皓，沒有聽說有甚麼女寵，也沒有孫皓那麼殘暴。當然，不是後主不好色，他也「常欲採擇以充後宮」，卻被董允嚴辭阻止。黃皓雖然得寵，但被董允管着，「不敢為非」，「終允之世，皓位不過黃門丞」。只是他被俘以後，沒心沒肺，留下了「樂不思蜀」的笑話。諸葛亮的後半生遇到阿斗這樣的庸主已經不能算是不幸，他的命運比他所推崇的管仲、樂毅要好得多。

靈帝自己開設「西邸」，出賣官爵，按照官位高低收錢多少不等。俸祿等級為二千石的官賣錢二千萬，四百石的官賣錢四百萬，其中按着德行依次當選的出一半的錢，或者至少出三分之一的錢。凡是賣官所得到的錢，在西園另外設立一個錢庫貯藏起來。根據每個縣的大小、貧富等情況，縣令的價格多少不等。有人曾到宮門上書，指定要買某縣的縣官。有錢人先交錢，窮人到任以後照原定價格加倍償還。靈帝還私下命令左右的人出賣三公、九卿等朝廷大臣的官職，每個公賣錢一千萬，每個卿賣錢五百萬。當初，靈帝為侯時經常苦於家境貧困，等到當了皇帝，常常歎息桓帝不懂經營家產，沒有私錢。所以賣官聚斂錢財，作為自己的私人積蓄。他不滿足於泛泛的「普天之下，莫非王土」，只認落袋為安。靈帝有商業頭腦而沒有政治頭腦。他看出烏紗裏蘊藏的無限商機，買官賣官，卻不知道商機中隱藏着漢王朝滅亡的玄機。他適合做一個商人，而不適合做一個皇帝。靈帝將市場經濟的規律搬到政壇上，將政治地位商品化，使權力和金錢的關係公開化、透明化，撕掉了皇權所有的遮羞布，結果是徹底摧毀了士大夫和百姓對朝廷僅有的一點點信任，徹底瓦解了社會的凝聚力，加速了政治的腐敗，加速了東漢王朝的崩潰。

上層的腐敗一旦暴露，最容易動搖一般人對於傳統道德的信仰。在這個人像狼一樣生活的時代，仁義道德還有甚麼用處！在別人肯定要欺騙你的時候，誠實和信仰還有甚麼價值！

形勢動盪，四海騷然。局勢失控，社會信仰全面崩潰，外戚和宦官兩大集團互相毀滅以後，中央權力處於危險的真空狀態。「殺生之柄，決於牧守」(《三國志・李通傳》)，全國州郡一級地方實力派的政治野心急劇膨脹，如宋人葉適所言：「各從其黨，不知有君」（《習學記言》卷二七），他們個個變得膽大妄為。宗室劉焉聽相者說：「益州分野有天子氣」，就求為益州牧。陳壽諷刺他「神明不可虛要，天命不可妄求」（《三國志·劉焉傳》）。正如毛宗崗所說：「一董卓未死，而天下又生出無數董卓。」即呂布所謂「漢家疆土，人人有份」。又如曹操所說：「設使國家無有孤，不知當幾人稱帝，幾人稱王」，難為他表現出如此可愛的坦白。當然，有的諸侯頗有自知之明，自認平庸，沒有統一天下的雄心，如劉表、劉璋之流。劉表被荀攸輕視：「天下方有事，而劉表坐保江、漢之間，不敢展足，其無四方之志可知矣。」韓馥能夠把冀州讓給袁紹，劉璋能夠向劉備投降，都是這個道理。傳統的道德觀念之中，三綱五常之中，君臣觀念的變質最為敏感，也最為引人注目。雖然各個集團的勝負在最後都要靠實力來說話，但是，輿論的力量也不可忽視。逐鹿中原的羣雄幾乎都明白這個道理，他們沒有學過哲學，卻都懂得精神可以變物質的道理。他們無不利用乃至歪曲傳統的君臣觀念來為自己的軍事鬥爭服務。當然，戲法人人會變，巧妙各有不同。

在漢末的一場大亂之中，外戚和宦官兩大集團同歸於盡。整個國家就像一艘行將沉沒的船，沒有掌舵的人。大家卻還在船上廝打，亂成一團。他們眼睛盯着的，只是權力。這就是《三國演義》一開始為我們所展示的歷史畫面。太平盛世的時候，統治者編織着自身盡善盡美的神話和幻想，所謂「天不變，道亦不變」，他們是那麼自信。亂世的時候，這個神話和幻想破滅了。君不像君，臣不像臣，官不像官，民不像民，一切都離開了日常的軌道。亂世的一個特徵就是實用主義上升，原則向利益讓步，原則按利益的需要來解釋。有用的就是真理，「識時務者為俊傑」成為最時髦的口號。道德的約束大大地鬆弛了。道德規範自身的虛偽和悖論暴露無遺。道德觀念被人隨心所欲的解釋，成為大小野心家的工具。逐鹿中原的羣雄們，一方面感受到君臣觀念的束縛，一方面也在衝破君臣觀念的束縛，千方百計地對君臣觀念做出對自己有利的解釋。

在這方面，最愚蠢的是董卓和袁術。何進的失策給了董卓這個偏遠地區的軍閥一個難得的機會。董卓打着「清君側」的旗號進京，裝出一副大義凜然的樣子：

> 竊聞天下所以亂逆不止者，皆由黃門常侍張讓等侮慢天常之故。臣聞揚湯止沸，不如去薪；潰癰雖痛，勝於養毒。臣敢鳴鐘鼓入洛陽，請除讓等。社稷幸甚！天下幸甚！（第三回）

「清君側」的口號是西漢七國之亂時吳王劉濞的發明，劉濞借誅晁錯為名，舉兵叛亂。我們不要小看這個口號，明朝的永樂也是利用這一口號，以誅齊泰、黃子澄為藉口，推翻了姪兒建文帝的統治。事實上，劉備集團的「攘除奸兇」「興復漢室」的政治綱領，也就是「清君側」一類的口號。劉備正是利用這一口號，加強了蜀漢內部的凝聚力，把自己的舊部、劉璋的舊屬、益州的土著勢力團結在一起，以造成一個同心同德的政治局面。當然，「清君側」畢竟只是一種策略，是低層次的東西。策略的成功與否，還要取決於政治軍事戰略的是否正確。董卓進京不久，很快就暴露了他的殘暴與野心。他將登基不到半年的少帝廢黜，另立陳留王劉協，是為漢獻帝。正如毛宗崗所說：「不過欲藉廢立以張威，非真有愛於陳留也。」董卓下令：「有不從者，斬！」可憐少帝四月登基，至九月即被廢。接着，逼死何太后，絞死董妃，鴆殺少帝。董卓「自此每夜入宮，姦淫宮女，夜宿龍牀」，「自此愈加驕橫，自號為尚父，出入僭天子儀仗」。朝政一聽於卓，三台尚書辦事，都要到董卓府上請示。獻帝年方九歲，不過是一個傀儡。在歷史上，臣子擅行廢立，也有成功的例子，譬如商湯的伊尹，西漢的霍光。可是，董卓明顯地不具備伊尹和霍光那樣的地位和威望。正如盧植所說：「明公差矣。昔太甲不明，伊尹放之於桐宮；昌邑王登位方二十七日，造惡三千餘條，故霍光告太廟而廢之。今上雖幼，聰明仁智，並無分毫過失。公乃外郡刺史，素未參與國政，又無伊、霍之大才，何可強主廢立之事？聖人云：『有伊尹之志則可，無伊尹之志則篡也。』」直把董卓批得體無完膚。董卓冒天下之大不韙，擅自廢立，企圖獨吞農民起義的果實，引

議溫明董卓叱丁原

起朝野的強烈反對。全國的地方實力派很快形成了討伐董卓的統一戰線。董卓一味地迷信武力，其實他的武力也十分有限。董卓甚至說：「吾為天下計，豈惜小民哉。」連「得人心者得天下者」的道理都不懂。加上他的殘暴，內部的矛盾，使他的政權成為一個短命的政權。

聯軍討伐董卓，洶湧而來，董卓劫持天子、后妃，倉皇出逃。如宋人唐庚所言，董卓「無尺寸之功以取信於天下，而有劫主之名，以負謗於諸侯，則天下諸侯羣起而攻之，亦固其理也。」(《三國雜事》卷上）董卓迷信武力，蔑視輿論，過早地暴露出自己的政治野心，結果是全國共討之，諸侯共誅之，成為全民公敵。不到三年，就身死人手，為天下笑。

袁術在淮南，自以為「吾家四世三公，百姓所歸」，「地廣糧多，又有孫策所質玉璽，遂思僭稱帝號」。公元 197 年，袁術在壽春稱帝。兩年後，曹操擊敗袁術，「袁術勢衰，乃作書讓帝號於袁紹」。時而稱帝，時而讓位，上亦匆匆，下亦匆匆，將稱帝視作兒戲。不久，袁術「吐血斗升而死」。毛宗崗就此評議說：「澤麋虎皮，便為眾射之的。袁術一僭帝號，天下共起而攻之……操辭其名而取其實，術無其實而冒其名，豈非操巧而術拙？或曰：蜀、吳、魏三國，後來皆稱皇帝，獨袁術之帝則不可，何也？曰：真能做皇帝者，每不在先而在後。其為正統混一之帝，必待海內削平，四方賓服，又必有羣臣勸進，諸侯擁戴，然後讓再讓三，辭之不得，而乃祀南郊，改正朔焉；則受之也愈遲，而得之也愈固……今觀建安之初，曹操雖專，獻帝尚在，而羣雄角立，如劉備、孫策、袁紹、公孫瓚、呂布、張繡、張魯、劉表、劉璋、馬騰、韓遂之徒，曾未有一人遽敢盜竊名字者。而以壽春太守，漫然而僭至尊之號，安得不速禍而召亡哉！」毛宗崗的這一番話很有意思。他的意思是說：想做皇帝沒有關係，但不要着急，欲速則不達，急於稱帝，過早地暴露出自己的政治野心，非常的不明智。袁術急於稱帝，結果是天下共誅之，全國共討之，成為一個短命的「皇帝」。要學劉備、孫權和曹操，條件不成熟決不稱帝。無論從哪一方面來看，袁術的條件都不夠，一無實力，二無威望，只有一顆躁動的野心。當時的中國，還有那麼多的諸侯，比他強的也很多。即便是稱帝，也輪不到他袁術。其次，稱帝必須循序漸進。要按照程序來進行。關鍵是羣臣勸進，光勸還不行，還得一個勁地讓，做出不想當的姿態。待到勸的人勸累了，讓的人也讓煩了，然後才能稱帝。我們看《三國志·文帝紀》，那裴注裏收了一大堆曹丕登基時羣臣的勸進表。在這種時候，我們才真正體會到，政治是演戲，勸的人是認認真真地勸，讓的人是一本正經地讓。曹丕登基時也勸進，劉備登基、孫權登基時也是一樣。都是演戲。本來中國的傳統教育就是要培養角色。每個人都要演好與自身地位和身份相應的角色。要時刻記住自己的角色，忘掉自我。孔孟的道理，千頭萬緒，歸根到底，就是如何做人。所謂做人，就是克己復禮，認認真真地演好自己的角色。而《論語》《孟子》就是最好的標準的劇本。難怪人們常常說戲裏有人生，人生如戲。人們常常說「活得很累」，其實就累在一個「演」字上。

袁紹有人氣，比他的兄弟袁術要稍稍明智一些。用現在的話來說，他的氣場很強大。袁紹不是沒有稱帝的野心，只要看他對孫堅手裏的那顆玉璽有那麼大的興趣，就可以猜出他心裏想的是甚麼。漢家氣數已盡，袁紹看得很清楚，但貿然稱帝，他又不敢。董卓把皇帝抓在手裏，袁紹不滿意，帶頭起兵反對。但是，討伐董卓失敗以後，袁紹與公孫瓚交戰，董卓為了安撫和籠絡袁紹，「便使太傅馬日磾、太僕趙岐，齎詔前去。二人來至河北，紹出迎於百里之外，再拜奉詔。」毛宗崗就此諷刺道:「此果天子詔耶？乃董卓令耳。昔日盟眾而討之，今日再拜而奉之，紹真懦夫哉！」他想抓一個聽話的傀儡在手裏，便去動員劉虞稱帝。誰知劉虞不敢。沮授勸袁紹「迎大駕於西京」，他又怕駕馭不了，反而動輒受其掣肘，沒有採納。曹操把獻帝迎至許昌，挾天子而令諸侯，他又不服。由此可見，袁紹在政治上簡直是毫無章法，沒有甚麼戰略思想可言。當然，要實現恢弘的戰略，需要非凡的胸襟、堅強的意志和傑出的才能，而袁紹又是如此平庸而缺乏才華。陳琳為他起草的討曹檄文，着重揭露曹操名為漢相、實為漢賊的面目，企圖剝奪曹操政治上的優勢。但是，官渡之戰的慘敗使袁紹集團一蹶不振，成為中原逐鹿中的又一個失敗者。袁紹成為三國政壇上又一個匆匆的過客。

曹操、孫權和劉備對君臣觀念都有成功的利用。荀彧向曹操進言：「昔晉文公納周襄王，而諸侯服從；漢高祖為義帝發喪，而天下歸心。今天子蒙塵，將軍誠因此時首倡義兵，奉天子以從眾望，不世之略也。若不早圖，人將先我而為之矣。」（第十四回）曹操審時度勢，充分地估計到漢獻帝潛在的號召力，清醒地意識到士大夫對漢王朝依然存在的幻想，從而採納了荀彧的建議，親自出馬，將漢獻帝迎來，掌握在自己手裏，挾天子以令諸侯，造成了政治上的極大優勢。如毛宗崗所謂：「權則專之於己，名則歸之於帝，操之謀善矣。」我們看曹操一會兒「封劉備為征東將軍、宜城亭侯，領徐州牧」，暗中命令他去攻擊呂布；一會兒又封呂布為平東將軍，不久，又封其為左將軍，「許於還都之時換給印綬。布大喜」；一會兒「拜策為會稽太守，令起兵征討袁術。策乃商議，便欲起兵」；一會兒奏封關羽為漢壽亭侯；一會兒「表奏孫策有功，封為討逆將軍，賜爵吳侯，遣使齎詔江東，諭令防剿劉表」；一會兒「奏封孫權為將軍，兼領會稽太守；即令張紘為會稽都尉，齎印往江東」，孫權大喜。這時候孫權也不說曹操是奸雄了；一會兒又下詔書，命劉備去征討袁術。劉備雖然知道這是曹操的「驅虎吞狼」之計，不過是讓劉備與袁術相鬥，消耗劉、袁的實力而已，但「王命不可違也」；一會兒封劉璋為振威將軍。如葉適所言：「然則操之功業，蓋因輔漢而後致，非漢已亡待操而能存也。」（《習學記言》卷二七）

袁紹、孫權、劉備、呂布、劉表集團中，屢屢有人建議去襲擊許昌，就是想劫走獻帝，以剝奪曹操集團的這一優勢。曹操與張繡戰於南陽，袁紹「欲興兵犯許都」。官渡之戰進入關鍵時刻，許攸向袁紹建議：「曹操屯軍官渡，與我相持已久，許昌必空虛；若分一軍星夜掩襲許昌，則許昌可拔，而曹操可擒也。今操糧草已盡，正可乘此機會，兩路擊之。」可惜袁紹沒有採用許攸的獻策。「孫策求為大司馬，曹操不許。策恨之，常懷襲許昌之心」。劉備離開曹操以後，曾經建議劉表趁曹操北征烏桓時襲擊許昌，但劉表沒有這份雄心和魄力，沒有採納劉備的意見。劉備得知曹操「提軍出征河北，乃令劉辟守汝南，備親自引兵乘虛來攻許昌」。曹操欲南征劉備、孫權，「恐馬騰來襲許都」。「濟姪張繡統其眾，用賈詡為謀士，結連劉表，屯兵宛城，欲興兵犯闕奪駕。操大怒，欲興兵討之，又恐呂布來侵許都」。許昌實是曹操的軟肋。曹操深知這一點，所以他凡遠征，必留智囊如荀彧、程昱者和大將如曹仁者留守許昌這個大本營，惟恐有失。

隨着曹魏集團勢力的壯大，隨着曹操與漢獻帝之間矛盾的加深，曹操曾經想乾脆廢黜獻帝，取而代之。可是，在程昱的勸說下，曹操想通了這一問題，寧可要皇帝的權力，也不要皇帝的名義。稱帝的事，等自己身後，讓兒子去做。那時候，條件成熟，水到渠成。孫權曾經寫信，勸曹操稱帝：「孫權久知天命已歸王上，伏望早正大位，遣將剿滅劉備，掃平兩川，臣即率羣下納土歸降矣。」曹操看透孫權的用心，將來書出示羣臣曰：「是兒欲使吾居爐火上耶！」不上這個當。曹操打着勤王的旗號，將獻帝迎到許昌，並非出於對皇上的忠心，他只是要利用這面旗幟而已。「自此大權皆歸於曹操。朝廷大務，先稟曹操，然後方奏天子。」當漢獻帝不甘心當傀儡，幾次不自量力地想發動宮廷政變推翻曹操的時候，曹操總是毫不猶豫地給予無情的鎮壓。公元 214 年，曹操在許都殺害伏皇后及宗族一百多人。作者顯然是站在獻帝一邊，極寫獻帝的可憐和曹操的殘忍。曹操並不是不想稱帝，如毛宗崗所說：「曹操所以遲遲而未發者，非薄天子而不為，正畏天下而不敢耳」，須知曹魏之陣營，同時也是擁漢派的大本營。

到曹丕繼承魏王的時候，擁漢派的力量已經消磨殆盡，曹魏代漢而立的時機已經成熟。歷史為曹丕提供了一種和平的政權過渡形式——禪讓。作為正史《三國志》的作者，陳壽有自己的顧忌，他不敢寫出禪讓的真相，因為司馬氏集團也是利用禪讓的形式上台的。可是，作為小說，《三國演義》對於那早已成為陳跡的曹魏代漢，已經沒有必要替它粉飾。《三國志・文帝紀》把禪讓的過程寫得非常平靜：「漢帝以眾望在魏，乃召羣公卿士，告祠高廟，使兼御史大夫張音持節奉璽綬禪位。」下面便是一篇冠冕堂皇的假借堯、舜、禹聖人名義的公文。如葉適所謂：「魏文之所欲者，禪代爾。而符瑞章奏、勸進辭讓，前後節目，連篇累牘。」（《習學記言》卷二七）那麼，小說《三國演義》又是怎麼寫的呢？小說在前面已經大寫曹操逼宮的兇狠殘暴，曹操連懷孕五月的董妃也不放過，華歆奉曹操之命，引五百甲兵，搜尋伏后，「歆親自動手，揪后頭髻拖出」。禪讓的時候，先由華歆去逼獻帝，「帝大驚，半晌無言」。在羣臣的圍攻下，「帝大哭，入後殿去了。百官哂笑而退」。獻帝終於被迫同意將皇位「自願」讓給曹丕。小說特意寫出這樣的插曲：

> 曹丕聽畢，便欲受詔。司馬懿諫曰：「不可。雖然詔璽已至，殿下宜且上表謙辭，以絕天下之謗。」丕從之，令王朗作表，自稱德薄，請別求大賢以嗣天位。（第八十回）

也就是說，演戲就認認真真地演。不是沒用，為的是「絕天下之謗」。後面司馬氏的代魏而立，也是如法炮製。只是因為《晉書》修於唐初，此時忌諱已少，不像陳壽由蜀入晉，頗多顧慮。野史的有關材料也更多，所以小說寫來，更加詳細生動。對其中的醜惡也暴露得更加徹底。

劉備和孫權的稱帝也是採用勸進的方式，但他們是割據稱王，所以沒有曹丕那些麻煩。《三國演義》是擁劉反曹的，所以對劉備的稱王乃至稱帝，寫得理直氣壯。寫劉備是誠心誠意地讓，羣臣是誠心誠意地勸。其實，根據《三國志．費詩傳》的記載，劉備準備登基時，費詩曾經上疏表示反對：

> 殿下以曹操父子逼主篡位，故乃羈旅萬里，糾合士眾，將以討賊。今大敵未克，而先自立，恐人心疑惑。昔高祖與楚約，先破秦者王。及屠咸陽，獲子嬰，猶懷推讓，況今殿下未出門庭，便欲自立邪！愚臣誠不為殿下取也。

結果呢，「由是忤旨，左遷部永昌從事」。這就是書獃子的下場。人家本來是演戲，他卻以為是真的了，這費詩是夠可愛的。關羽不願與黃忠同列，說甚麼「大丈夫終不與老兵同列」。也是這位費詩，卻有一番堂堂正正的批評，說得一向傲慢的關羽「大感悟，遽即受拜」。可惜這樣的人物，沒

曹丕廢帝篡炎劉

有被小說所吸收。當然，從政治鬥爭的需要出發，曹丕既已稱帝，以「興復漢室」為號召的蜀漢不稱帝也不行。習鑿齒就此批評費詩：「夫創本之君，須大定而後正己。纂統之主，俟速建以繫眾心。是故惠公朝虜而子圉夕立，更始尚存而光武舉號。夫豈忘主徼利，社稷之故也。今先主糾合義兵，將以討賊，賊強禍大，主沒國喪，二祖之廟，絕而不祀。苟非親賢，孰能紹此？嗣祖配天，非咸陽之譬；杖正討逆，何推讓之有？於此時也，不知速尊有德以奉大統，使民欣反正，世睹舊物，杖順者齊心，附逆者同懼，可謂闇惑矣。其黜降也，宜哉！」裴松之對習鑿齒多有不滿，但對習氏的這番議論，卻非常贊同：「鑿齒論議，惟此議最善。」

大打折扣的「擁劉反曹」

《三國演義》經歷了一千多年的成書過程，中間經過了難以計數的無名氏的潤飾加工。各種不同的材料帶着不同的愛憎，先後湧入三國故事的洪流。三國故事長期地在民間流傳，三國戲的觀眾也主要是民眾，尤其是市民。這些故事和戲劇經歷了民眾的評判，從民眾的想像、語言和生活經驗中吸取了豐富的營養，因而在很大程度上體現了他們的愛憎和願望。儘管我們說《三國演義》的思想傾向十分複雜，但是，這並不是說它沒有傾向。《三國演義》的總體傾向就是尊劉貶曹。特別是在赤壁之戰以後，這種尊劉貶曹的傾向得到了更加有力的體現。尊劉貶曹的傾向突出體現於那些來自民間的傳說，同時也體現於那些貶曹傾向比較明顯的野史中。《三國演義》對於劉備、諸葛亮一方的描寫，體現了民眾對仁君、仁政的嚮往；對於曹魏一方的描寫，反映了民眾對於暴政、對於奸臣的厭惡和憎恨。成書的關鍵時期是民族矛盾、階級矛盾十分尖銳的宋元時期。在這種情況下，偏安一隅而打着「興復漢室」旗號的劉備集團，被借來喻指漢族政權；而盤踞北方的曹魏集團則被用來借喻正統政權的篡奪者。因此，宋元時期三國故事越來越鮮明的尊劉貶曹傾向，包含着強烈的民族意識和正統觀念。

《四庫全書總目》在《三國志》的提要中，對尊劉貶曹的問題有深刻的分析：

> 其書以魏為正統，以習鑿齒作《漢晉春秋》，始立異議。自朱子以來，無不是鑿齒而非壽。然以理而論，壽之謬萬萬無辭；以勢而論，則鑿齒帝漢順而易，壽欲帝漢逆而難。蓋鑿齒時晉已南渡，其事有類乎蜀為偏安者爭正統。此孚於當代之論者也。壽

則身為晉武之臣，而晉武承魏之統，偽魏是偽晉矣，其能行於當代哉？此猶宋太祖簒立近於魏而北漢、南唐跡近於蜀。故北宋諸儒皆有所避而不偽魏。高宗以後偏安江左近於蜀，而中原魏地全入於金，故南宋諸儒乃紛紛起而帝蜀。

對朱熹的為蜀漢爭正統也做了類似的解釋：「紫陽生於南宋，其遇比於蜀漢，故諄諄以正統與蜀。」孟子說：「孔子成《春秋》而亂臣賊子懼。」（《孟子集注》卷三）我們看南宋的春秋學著作，黃仲炎的《春秋通說》、李明復的《春秋集義》、洪咨夔的《洪氏春秋說》、家鉉翁的《春秋集傳詳說》，無不指曹操為竊國的奸雄。《古今小說評林》中錄超之文有云：「且《水滸》《三國》，作者實有微旨存乎其間。憤宋綱之墜地而語祖梁山，本陳志之材料而王以漢統，得毋悲故宮之禾黍，而借為發揮哉？」不是沒有根據的。

人們對《三國演義》的總體印象是擁劉反曹，其實，這只是一個籠統的印象。因為《三國演義》是一部世世代代累積而成的長篇小說，經歷了數百年的成書過程。在這個漫長的過程中，隨時都有新的人物加進來，隨時都有新的情節添加出來。就材料而言，有正史，有野史，有官方的，有民間的，有六朝的，有隋唐的，有宋元的。有的來自詩詞，有的來自筆記，有的來自戲曲，有的來自說唱。五花八門，林林總總。它們帶着不同的愛憎褒貶，不同的審美趨向，帶着或雅或俗的不同風格，一起湧入三國故事的洪流。羅貫中按照擁劉反曹的大綱，按照小說藝術的需要把它們儘可能地統一起來。過分荒誕的情節，藝術水平太差的文字就一概刪去。可是，這個工作很艱巨，難度很大。羅貫中拋光打磨的工作做得也不是那麼細緻。有的材料在傾向上互相矛盾，但是，或許它們都很有故事性，使作者不忍割愛，所以就都保存下來了。如果我們能夠充分地估計到《三國演義》成書過程的艱難和複雜，我們對於這部小說思想傾向的複雜性也就不難理解了。

仔細地閱讀以後，我們不難看到，《三國演義》的「擁劉反曹」是打了很大折扣的。首先，曹操遠不是全書最可惡的人。曹操的敵人並不僅僅是劉備，劉備與曹操也曾經是朋友。曹操的敵人還有董卓、呂布、袁紹、袁術、袁譚、袁尚、劉表、孫權等等。除了劉備與孫權以外，其餘的人，也並不比曹操更給人以好感。《三國演義》裏的曹操與歷史上的原型相比，已經出入很大。可是，曹操的那些敵人，除了劉備以外，他們在小說裏的形象，與歷史的原型相比，出入並不很大。小說並沒有因為要醜化曹操而拔高他們，只是把他們寫得更生動罷了。請看《三國志》對他們的評價：

> 董卓狼戾賊忍，暴虐不仁，自書契以來，殆未之有也。袁術奢淫放肆，榮不終己，自取之也。袁紹、劉表，咸有威容、器觀，知名當世。表跨蹈漢南，紹鷹揚河朔，然皆外寬內忌，好謀無決，有才而不能用，聞善而不能納，廢嫡立庶，捨禮崇愛，至於後嗣顛蹙，社稷傾覆，非不幸也。(《董二袁劉傳》)
>
> 呂布有虓虎之勇，而無英奇之略，輕狡反覆，惟利是視。自古及今，未有若此不夷滅也。(《呂布傳》)

再看裴松之對董卓和袁術的評價：

> 臣松之以為桀、紂無道，秦、莽縱虐，皆多歷年所，然後眾惡乃著。董卓自竊權柄，至於隕斃，計其日月，未盈三周，而禍崇山嶽，毒流四海。其殘賊之性，實豺狼不若。……袁術無毫芒之功，纖介之善，而猖狂於時，妄自尊立，固義夫之所扼腕，人鬼之所同疾。

就小說《三國演義》給我們的感受而言，董卓、呂布、袁紹、袁術、劉表的形象，和陳壽的評價完全一致。毛宗崗嘲笑董卓的愚蠢：「弒一君復立一君，為所立者，未有不疑其弒我如前之君也。弒一父而復歸一父，為所歸者，未有不疑其弒我如前之父也。乃獻帝畏董卓，而董卓不畏呂布。

不惟不畏之，又復恃之。業已恃之，又不固結之，而反怨怒之，仇恨之。及其將殺己，又復望其援己而呼之。嗚呼！董卓真蠢人哉！」當我們將曹操和董卓相比較的時候，決不會覺得曹操比董卓還壞。毛宗崗認為董卓比曹操差多了：「觀董卓行事，是愚蠢強盜，不是權詐奸雄。奸雄必要結民心，奸雄必假行仁義。今焚宮室，發陵寢，殺百姓，擄資財，不過如張角等所為。後人並稱卓、操，孰知卓之不及操也遠甚。」如果曹操行刺董卓未成，被抓住處死，如果陳宮把曹操交出去，如果曹操討伐董卓時陣亡，曹操將會得到甚麼樣的歷史評價？豈不是「假使當年身便死，誰道曹操是奸雄」！

袁術也是一個令人討厭的人物。當袁術和曹操交戰的時候，讀者的同情決不會落在袁術的身上。與其讓袁術篡國，莫如讓曹操去篡好了。如毛宗崗所云，曹操之識人，遠在袁術之上：「然袁術以年少輕孫策，而曹操正以年少重孫權。此老奸識英雄之眼，又非他人可及。」請看關羽溫酒斬華雄的前前後後：聯軍的將領一個一個地敗下陣來，華雄連斬聯軍的四員大將。連江東豪傑孫堅也被華雄殺得落荒而逃。這時候關羽主動請求出戰。袁術一聽說關羽不過是一個馬弓手，竟勃然大怒：「汝欺吾眾諸侯無大將耶？量一弓手，安敢亂言！與我打出！」此時曹操站出來，力挺關羽：「公路息怒。此人既出大言，必有勇略。試教出馬，如其不勝，責之未遲。」袁紹曰：「使一弓手出戰，必被華雄所笑。」毛宗崗就此諷刺道：「袁術、袁紹，真乃難兄難弟。」曹操曰：「此人儀錶不俗，華雄安知他是弓手？」關公曰：「如不勝，請斬某頭。」操教釃熱酒一杯，與關公飲了上馬。結果是杯酒尚溫而關羽已將華雄斬首。因為張飛一高興，喊了兩句，袁術於是大怒：「俺大臣尚自謙讓，量一縣令手下小卒，安敢在此耀武揚威！都與趕出帳去！」曹操曰：「得功者賞，何計貴賤乎？」人們讀到這段文字，怎能不對曹操心生好感？連口口聲聲罵曹操是奸雄的毛宗崗也不得不說：「阿瞞畢竟是可兒。」袁術看不起孫權，曹操卻識得孫權是英雄，讚歎說「生子當如孫仲謀！」毛宗崗不得不承認：「此老奸識英雄之眼，又非他人可及。」並因此生出許多感慨：「袁術不識玄德兄弟，無足責也。本初亦是人豪，乃亦拘牽俗見，不能格外用人。此孟德之所以為可兒也。今人都罵孟德奸雄，吾恐奸雄非尋常人所可罵，還應孟德之罵人不奸雄耳。甚矣，目前地位之不足量英雄也！十八鎮諸侯，以盟主推袁紹，而後來分鼎，竟屬孫、曹。且孫、曹雖為吳、魏之祖，而僭號稱尊，尚在後嗣。其異日堂堂天子，正位繼統者，乃立公孫瓚背後之一縣令。嗚呼！英雄豈易量哉！……英雄不得志時，往往居人背後，俗眼不能識，直待其驚天動地，而後歎前者立人背後之日，交臂失之。孰知其背後冷笑之意，固已視十八路諸侯如草芥矣！」曹操曾說：「今天下英雄，惟使君與操耳。」毛宗崗稱讚曹操：「蓋天下惟英雄能識英雄。不待識之於鼎足之時，而早識之於孤窮之日。」伐董一役中的各路諸侯與曹操相比，均不免黯然失色。毛宗崗不時地誇讚曹操：「眾諸侯中，畢竟孫、曹二人出色」，「紹初為盟主以討卓，何其壯也；今董卓遣一介之使以和之，而遂奉命不遑。嗚呼！有愧曹操多矣」。稱讚曹操孤軍赴敵「是壯舉，不是輕舉」，並為其失利而歎息：「可恨眾人愚懦，致令孟德敗兵。」曹操一直厚待關羽，而袁紹卻因為關羽斬了顏良而要殺劉備，毛宗崗就此感慨：「曹操厚待雲長，袁紹亦厚待玄德。然曹操則始終不渝，袁紹則忽而加禮，忽而欲殺，主張不定。袁、曹優劣，又見於此。」

官渡大戰的時候，讀者不會去同情袁紹。袁紹的外寬內忌、平庸自負、志大才疏、優柔寡斷，和曹操的豁達大度、深謀遠慮、雄才大略、知人善任，處處形成鮮明的對比。曹操從善如流，謀士、將領團結一心，同舟共濟。反觀袁紹，多疑少斷，馭眾乏術，謀士內訌，將領離心。他「外寬而內忌，不念忠誠」。袁紹不聽田豐之諫，招致大敗。回來以後，羞見田豐，竟命使者齎寶劍前往冀州獄中殺死田豐。與此形成對比的是：曹操遠征烏桓，大獲全勝，「操回至易州，重賞先曾諫者；因謂眾將曰：『孤前者乘危遠征，僥倖成功。雖得勝，天所佑也，不可以為法。諸君之諫，乃萬安之計，是以相賞。後勿難言。』」連尊劉反曹的毛宗崗也不得不時時地慨歎袁紹之不如曹操：「袁、曹優劣，又見於此。」「袁紹善疑，曹操亦善疑。然曹操之疑，荀彧決之而不疑，所以勝也；袁紹之疑，沮授決之而

戰官渡本初初敗

仍疑，許攸決之而愈疑，所以敗也。」「曹操疑所疑，亦能信所信。」「高祖踞牀跣足而見英布，是過為傲慢以挫其氣；曹操披衣跣足而迎許攸，是過為殷勤以悅其心。一則善駕馭，一則善結納，其術不同，而其能用人則同也。」「乃操能用晃而紹不能用攸，為之一歎！」「袁紹不能識而曹操識之，為之一歎！」「使（陳）琳為曹操罵紹，而為紹所獲，則紹必殺琳。紹不能為此度外之事，而操獨能為此度外之事。君子於此益識袁、曹之優劣矣。」「空招俊傑三千人，漫有英雄百萬兵。羊質虎皮功不就，鳳毛雞膽事難成。」「袁紹不奉天子之命，而襲取冀州，欺韓馥，又賣公孫瓚，其罪一；傕、汜之亂，不聞勤王，其罪二；袁術僭號而不能討，及術歸帝號，而又欲迎之，其罪三。」宋人洪邁指曹操為「奸雄」「奸逆」，但又承認曹操勝過袁紹：「曹操自擊烏桓，諸將皆諫，既破敵而還，科問前諫者，眾莫知其故，人人皆懼。曹皆厚賞之，曰：『孤前行，乘危以僥倖，雖得之，天所佐也，顧不可以為常。諸君之諫，萬安之計，是以相賞，後勿難言之。……』袁紹不用田豐之計，敗於官渡，宜罪己，謝之不暇，乃曰：『吾不用豐言，卒為所笑。』竟殺之。其失國喪師，非不幸也。」（《容齋四筆》卷十六）洪邁的意見又來自蘇軾：「魏武帝既勝烏桓，曰：『吾所以勝者，幸也。前諫吾者，萬全之計也。』乃賞諫者曰：『後勿難言』。袁紹既敗於官渡，曰：『諸人聞吾敗，必相哀，惟田別駕不然，當幸其言之中也。』乃殺豐。為明主謀而不忠，不惟無罪，乃有賞；為庸主謀而忠，賞固不可得，而禍隨之！乃知本初、孟德所以興亡者。」（《東坡志林》卷三）既然曹操的這些敵人，其形象還在曹操之下，他們就不但不能起到貶低曹操的作用，反而會抬高曹操的形象。真所謂「天下英雄，使君與操，餘子誰堪共酒杯」！（劉克莊《沁園春》）

我們再看曹魏集團裏的骨幹，謀士如荀彧、荀攸、郭嘉、程昱，一個個運籌帷幄、奇謀祕計、滿腹經綸；武將如張遼、許褚、典韋、徐晃、曹仁，一個個武藝高強、勇不可擋、視死如歸。他們和曹操的關係都十分融洽。惟有荀彧晚年的時候，因為反對曹操加九錫而為曹操所嫉恨，最後不得已而自殺。其中，張遼、臧霸是從呂布那邊過來的，許褚是從戰爭中俘獲的，徐晃是經人策反過來的，他們在以前都沒有出色的表現，到了曹魏這邊才顯得如魚得水，生龍活虎。荀彧原來在袁紹那裏，後來見袁紹成不了大事，才轉到曹操這邊。過來後，曹操很信任他，推心置腹，言聽計從，當覺相見恨晚。對曹方文臣武將的讚揚無形中沖淡了讀者對曹操的反感。

當曹魏和東吳對立的時候，讀者是無所謂的態度，誰贏誰輸都沒有關係。如此一來，對曹操的揭露主要落實在曹魏和蜀漢的對比上。小說確實是有意識地將曹操的酷虐變詐和劉備的寬厚仁義處處地加以對比。曹操是欺人孤兒寡母，劉備是攜民渡江，以人為本；曹操是權術機謀，層出不窮，劉備是以誠相待，對人寬厚。可是，劉備的敵人不僅僅是曹操；當劉備與孫權、劉表、劉璋發生矛盾、爭鬥的時候，劉備的梟雄面目就難以掩飾了。劉備和孫權爭奪荊襄的曲折過程，顯然不像是一种善與惡的對立。至於劉備掩襲西川的過程，更是在客觀上淡化了劉備和曹操的區別。

如此看來，《三國演義》的擁劉反曹實在是有限的。

劉備的虛偽

中國人讀小說，看戲劇，喜歡好人得好報，惡人得惡報，所以讀起《三國演義》來，必然不喜歡那個結局。明朝一位無名氏所作的《新刻續編三國志引》便說：「及觀《三國演義》，至末卷，見漢劉衰弱，曹魏僭移，往往皆掩卷不懌者眾矣。又見關、張、葛、趙諸忠良反居一隅，不能恢復漢業，憤歎扼腕，何止一人？及觀劉後主復為司馬氏所併，而諸忠良之後杳滅無聞，誠為千載之遺恨。」讀者都為劉備集團的悲劇結局感到惋惜不已，他們的同情無疑是在劉備這一邊，可是，他們不一定喜歡劉備這個人物。原因何在呢？原因在於，人物自身的發展邏輯和作者的創作意圖之間產生了不可克服的矛盾。作者要塑造一個仁君的形象，這個意圖十分明顯。但是，當作者用仁君的標準去拔高原型的時候，當作者用封建的倫理道德對原型進行規範化的時候，他得到的卻是一個可敬而不可愛的人物。我們看到，劉備身處激烈的鬥爭漩渦之中，但內心感情的流水卻非常平靜，一點波瀾也沒有。「欲顯劉備之長厚而似偽」，魯迅在《中國小說史略》裏的批評擊中了要害。當作者企圖突出劉備的寬厚的時候，卻無意中寫出了劉備的虛偽。作品的客觀效果走向作者主觀願望的反面。這恐怕是作者始料之所不及的。

從正史的記載來看，劉備的形象確實比較寬厚。《三國志·先主傳》寫道：

> 荊州豪傑歸先主者日益多……過襄陽，諸葛亮說先主攻琮，荊州可有。先主曰：「吾不忍也。」……比到當陽，眾十餘萬，輜重數千兩，日行十餘里，別遣關羽乘船數百艘，使會江

陵。或謂先主曰：「宜速行保江陵，今雖擁大眾，被甲者少，若曹公兵至，何以拒之？」先主曰：「夫濟大事必以人為本，今人歸吾，吾何忍棄去！」

其實，與其說劉備不忍乘劉表屍骨未寒而取荊州，莫如說劉備當時是心有餘而力不足。毛宗崗分析道：「馬良請表劉琦為荊州牧，以安眾心，可見荊州之人未忘劉表。其從曹操者，迫於勢耳。使玄德於劉表託孤之日，而遂自取之，則人心必不附。人心不附，則曹操來迫，而內變必作。故知玄德之遲於取荊州，未為失算矣。」從《三國志》來看，劉備確實很有領袖的魅力。小說中陶謙的三讓徐州，陳珪、陳登父子的推崇，孔融的讚許，荊州士人的歸順，雖然帶有小說的誇張和文飾，但也都有一點歷史的根據，不是向壁虛造。劉備與劉表、袁紹、曹操、劉璋的關係，都是「先禮後兵」，先好後壞。劉備依附劉表，「劉表遂命孫乾先往報玄德，一面親自出郭三十里迎接。玄德見表，執禮甚恭。表亦相待甚厚」。後來察覺荊州的人才都在悄悄地投靠劉備，這才警惕起來，開始提防劉備。劉備投奔袁紹，「紹大喜，相待甚厚，同居冀州」。後來身在曹營的關羽連斬顏良、文丑兩員大將，袁紹大怒，袁、劉的關係才由親變疏。劉備投靠曹操，曹操與劉備煮酒論英雄，說「今天下英雄，惟使君與操耳」。可見當時曹操很推重劉備，評價非常高。後來，劉備捲入衣帶詔的密謀，劉、曹翻臉。劉備應劉璋之邀入川，劉璋亦是傾心相待。但後來發現了劉備企圖取而代之的雄心，遂反目成仇。

三國鼎立，比較而言，蜀漢的內部比較團結，曹魏的內部關係最為緊張。可是，小說誇大了劉備的性格特點，把劉備定格為仁義之君、定格為與曹操本質上完全相反的人物，問題就來了。從三國的立國過程來看，蜀漢的建立最為艱難曲折。且不說小說中已經大大地誇大了蜀漢的國力。得孔明以前，劉備東奔西走，寄人籬下，被動捱打，窮於應付，不成其為一支獨立的力量。連文丑都說：「劉玄德屢敗之將，於軍不利。」毛宗崗亦感歎劉備創業之艱難：「呂布襲兗州，而曹操卒復兗州。呂布襲徐州，而

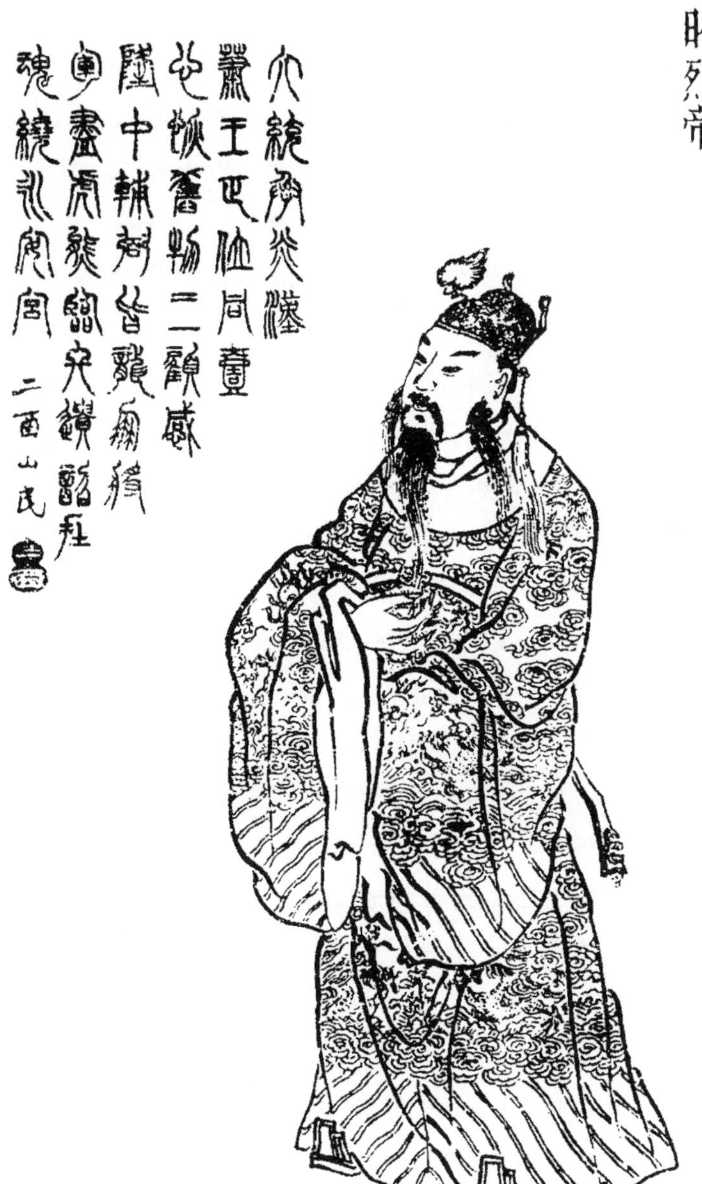

昭烈帝

劉備不能復徐州。非備之才不如，而實勢不如也。本是呂布依劉備，今反成劉備依呂布，客轉為主，主轉為客，備之遇亦艱矣哉！」「非紹之賢而納備，乃備之急而投紹耳。前乎此者，依託呂布，又依託曹操；後乎此者，依託劉表，又依託孫權。煢煢一身，常為客子，然則備之為君，殆在旅之六五云。」劉備沒有根據地，沒有形成強有力的領導核心。劉備身邊人才寥落，雖有關羽、張飛、趙雲等數位「萬人敵」的虎將，但文職人員如孫乾、糜竺等人，充其量也只是三流人才。這樣一個領導班子，根本不可能制訂出有遠見的戰略。在這個階段，劉備還遠未具備割據稱雄的條件。小說寫到赤壁之戰以前，劉備形象的虛偽性並沒有成為嚴重的問題。當時劉備勢力尚弱，羽毛未豐，還沒有力量去欺負別人。三讓徐州是刻畫劉備仁義品格的重要一筆。小說在這裏用張飛來襯托：「又不是我強要他的州郡，他好意相讓，何必苦苦推辭？」劉備回答說：「汝等欲陷我於不義耶？」從表面上來看，此時的劉備已經近似於宋襄公，難怪毛宗崗就此揶揄劉備道：「劉備之辭徐州，為真辭耶？為假辭耶？若以為真辭，則劉璋之益州且奪之，而陶謙之徐州反讓之，何也？或曰：『辭之愈力，則受之愈穩，大英雄人，往往有此計算，人自不如耳。』」連毛宗崗這樣同情劉備的人也在懷疑劉備三讓徐州的動機。其實，劉備之所以不敢貿然去接徐州的大印，還是怕人心不服，怕袁術來攻。《三國志・先主傳》談到劉備讓徐州的時候寫道，陶謙死後，陳登勸劉備順從陶謙的遺願，接任徐州刺史的職務，劉備回答說：「袁公路近在壽春，此君四世五公，海內所歸，君可以州與之。」原來是怕袁術反對。孔融說，袁術「豈憂國忘家者邪？塚中枯骨，何足介意」，劉備才不再謙讓。如果劉備說的是真心話，那麼，劉備的眼光還不如孔融。據《三國志・先主傳》，劉備接任徐州太守以後不久，袁術果然來攻。小說把《先主傳》裏劉備和陳登的對話刪去，改成陶謙彌留之際，誠心相託，並添上這樣一段文字：「次日，徐州百姓擁擠府前，哭拜曰：『劉使君若不領此郡，我等皆不能安生矣。』」這樣一來，劉備就變成民心所向、眾望所歸，變成救苦救難的菩薩。袁術來攻也改成曹操要來攻，以突出劉備和曹操的對立。

劉備三顧孔明於草廬之中，孔明為劉備制定了先取荊襄、繼奪西川的戰略方針。至此，吞併劉表、劉璋兩大集團，已成為劉備集團的既定方針。在這裏作者意識到，如果讓劉備一味地贊同諸葛亮的戰略建議，勢必損害劉備作為一個仁義之君的形象，於是，作者便連忙煞費苦心地為之彌縫遮掩：

> 玄德聞言，避席拱手謝曰：「先生之言，頓開茅塞，使備如撥雲霧而睹青天。但荊州劉表、益州劉璋，皆漢室宗親，備安忍奪之？」孔明曰：「亮夜觀天象，劉表不久人世，劉璋非立業之主，久後必歸將軍。」玄德聞言，頓首拜謝。（第三十八回）

吞併劉表、劉璋既然是宗室之間骨肉相殘的不仁不義之事，又怎麼能使劉備產生「如撥雲霧而睹青天」的快樂心情呢？幸好天意如此，劉備大可不必良心不安。毛宗崗為其辯解道：「二劉之地，玄德不取，必為孫、曹所有。」其實，小說這種圓滑的處理把劉備寫成了偽君子。

劉備得孔明以後，先是謹慎地插手和利用劉表家乃至集團內部的矛盾，後來又借赤壁之戰以後的形勢，推劉表的長子劉琦為荊州刺史。利用劉琦在荊州地區的影響與潛在的勢力，招撫和降服了長江以南的荊州四郡太守。劉琦的價值被充分地發掘出來。諸葛亮曾經勸劉備：「新野小縣，不可久居。近聞劉景升病在危篤，可乘此機會，取彼荊州為安身之地，庶可拒曹操也。」劉備回答說：「公言甚善。但備受景升之恩，安忍圖之！」「吾寧死，不忍作負義之事。」在這裏，小說用諸葛亮的權謀來襯托劉備的仁義。其實，就這件事而言，劉備的考慮比諸葛亮更為穩妥。人們只知道「諸葛一生惟謹慎」，其實劉備的謹慎一點也不次於諸葛亮。我們只要看他如何處理和呂布及劉表的關係，就不難明白。赤壁之戰以前，劉備表現得特別能忍讓，甚麼原因呢？主要是實力太弱。《三國志・吳主傳》評價孫權「屈身忍辱，任才尚計，有勾踐之奇，英人之傑矣」，將孫權比作能屈能伸的勾踐。孫權也確實能忍。孫權的忍，一是對大族能忍。譬如說，張昭是顧命大臣，資格老，為人剛直，「辭氣壯厲，義形於色」，常常當面頂撞孫權，讓年輕的君主下不來台。孫權曾經「案刀而怒曰」：「吳國士人入宮則拜孤，出宮則拜君，孤之敬君，亦為至矣。而數於眾中折孤，孤嘗恐失計。」在這樣的威脅面前，張昭並不屈服。最後，還是孫權「深自克責」，多做自我批評，從而取得張昭的擁戴。二是對曹魏能忍。孫權擒關羽，奪回荊州以後，深怕劉備報復，轉而與曹魏聯合。於是，孫權將關羽之首函送許昌，稱臣歸命，希望以自己的卑順來沖淡曹魏的敵意。但曹操洞察孫權的那點小聰明，說：「是兒欲使吾居爐火上耶！」讓孫權去攻劉備。接着，又要求孫權的兒子到許昌來當人質。孫權當然做不到，最後還是與曹魏翻臉了。其實，劉備在「屈身忍辱」的方面，比孫權更像勾踐。孫權還有父兄的基業可以依賴，劉備則完全靠自己白手起家。他受的欺負更多，經歷的坎坷更多。始得豫州而曹操奪之，繼得徐州而呂布奪去。小不忍則亂大謀，他不忍怎麼能行！曹軍大舉南下，據《三國志・先主傳》說，劉備當時確實不忍棄眾逃跑，但小說誇大了這一點，寫出了這樣的一個場面：

> 即日號泣而行，扶老攜幼，將男帶女，滾滾渡河，兩岸哭聲不絕。玄德於船上望見，大慟道：「為吾一人而使百姓遭此大難，吾何生哉！」欲投江而死。（第四十一回）

結果當然是「左右急救止」，否則的話，下面的故事怎麼講？大概是毛宗崗也覺得這樣的描寫未免有點過火，於是插了一段解嘲的批語：「或曰：玄德之欲投江，與曹操之買民心，一樣都是假處。然曹操之假，百姓知之；玄德之假，百姓偏不以為假。雖同一假也，而玄德勝曹操多矣。」其實，毛宗崗的這種維護是越描越黑，他的話等於是說，劉備比曹操更有欺騙性，更善於欺騙百姓。南宋的朱熹奉劉備為正統，可是，他也覺得劉備之不取劉琮沒有道理：「我這裏方行仁義之師救民於水火之中，你卻抗拒不服，如何不伐得？聖人做處如此。到得後來，都不如此了。如劉先主不取劉琮而取劉璋，更不成舉措。當初劉琮孱弱，為曹操奪而取之。若乘此時，明劉琮之孱弱將為曹操所圖，起而取之，豈不正當？到得臨了，卻淬淬地去取劉璋，全不光明了。當初孔明便是教他先取荊州，他卻不從。或曰：終是先主規模不大，索性或進或退，所以終做事不成。」（《朱子語類》卷四十七）

小說又寫劉備「同行軍民共數萬，大小車數千輛，挑擔背負者不計其數」，「緩緩而行」。別人警告他曹軍「即日渡江趕來也」，劉備說：「舉大事者，必以人為本，今人歸我，奈何棄之！」諸葛亮要他趕快去江夏求救於劉琦，他依然不緊不慢，「每天只走十餘里便歇」。後面的曹軍五千輕騎，正日夜兼程，以一日一夜三百多里的速度，火急追來。戰場的形勢瞬息萬變，可作為主帥的劉備一路上只是哭泣，再不就是講一些迂腐的話，一點主意、一點措施也沒有。其實，劉備的軍隊和逃難的百姓混雜在一起，只會增加百姓的傷亡，並沒有一點保護百姓的實際作用。劉備的這種形象和春秋時的宋襄公已是毫無區別。有人認為，劉備是故意這樣做，讓羊羣似的逃難百姓來掩護自己，但這樣想的話，也未免把劉備想得太壞。

奪取了荊襄地區以後，劉備集團窺視着西川劉璋方面的一舉一動。張松赴魏以後，「早有人報入荊州，孔明便使人入許都打探消息」。曹操的傲慢使張松大為不滿，張松轉而投靠劉備。這就給了劉備一個極好的機會。益州集團的中堅人物張松企圖依靠外力推翻劉璋的統治，劉璋也一廂情願地希望劉備幫助他去抵禦和消滅盤踞漢中、威脅西川的張魯。劉備對沃野千里的西川早已垂涎三尺，劉璋的邀請正中下懷，真是求之不得的天賜良機。

劉備奪取西川的第一步是拉攏張松。他為此下了很大的功夫。先是派趙雲遠迎，接着是派關羽去熱情款待。一向看不起文人的關羽，此時也變得彬彬有禮。最後是「玄德引着伏龍、鳳雛，親自來接」。劉備「一連留張松飲宴三日，並不提起川中之事」。明明是為了西川之事，卻偏偏絕口不提。毛宗崗就此議論道：「孔明深欲為玄德取西川，又明知張松此來是賣西川，卻教玄德只做不知，憑他挑撥，並不提起，直待張松忍耐不住，自

劉玄德攜民渡江

吐衷曲，最似今之巧於貿易者，極欲買是物，偏故作不欲買之狀，直待賣者求售，然後取之。」劉備一味地謙讓，自己難以啟齒的話讓龐統去講：

> 龐統曰：「吾主漢朝皇叔，反不能佔據州郡；其他皆漢之蟊賊，卻都恃強侵佔地土，惟智者不平焉。」（第六十回）

劉備不主動提出襲取西川的意圖，卻儘量把話題往這方面引。他一會兒歎息自己「未有安跡之所」，一會兒又假惺惺地半推半就：「備安敢當此？劉益州亦帝室宗親，恩澤佈蜀中久矣。他人豈可得而動搖乎？」劉備一面表示同為漢室宗親，怎能忍心奪取；一面又一個勁地打聽西川的虛實：「備聞蜀道崎嶇，千山萬水，車不能方軌，馬不能聯轡；雖欲取之，用何良策？」垂涎三尺而又扭扭捏捏，「猶抱琵琶半遮面」，真是虛偽到了極點！張松臨行時，雙方總算拍板成交。待到張松獻出地圖，劉備趕快向他承諾：「青山不老，綠水長存。他日事成，必當厚報。」「孔明命雲長等護送數十里方回」。

劉備入川的意圖十分明確，他自然不肯抓緊時間替劉璋去消滅張魯。到葭萌以後，他就駐紮下來，「廣佈恩德，以收民心」，再也不肯前進一步。由於張松之弟張肅的舉報，劉璋此時也已得知劉備入川的意圖，他收斬了私通劉備的張松，同時下令關戍諸將不得再與劉備聯繫。可是，劉璋的覺悟為時已晚。請客容易送客難，劉備找了一個小小的藉口，回師西下，攻涪關，拔綿竹，進圍成都。僅僅用了一年的時間，就粉碎了劉璋集團的抵抗。

劉備在入川的過程中，頗有一些失態的表現。譬如小說第六十二回寫到，劉璋對劉備的意圖有所察覺以後，「乃量撥老弱軍四千，米一萬斛，發書遣使報玄德」，想看一下劉備的反應。誰知一向寬和謙虛、能忍能讓的劉備竟拍案大怒：「吾為汝禦敵，費力勞心，汝今積財吝賞，何以使士卒效命乎？」且「扯毀回書，大罵而起」。劉璋的使者嚇得逃回成都。劉備這次的失態，連龐統都感到有點奇怪：「主公只以仁義為重，今日毀書發怒，前情盡棄矣。」其實，劉備的失態，只是反映了一種急於尋釁而一時又找不到藉口的急躁心理罷了。所謂「仁義為重」，只是手段，並非目的。劉備攻下涪關以後，設宴慶賀。酣醉之餘，又有一次失態的表現：「次日勞軍，設宴於公廳。玄德酒酣，顧龐統曰：『今日之會，可為樂乎？』龐統曰：『伐人之國而以為樂，非仁者之兵也。』玄德曰：『吾聞昔日武王伐紂，作樂象功，此亦非仁者之兵歟？汝言何不合道理？可速退！』龐統大笑而起。左右亦扶玄德入後堂。睡至半夜，酒醒。左右以逐龐統之言告知玄德。玄德大悔；次早穿衣升堂，請龐統謝罪曰：『昨日酒醉，言語觸犯，幸勿掛懷。』龐統談笑自若。玄德曰：『昨日之言，惟吾有失。』龐統曰：『君臣俱失，何獨主公？』玄德亦大笑，其樂如初。」龐統只是開了一個小小的玩笑，刺着了劉備的痛處，一向禮賢下士的劉備竟把龐統趕下宴席。早先他還說劉璋也是漢室宗親，「恩澤佈蜀中久矣」，現在要奪人基業，便說人家是紂王了。這一段插曲並非出自小說家的杜撰，而是來自《三國志・龐統傳》。習鑿齒就此指責劉備：「夫霸王者，必體仁義以為本，仗信順以為宗。一物不具，則其道乖矣。今劉備襲奪璋土，權以濟業，負信違情，德義俱愆。雖功由是隆，宜大傷其敗，譬斷手全軀，何樂之有？」裴松之大致同意習鑿齒的意見，只是認為「違義成功，本由詭道」，並譏刺劉備「宴酣失時，事同樂禍，自比武王，曾無愧色」。劉備襲擊劉璋，是劉備梟雄面目最有力的證據。使傾向於蜀漢的人都覺得難以替他辯解。

儒家講究王道和霸道的區別，王道強調德，霸道則強調力。孟子認為，實行王道則無敵於天下。道德和政治是可以統一的。可是，在那個天下爭於氣力的戰國時代，誰也不相信孟子的理論。沒有一個諸侯願意用他。面對三國這樣的亂世，要塑造劉備這樣的仁義之君，就必然會遇到王道和霸道的衝突。在入川的過程中，小說屢次地寫到劉備「高尚」的道德觀念和軍事政治利益之間的矛盾衝突。作者的辦法是讓龐統來唱白臉，而讓劉備來唱紅臉，以此來維護劉備仁義的形象。進軍西川的前夕，龐統勸告劉備當機立斷，進攻西川，劉備卻在那裏猶豫：「若以小利而失信義於天下，吾不忍也。」龐統便「教唆」說：「主公之言，雖合天理；奈離亂之時，用兵爭強，固非一道。若拘執常理，寸步不可行矣！宜從權變。且『兼弱攻昧』，『逆取順守』，湯、武之道也。若事定之後，報之以義，封為大國，何負於信？今日不取，終被他人取耳。主公幸熟思焉。」劉備於是恍然大悟：「金石之言，當銘肺腑。」如此，王道被霸道代替，實利戰勝了仁義。這麼做是有根據的，作為聖人的湯、武就是榜樣。再如小說第六十一回，寫龐統和法正「勸玄德就席間殺劉璋，西川唾手可得」，劉備說：「吾初入蜀中，恩信未立，此事決不可行。」「二人再三說之，玄德只是不從。」又如第六十回，劉備對龐統說：「季玉是吾同宗，誠心待吾；更兼吾初到蜀中，恩信未立：若行此事，上天不容，下民亦怨。公此謀，雖霸者亦不為也。」《三國志・先主傳》對這件事是這麼寫的：

至涪，璋自出迎，相見甚歡。張松令法正白先主，及謀臣龐統進說，便可於會所襲璋。先主曰：「此大事也，不可倉卒。」

劉備的意思，此事不是不能做，而是要慎重，不能操之過急。正如毛宗崗所說：「玄德不欲遽殺劉璋，亦為收民心故耳。先收民心而後取西川，此是玄德主意。」「然殺劉璋而急取之，則人心不附，而撫之也難；不殺劉璋而緩取之，則人心可服，而享之也固。」可謂洞察劉備肺腑。在這裏，我們再一次看到劉備的謹慎。劉備、劉璋見面的宴會上，重演劉邦、項羽鴻門宴上項莊舞劍、意在沛公的一幕。不過，在這裏，是龐統扮演范增的角色，劉備扮演項羽，劉璋則扮演劉邦。龐統在席上擊殺劉璋的計劃被劉備阻止。劉備事後責備龐統：「公等奈何欲陷備於不義耶？今後斷勿為此。」《三國志・先主傳》上說：「璋敕關戍諸將文書勿復關通先主，先主大怒，召璋白水軍督楊懷，責以無禮。斬之。」小說為了維護劉備仁義的形象，受《零陵先賢傳》的啟發，設計出楊懷和高沛想要行刺劉備的情節。如此一來，不是劉備要殺楊懷、高沛，而是變成楊懷、高沛要行刺劉備，分明是自己找死。

作者要維護劉備仁義之君的形象，而吞併西川、擊滅宗室劉璋的情節又無法迴避，於是，我們在這一回裏看到了這樣一幅荒謬的畫面：劉備很不情願地率領着他的精兵強將，向着那缺乏準備的「漢室宗親」劉璋猛撲過去，並且迅速扼住了對方的喉嚨。劉璋投降一節，更是把劉備的虛偽推到了頂點：

> 於是劉璋決計投降，厚待簡雍。次日，親齎印綬文籍，與簡雍同車出城投降。玄德出寨迎接，握手流涕曰：「非吾不行仁義，奈勢不得已也！」（第六十五回）

劉備的「流涕」自然是鱷魚的眼淚。毛宗崗也不得不說：「備既入川，則已有不能不取之勢，入其境而不忍取其地，則進退維谷，而禍及身矣。總之，召虎易而遣虎難，入險易而出險難耳。」人物不由自主地按照自己的邏輯行事。劉備愈是走近他的既定目標，就愈要遵循弱肉強食的原則。西方有句名言說得好：「必然規律不知道德為何物。」在當時逐鹿中原的戰爭中，弱肉強食是必然的規律。劉備無法改變它。相反，只有遵循這條規律，才能實現自己的政治目標。劉備勢力的兩次大發展，都是以犧牲其他集團的利益為前提的。劉表集團是第一個犧牲品，劉璋集團是第二個犧牲品。劉表和劉璋沒有致其該滅的罪過，但二劉的平庸無能，注定了他們覆滅的命運。當然，劉表集團覆滅於曹操的進攻，怪不得劉備；可是，劉表的許多殘部卻被劉備收編。關鍵是劉備、諸葛亮事先已經把劉琦爭取過來了。他們明白劉琦的價值，沒有小看這位病歪歪的公子。在爭奪荊襄的大局中，劉琦似乎是一枚「閒子」，但這枚閒子在荊襄局勢的後續發展中體現出很大的價值。

作者錯誤的創作意圖一次又一次地將人物推到情理之外，而人物自身的邏輯一次又一次地將人物領回到情理之中。具有諷刺意味的是：人物的理想化恰恰成為人物形象失敗的根源。這種事與願違的藝術效果其實是對於仁君理想的揶揄和諷刺。大而言之，劉備形象的虛偽反映出整個儒家倫理的虛偽性。時代已經到了封建社會的晚期，統治階級已經提不出新的倫理理想。人物的蒼白根源於理想的蒼白。

前人早已注意到塑造理想人物難以討好讀者的現象。夏曾佑在《小說原理》中總結小說創作之「五難」。第一難就是「寫小人易，寫君子難」。「人之用意，必就己所住之本位以為推。人多中材，仰而測之，以度君子，未必即得君子之品性；俯而察之，以燭小人，未有不見小人之肺腑也。試觀《三國志演義》竭力寫一關羽，乃適成一驕矜滅裂之人；又欲竭力寫一諸葛亮，乃適成一刻薄輕狡之人。《儒林外史》竭力寫一虞博士，乃適成一迂闊枯寂之人。而各書之寫小人無不栩栩欲活。」夏氏的話雖然不免有些苛刻，但大致的意思是對的。

當然，說劉備虛偽是就小說對劉備的整體描寫而言的。事實上，小說中某些不經意的描寫反而把劉備的寬厚刻畫得非常動人。譬如，劉備將劉封收為螟蛉之子，曾經遭到關羽的反對。關羽的意思，劉備自己有兒子，認甚麼義子！後來，呂蒙白衣渡江，偷襲關羽，關羽困守麥城，派廖化殺出重圍，去向居守上庸的劉封、孟達求救。孟達挑撥劉封說：「將軍以關公為叔，恐關公未必以將軍為姪也。某聞漢中王初嗣將軍之時，關公即不悅。後漢中王登位之後，欲立後嗣，問於孔明，孔明曰：『此家事也，問關、張可矣。』漢中王遂遣人至荊州問關公。關公以將軍乃螟蛉之子，不可僭立，勸漢中王遠置將軍於上庸山城之地，以杜後患。此事人人知之，將軍豈反不知耶？何今日猶沾沾以叔姪之義，而欲冒險輕動乎？」劉封聽了孟達的挑撥，見死不救，拒不發兵援助身處險境的關羽。由此可見，關羽之死，劉封負有很大的責任。劉備亦因此深恨劉封。其後孟達投降曹操，劉備聽孔明之計，令劉封攻孟達，「令二虎相並，劉封或有功，或敗績，必歸成都，就而除之，可絕兩害」。孟達去書勸劉封投降，劉封扯書斬使：「此賊誤吾叔姪之義，又間吾父子之親，使吾為不忠不孝之人也！」與孟達死戰，並對先前之不救關羽有所悔恨。終因眾寡不敵，兵敗而逃回成都。劉備為劉封見死不救關羽，處死劉封。「漢中王既斬劉封，後聞孟達招之，毀書斬使之事，心中頗悔。」據《三國志・劉封傳》，是諸葛亮促成了劉備的殺機：「諸葛亮慮封剛猛，易世之後終難制御，勸先主因此除之。於是賜封死，使自裁。」劉封臨終後悔沒有聽孟達的話投降曹操。「先主為之流涕。」平心而論，劉封一時糊塗，聽了孟達的挑撥，因私憾而見死不救，坐觀關羽危亡，確是罪不容誅；但同一個劉封，以螟蛉之子的身份，卻能夠在已經得罪父王的情況下，痛心自己的錯誤，堅決拒絕孟達的勸降，在力量懸殊的情況下與曹軍苦戰，確實也難能可貴。而劉備的「心中頗悔」，說明劉備對自己的螟蛉之子還是很有感情的。

黃權的故事是又一個例子。黃權投降曹操的消息傳來以後，近臣建議：「可將彼家屬送有司問罪。」可劉備卻說：「黃權被吳兵隔斷在江北岸，欲歸無路，不得已而降魏，是朕負權，非權負朕也。何必罪其家屬？仍給祿米以養之。」劉備能夠自己承擔責任，能夠諒解不得已而投降曹魏的部下，充分表現出他為人的忠厚。小說又用黃權對劉備的信任來進一步證明劉備的忠厚：「忽近臣奏曰：『有細作人自蜀中來，說蜀主將黃權家屬盡皆誅戮。』權曰：『臣與蜀主，推誠相信，知臣本心，必不肯殺臣之家小也。』」劉封、黃權的故事是有歷史根據的，劉備當時確實是那麼一種態度。裴松之還就此讚歎道：「臣松之以為漢武用虛罔之言，滅李陵之家，劉主拒憲司所執，宥黃權之室，二主得失懸邈遠矣。」其實，不用和漢武帝誅殺李陵家屬的事來比較，只要看看曹丕對于禁的處理，比較一下，就可以看出劉備的厚道。

關羽水淹七軍，「隨波逐浪者不計其數。平地水深丈餘」。于禁被俘，投降關羽。于禁的投降，比黃權更可以理解，曹操為之感慨：「于禁從孤三十年，何期臨危反不如龐德也？」曹操不明白，跟了他三十年的于禁，為何反不如剛剛投降過來的龐德。話裏還有一點惋惜的意思。其實，龐德無所謂忠不忠，如毛宗崗所說：「其後既不肯背曹操而降關公，其初何以背馬超而降曹操？」對曹操來說，忠於他才是真正的忠。後來東吳為了討好曹魏，把于禁送回魏國，以此來緩和雙方的關係。當時曹操已經去世。那麼，曹丕如何處置于禁呢？小說寫道：「令于禁董治陵事。禁奉命到彼，只見陵屋中白粉壁上，圖畫關雲長水淹七軍擒獲于禁之事。畫雲長儼然上坐，龐德憤怒不屈，于禁拜伏於地，哀求乞命之狀。——原來曹丕以于禁兵敗被擒，不能死節，既降敵而復歸，心鄙其為人，故令人圖畫陵屋粉壁，故意使之往見以愧之。當下于禁見此畫像，又羞又惱，氣憤成病，不久而死。」這段故事是從《三國志・于禁傳》來的。于禁的本傳中說，于禁被東吳遣送回魏國以後，「帝慰諭以荀林父、孟明視故事，拜為安遠將軍。欲遣使吳，先令北詣鄴謁高陵。帝使豫於陵屋畫關羽戰克、龐德憤怒、禁降服之狀。禁見，慚恚發病薨」。曹丕在接見的時候，故作寬宏大量，借用秦穆公原諒失敗將領的故事，卻又讓人預先畫了圖畫來羞辱于禁。我們可以由此看出曹丕的外寬內忌，看出他為人的虛偽。曹丕與他的父親相比，確實是差多了。他幹的許多事都非常的小家子氣。宋人孔平仲於此感慨道：「曹瞞相知三十年，臨危不及龐明賢。歸來頭白已憔悴，泣涕頓首尤可憐。高陵畫像何詭譎，乃令慚痛入九泉。清水之師勇冠世，英雄成敗皆偶然。」（《宋詩鈔》卷十六《于將軍》）對于禁多有同情。「詭譎」二字，隱含着對曹丕的諷刺。難怪陳壽在曹丕本傳的末尾雖然承認曹丕「天資文藻，下筆成章，博聞強識，才藝兼該」，但對曹丕的狹隘，也不無諷刺：「若加之曠大之度，勵以公平之誠，邁志存道，克廣德心，則古之賢主，何遠之有哉！」曹操曾經說：「生子當如孫仲謀」，但曹丕可趕不上孫權。劉備就非常輕視曹丕，他臨終時曾經對諸葛亮說：「君才十倍曹丕。」可見這位蜀漢之主對曹丕的輕蔑。小說鄙視于禁的投降，也無意刻畫曹丕的狹隘，所以沒有採用「帝慰諭以荀林父、孟明視故事」這一材料。作者有興趣的是曹丕迫害弟輩的故事。

諸葛亮為劉備所累

諸葛亮是一位賢相的典型，也是軍事智慧、政治智慧的化身。高瞻遠矚、指揮若定、嚴於律己、忠貞不貳、鞠躬盡瘁、死而後已。他是劉備集團實際上的靈魂，他的決策關係着蜀漢的生死存亡，他的舉手投足，顧盼談笑，都使讀者為之屏息凝神。劉備去世以後，諸葛亮忠心耿耿地執行既定的方針，嘔心瀝血地指揮了每一次戰鬥。可是，在小說中，諸葛亮的形象常常為劉備所累。原因何在呢？原因在於，小說為了沖淡劉備的「梟雄」色彩，常常讓孔明來做惡人，而讓劉備來做好人。結果往往是劉備實際上做了「梟雄」該做的事，而孔明卻充當了「教唆犯」的角色。本來，小說家常常利用人物思想性格的不同互相映襯，以達到比較而顯的效果。可是，這種比較的分寸如果把握得不好，也會產生副作用。

攻克成都以後，孔明建議說：「今西川平定，難容二主，可將劉璋送去荊州。」劉備卻說：「吾方得蜀郡，未可令季玉遠去。」看來是於心不忍。可孔明反駁劉備道：「劉璋失基業者，皆因太弱也。主公若以婦人之仁，臨事不決，恐此土難以長久。」於是，「玄德從之」，不再堅持他的「婦人之仁」。毛宗崗就此揶揄道：「一個做好，一個做惡，定是商量停當。」

小說第七十三回，「玄德進位漢中王，雲長攻拔襄陽郡」，眾人要擁戴劉備稱帝。此時漢獻帝還在，劉備要稱帝的話，理論上還有點問題。原來劉備反曹，打的是「興復漢室」的旗號，現在漢獻帝雖然已成傀儡，但畢竟還坐在金鑾殿上。劉備自己稱帝則超出了「興復漢室」的範圍。我們看小說怎麼設計劉備和諸葛亮各自的態度：

（諸葛亮）隨引法正等入見玄德，曰：「今曹操專權，百姓無主；主公仁義著於天下，今已撫有兩川之地，可以應天順人，即皇帝位。名正言順，以討國賊。事不宜遲，便請擇吉。」玄德大驚曰：「軍師之言差矣。劉備雖然漢之宗室，乃臣子也；若為此事，是反漢矣。」孔明曰：「非也。方今天下分崩，英雄並起，各霸一方。四海才德之士，捨死忘生而事其上者，皆欲攀龍附鳳，建立功名也。今主公避嫌守義，恐失眾人之望。願主公熟思之。」（第七十三回）

諸葛亮勸劉備稱帝的理由，歸納起來，有四條：一是「百姓無主」。這一條顯然不太穩妥，因為漢獻帝明明還在。二是劉備「仁義著於天下」。這裏隱含着「天下惟有德者居之」的思想。在嘉靖本的《三國演義》裏，曾經多次提到這樣的主張：

（王）允曰：「天下者，非一人之天下，乃天下人之天下。自古『有道代無道，無德讓有德』，豈過分乎！」（卷二）

（孫）權曰：「今盡力一方，冀以輔漢耳，此言非所及也。」（魯）肅曰：「古云：『人皆可以為堯舜』，但恐將軍不肯為耳。」（卷六）

（薛）綜曰：「公言差矣！予聞古人云：『天下者，非一人之天下，乃天下人之天下也。』故堯以天下禪於舜。……」（卷九）

孔明曰：「都督此言極是公論。古人云：『天下者，非一人之天下，乃天下人之天下也。』……」（卷十一）

孔明變色言曰：「……自三皇五帝開天立極以來，天下者，非一人之天下，乃天下人之天下也。……」（卷十一）

（張）松曰：「不然。天下者，非一人之天下也，乃天下人之天下也，惟有德者居之。……」（卷十二）

連夏侯惇勸曹操稱帝也說：「自古以來，能除萬害為民所歸者，即生民之主也。」（卷十六）曹丕篡漢和司馬炎篡魏也都以「天下者，非一人之天下也，乃天下人之天下也」為口實。可是，到了毛宗崗的評點本裏，凡是能夠體現「天下惟有德者居之」意思的話幾乎統統被刪掉了。僅僅在魯肅去討荊州時，周倉反駁魯肅道：「天下土地，惟有德者居之。豈獨是汝東吳當有耶？」算是刪削不盡的一點遺留。毛宗崗生當君主專制登峰造極的清王朝，不敢再提「天下惟有德者居之」的口號，懼怕刺激君王敏感的神經。但是，《三國演義》擁劉反曹的傾向其實正是建立在「天下惟有德者居之」的基礎之上。諸葛亮鼓勵劉備稱帝的第二條理由，只不過是原來口號沒有抹掉的一點痕跡。平心而論，「天下惟有德者居之」這句口號，誰都可以利用。擁兵自重的諸侯可以利用，農民起義也可以利用。對於一向以「興復漢室」為號召的劉備來說，一下子將自己的口號變成激進的「天下惟有德者居之」，也不太合適。再看諸葛亮鼓勵劉備稱帝的第三條理由「今已撫有兩川之地」，意思是已經有了地盤，有了稱帝的實力，等於說「有槍便是草頭王」。這一條更是站不住腳。古代的周文王三分天下有其二，尚且沒有稱帝，何況劉備還只是佔了區區的西川，九州之地有其一而已。

諸葛亮提出的第四條理由是，大家都想「攀龍附鳳」，圖個功名富貴，你自己謙虛不想當這個皇帝也就罷了，只是大家也就借不了光，人心就散了。看來，這第四條最說不出口，卻是最要命的一條。如果真的人心散了，那後果就嚴重了。不過這樣一來，也把諸葛亮的境界降得很低，這好像不是我們印象中的諸葛亮了。就當時的形勢來說，貿然稱帝，也確實不太策略，於是達成妥協，先不稱帝，暫且稱作漢中王。「玄德再三推辭不過，只得依允。」

小說第八十回，「曹丕廢帝篡炎劉，漢王正位續大統」。曹丕廢帝篡位，意味着中原的擁漢派已經被徹底擊敗，這就給一向以「興復漢室」為標榜的劉備提供了稱帝的機會。但稱帝畢竟需要更多的「理由」，所以勸進的過程顯得更加「曲折」。劉備照例一讓再讓，諸葛亮則再一次為劉

玄德進位漢中王

備所累。先是諸葛亮和太傅許靖、光祿大夫譙周提出「天下不可一日無君」。獻帝被廢，君位虛懸，曹丕借「禪讓」的形式登基，只能騙騙小孩，給劉備稱帝提供了藉口。羣臣勸進，劉備自然是「大驚」:「卿等欲陷孤為不忠不義之人耶？」諸葛亮的理由是血統:「非也。曹丕篡漢自立，王上乃漢室苗裔，理合繼統以延漢祀。」劉備的態度非常堅決:「孤豈效逆賊所為！」

三天後，許靖又奏曰:「今漢天子已被曹丕所弒，王上不即帝位，興師討逆，不得為忠義也。今天下無不欲王上為君，為孝愍皇帝雪恨。若不從臣等所議，是失民望矣。」這是用討賊的名義來勸進。可是，討賊和稱帝之間沒有必然的聯繫。不稱帝也可以討賊。先前沒有稱帝，不也一直在討賊嗎？劉備推辭說:「孤雖是景帝之孫，並未有德澤以佈於民；今一旦自立為帝，與篡竊何異？」劉備的推託之辭大有文章。他首先肯定自己的宗室身份，意思是從血統來看，沒有一點問題。問題是「並未有德澤以佈於民」。換言之，如果「有德澤以佈於民」，則稱帝亦未嘗不可。但「德澤以佈於民」恰恰是劉備的強項。可見此時此刻，劉備已是半推半就。但表面上還是「堅執不從」。在劉備看來，還是火候未到。於是，諸葛亮裝病，引劉備登門探望，以便再作勸進。諸葛亮的勸進幾乎就是第七十三回那番話的翻版：

> 「臣自出茅廬，得遇大王，相隨至今，言聽計從。今幸大王有兩川之地，不負臣夙昔之言。目今曹丕篡位，漢祀將斬，文武官僚，咸欲奉大王為帝，滅魏興劉，共圖功名。不想大王堅執不肯，眾官皆有怨心，不久必盡散矣。若文武皆散，吳、魏來攻，兩川難保，臣安得不憂乎？」漢中王曰:「吾非推阻，恐天下人議論耳。」孔明曰:「聖人云:『名不正，則言不順。』今大王名正言順，有何可議？豈不聞『天與弗取，反受其咎』？」（第八十回）

關鍵的理由是：「眾官皆有怨心，不久必盡散矣。」不同的是，這次勸進，不但曉之以理，而且動之以情。當然，曹丕的篡漢也使劉備稱帝的理由更加的充足。有趣的是劉備的推託之辭：「吾非推阻，恐天下人議論耳。」總算說了實話。這一次不說自己恩澤於民不夠，而是「恐天下人議論耳」，是怕人家以小人之心度君子之腹。看來，雙方的差距越來越小。於是，諸葛亮進一步提出「天與弗取，反受其咎」的警告。劉備則見台階就下。回答說：「待軍師病可，行之未遲。」毛宗崗諷刺道：「此句已是十分應承。」諸葛亮本是裝病，文武百官早已在屏風外等候多時，於是一齊伏地請求「擇日以行大禮」。「漢中王驚曰：『陷孤於不義，皆卿等也！』」自己登基做了皇帝，責任全推給「卿等」。

歷史上的劉備，對於稱帝還是很在意的。益州前部司馬費詩出來反對，結果是「左遷部永昌從事」。尚書劉巴和主簿雍茂起來反對，一個遭冷遇，一個被劉備尋事誅殺：「是時中夏人情未一，聞備在蜀，四方延頸。而備銳意欲即真。巴以為如此示天下不廣，且欲緩之。與主簿雍茂諫備。備以他事殺茂，由是遠人不復至矣。」劉巴則從此「恭默守靜，退無私交，非公事不言」。

「擁劉」源自「擁諸葛」

《三國演義》是一部世世代代累積而成的長篇小說，從它的成書過程可以看出，「擁劉」的傾向來自「擁諸葛」。諸葛亮的聲望魅力奠定了三國故事「擁劉」的基礎。

三國紛爭，蜀漢是失敗者，東吳也是失敗者，可是，世人並不以成敗論英雄。從歷史上看，三國之中，治理得最好的是蜀漢。蜀漢的衰落是在諸葛亮的身後。陳壽在《上諸葛亮集表》中這樣描寫諸葛亮時期蜀漢的吏治：「科教嚴明，賞罰必信，無惡不懲，無善不顯，至於吏不容奸，人懷自厲，道不拾遺，強不侵弱，風化肅然。」諸葛亮在蜀漢所推行的這種清明的政治，體現了民眾的社會理想。「擁劉反曹」的傾向，正是建立在民眾的這種社會理想的基礎之上。民眾才不管甚麼正統不正統！諸葛亮的威信不僅在於他的才能，而且在於他的忠貞。如毛宗崗所析：「曹操、司馬懿之為相，與諸葛武侯之為相，其總攬朝政相似也，其獨握兵權相似也，其神機妙算，為眾推服，又相似也。而或則篡，而或則忠者，一則有私，一則無私；一則為子孫計，一則不為子孫計故也。操之臨終，必囑曹丕；懿之臨終，必囑師、昭。而武侯不然。其行丞相事，則託之蔣琬、費禕矣；其行大將軍事，則付之姜維矣。而諸葛瞻、諸葛尚，曾不與焉。自桑八百株、田十五頃而外，更無一事以增家慮。則出將入相之孔明，依然一彈琴抱膝之孔明耳。原其初心，本欲俟功成之後，為泛湖之范蠡，辟穀之張良，而無如事之未終，乃卒於五丈原之役。嗚呼！有人如此，尚得於功名富貴中求之哉！」如此，諸葛亮人品的高尚，成為官民的共識。

三國之中，蜀漢的國力最弱，而內部最為團結。曹魏最強，而內部矛盾最大，內部關係最緊張。蜀漢高舉「興復漢室」的旗幟，憑藉清明的

殞大星漢丞相歸天

政治，採取兼容並包的方針，將劉備舊部、劉璋舊部和益州土著聯合在一起，造成一種同心同德的政治局面。而曹魏內部，譙沛集團和汝潁集團的矛盾，擁漢派和擁曹派的矛盾，錯綜複雜，明爭暗鬥，常常是一波未平，一波又起。惟有曹操這樣雄才大略的領袖才能駕馭這些錯綜複雜的矛盾，或以鐵腕的手段鎮壓反對派，或以懷柔的策略平衡各派的利益，維持內部的穩定。建安五年，車騎將軍董承等曾經聯合劉備等，欲謀殺曹操，事泄被殺，夷三族，董承的女兒 —— 懷孕的董妃也同時遇害；建安十三年，曹操殺孔融，夷其族；建安十九年，「漢皇后伏氏坐昔與父故屯騎校尉伏完書，云帝以董承被誅怨恨公，辭甚醜惡，發聞，后廢黜死，兄弟皆伏法」，滅其族與二皇子；建安二十二年，「漢太醫令吉本與少府耿紀、司直韋晃等反，攻許，燒丞相長史王必營，必與潁川典農中郎將嚴匡討斬之」；建安二十四年，相國鍾繇、西曹掾魏諷謀襲鄴，事泄被殺，連坐死者數千人；同年，陸渾（今河南嵩縣東北一帶）之民孫狼起兵應關羽，許昌以南人心震恐。崔琰、楊修等名士也因為鋒芒太露而遭殺戮。毛玠為人正直，「與崔琰等並典選舉。其所舉用，皆清正之士。雖於時有盛名而行不由本者，終莫得進」。只是因為同情崔琰，差一點被曹操處死。曹操為了監督百官，設立校事官制度，結果是人人自危。《三國志・何夔傳》中寫道：「太祖性嚴，掾屬公事，往往加杖。夔常蓄毒藥，誓死無辱，是以終不見及。」我們可以由此想見曹魏集團的內部是一種甚麼樣的氛圍。難怪南朝的筆記小說《世說新語》中，大寫曹操的奸詐詭譎。

曹操雖然是勝利者，但並非民眾歌頌、同情的對象。民眾同情蜀漢，尤其同情諸葛亮。習鑿齒在《襄陽記》中說：「亮初亡，所在各求為立廟，朝議以禮秩不聽，百姓遂因時節私祭之於道陌上。」後來朝廷迫於民眾一再地要求，不得不在沔陽為之立廟。由此可見，諸葛亮去世以後，即引起了蜀人自發的深切的思念。蜀國滅亡以後，蜀國舊地的民眾或大姓起兵反抗西晉的統治時，也常常打着諸葛亮的旗幟。從現有的材料來看，蜀人對劉備倒是並不怎麼懷念。司馬氏集團一方面有意地貶低諸葛亮，一方面為了安撫蜀人，也不得不做出一點姿態，來表彰諸葛亮。鍾會伐蜀時，特意去祭奠諸葛亮之廟。西晉的統治者還讓陳壽編輯諸葛亮的文集。

晉人張輔寫了一篇《名士優劣論》，其中特意比較了曹操和劉備的優劣長短：「世人見魏武皇帝處有中土，莫不謂勝劉玄德也。余以玄德為勝。夫撥亂之主，先以能收相獲將為本。一身之善戰，不足恃也……（曹操）良將不能任，行兵三十餘年，無不親征。功臣謀士，曾無列土之封，仁愛不加親戚，惠澤不流百姓。豈若玄德威而有恩，勇而有義，寬宏而大略乎！諸葛孔明達治知變，殆王佐之才，玄德無強盛之勢而令委質。張飛、關羽皆人傑也，服而使之。」像張輔這樣讚譽劉備的文章非常少見。即便是張輔，他在讚譽劉備的時候，也把劉備能夠重用諸葛亮作為劉備最可稱道的優點。

我們看唐人的詩賦中，有很多稱賞諸葛亮的作品，其中尤以杜甫的詩篇影響最大。與此同時，稱頌劉備的作品卻不多。凡是稱譽劉備者，也都是欣賞他的三顧茅廬，欣賞劉備和諸葛亮之間的魚水之情。李白的《君道曲》寫道：「小白鴻翼於夷吾，劉、葛魚水本無二。」岑參的《先主武侯廟》寫道：「先主與武侯，相逢雲雷際。感通君臣分，義激魚水契。」杜甫的《謁先主廟》寫道：「復漢留長策，中原仗老臣。」汪遵的《南陽》有云：「若非先主垂三顧，誰識茅廬一臥龍？」李山甫更是代孔明而哭劉備：「憶昔南陽顧草廬，便乘雷電捧乘輿。」（《代孔明哭先主》）又有周曇《蜀先主》云：「豫州軍敗信途窮，徐庶推能薦臥龍。不是卑詞三訪謁，誰令玄德主巴邛。」在歷代詠歎三國故事、三國人物的詩文中，除了讚譽諸葛亮以外，倒是讚譽孫權和周瑜的作品比較多。在民間的傳說中，劉備的形象並不高大，還不如《三國志・先主傳》中的劉備。

東晉、南北朝時期，國家分裂，民族矛盾上升，人們更加懷念一心北伐、興復漢室的諸葛亮。自此以後，凡是中華民族遇到外患，神州陸沉、風雨飄搖的時候，諸葛亮就十分自然地成為人們懷念、仰慕的對象。抗金名將宗澤彌留之際，長吟杜甫名句「出師未捷身先死，長使英雄淚滿襟」，三呼「過河」而卒。岳飛敬謁南陽武侯祠，「更深秉燭，細觀壁間昔賢所讚先生文詞詩賦及祠前石刻二表，不覺淚下如雨。是夜，竟不成眠，坐以待旦。道士獻茶畢，出紙索字，揮涕走筆，不計工拙，稍舒胸中抑鬱耳」。三國故事的發展，使諸葛亮的形象越來越高大，也越來越完美。從《三國演義》對諸葛亮的描寫來看，對諸葛亮的美化已經有點過分，變成對諸葛亮的神化了。諸葛亮的料事如神，更是被描寫得淋漓盡致。周瑜每次用計，從苦肉計、離間計、火攻計、連環計到借刀殺人，都被諸葛亮冷眼看破。劉備去東吳成親，凶多吉少。諸葛亮派趙雲去保護劉備。居然給趙雲三個錦囊，吩咐趙雲：「汝保主公入吳，當領此三個錦囊。囊中有三條妙計，依次而行。」形勢瞬息萬變，而居然都在諸葛亮預料之中。此時的諸葛亮已經不是人，而是神仙。學者們常常以此來責備《三國演義》，但是，如果我們能夠考慮到歷代民眾對諸葛亮那種近乎狂熱的崇拜之情，考慮到歷代士大夫對諸葛亮的欽佩和推崇，這種料事如神、「一身繫天下之安危」的神化就可以理解了。諸葛亮從擅長治國的賢相逐漸變成神機妙算的三軍統帥，劉備則從臨陣指揮的三軍統帥變成知人善任、從善如流的英主。諸葛亮逐漸成為三國故事中最受人歡迎的人物，劉備則逐漸成為諸葛亮的陪襯。擁劉反曹的傾向就是這樣從民眾對諸葛亮的敬愛之心、懷念之心，一點一點地發展、積累起來的。當然，為了更好地塑造諸葛亮的形象，有必要提高和充實劉備的形象。很顯然，《三國演義》裏凡有利於劉備的材料，主要來自《三國志》及裴注，或是野史筆記之類，而不是來自民間的傳說。劉備的形象缺乏民間傳說的支撐，所以顯得比較單薄。相比之下，張飛、關羽、趙雲的民間傳說卻比較豐富。

最難理解是曹操

毛宗崗說《三國演義》有「三絕」：諸葛亮「其處而彈琴抱膝，居然隱士風流；出而羽扇綸巾，不改雅度。在草廬之中，而識天下三分，則達乎天時；承顧命之重，而至六出祁山，則盡乎人事。七擒八陣，木牛流馬，既已疑鬼疑神之不測；鞠躬盡瘁，志決身殲，仍是為臣為子之用心。比管、樂則過之，比伊、呂則兼之，是古今來賢相中第一奇人」，是「智絕」。關羽「青史對青燈，則極其儒雅；赤心如赤面，則極其英靈。秉燭達旦，人傳其大節；單刀赴會，世服其神威。獨行千里，報主之志堅；義釋華容，酬恩之誼重。作事如青天白日，待人如霽月光風」，「是古今來名將中第一奇人」，是「義絕」。曹操「是古今來奸雄中第一奇人」，是「奸絕」。但是，「三絕」之中，寫得最有深度的是曹操。可以說，《三國演義》中最難理解的人物也是曹操。毛宗崗對曹操的矛盾複雜表現出極大的困惑：

> 歷稽載籍，奸雄接踵，而智足以攬人才而欺天下者莫如曹操。聽荀彧勤王之說而自比周文，則有似乎忠；黜袁術僭號之非而願為曹侯，則有似乎順；不殺陳琳而愛其才，則有似乎寬；不追關公以全其志，則有似乎義；王敦不能用郭璞，而操之得士過之；桓溫不能識王猛，而操之知人過之。李林甫雖能制祿山，不如操之擊烏桓於塞外；韓侂胄雖能貶秦檜，不若操之討董卓於生前。竊國家之柄而姑存其號，異於王莽之顯然弒君；留改革之事以俟其兒，勝於劉裕之急欲篡晉。
>
> 曹操有時而仁，有時而暴。免百姓秋租，仁矣；而使百姓敲冰曳船，何其暴也！不殺逃民而縱之，仁矣；又戒令勿為軍士所

獲，仍不禁軍之殺民，何其暴也！

毛宗崗不好解釋，只好說：「其暴處多是真，其仁處多是假。」「奸雄之奸，非復常人意量所及。」《古今小說評林》中，冥飛之文有云：「統觀全書，倒是寫曹操寫的最好。」冥飛指曹操是「奸雄」，與此同時，他又充分地感受到曹操形象的複雜性：

書中寫曹操，有使人愛慕處，如刺董卓、贖文姬等事是也；有使人痛恨處，如殺董妃、弒伏后等事是也；有使人佩服處，如哭郭嘉、祭典韋，以愧勵眾謀士及眾將，借督糧官之頭，以止軍人之謗等事是也。又曹操機警處、狠毒處、變詐處，均有過人者；即其豪邁處、風雅處，亦有非常人所能及者。蓋煮酒論英雄及橫槊賦詩等事，皆其獨有千古者也。

曹操一出場，就給人以十分複雜的印象。他少年時代便遊獵歌舞、恣意放蕩。他小小年紀，便會用欺騙手段破壞父親對叔父的信任：

操有叔父，見操遊蕩無度，嘗怒之，言於曹嵩。嵩責操。操忽心生一計：見叔父來，詐倒於地，作中風之狀。叔父驚告嵩；嵩急視之，操故無恙。嵩曰：「叔言汝中風，今已癒乎？」操曰：「兒自來無此病；因失愛於叔父，故見罔耳。」嵩信其言。後叔父但言操過，嵩並不聽。因此，操得恣意放蕩。(第一回)

一個少兒，便有如此心計手段，確實讓人感到害怕。俗話說「知子莫若父」，看來也未必是正確的了。後來曹丕用高參吳質的計策，排擠曹植，便是學他的父親。關鍵是破壞父親對曹植的信任：

初，丞相主簿楊修與丁儀兄弟謀立曹植為魏嗣，五官將丕患之。以車載廢簏內朝歌長吳質與之謀。修以白魏王操。操未及推驗。丕懼，告質，質曰：「無害也。」明日復以簏載絹以入。修復白之，推驗無人，操由是疑焉。（《資治通鑒》卷六八）

就楊修而言，一次簏內藏人，則次次簏內有人。就曹操而言，一次告狀是假，則次次是假。楊修與曹操都是為聰明所誤。曹操的用人，只要治國用兵之術，最恨虛譽不實之人。所以曹操的一生，常與名士發生衝突。邊讓、孔融、崔琰等大名士，都被他殺掉，禰衡也差一點被殺。可是曹操早年的時候，也未能免俗。他曾經多次去見那些名士，希望得到他們的品題標榜。其中最富戲劇性的一幕，便是他和名士許劭的會面：

汝南許劭，有知人之名。操往見之，問曰：「我何如人？」劭不答。又問，劭曰：「子治世之能臣，亂世之奸雄也。」操聞言大喜。（第一回）

許劭先是「不答」，沉默的背後當是一種十分矛盾的心情。他身為名士，鄙薄出身宦官家、放蕩不羈的曹操。但是，眼前這位咄咄逼人的人物卻也得罪不起。那句「子治世之能臣，亂世之奸雄也」，實在是高明而又得體，它依然反映了上述那種矛盾和複雜的心理狀態。耐人尋味的是，曹操居然聞言大喜。道德上的微辭，他毫不介意，泰然處之；而許劭對他的抱負和才能的肯定卻使他十分高興和得意。毛宗崗就此議論道：「許劭曰：『治世能臣，亂世奸雄。』此時豈治世耶？邵意在後一語，操喜亦在喜後一語。喜得惡，喜得險，喜得直，喜得無禮，喜得不平常，喜得不懷好意。只此一喜，便是奸雄本色。」這一戲劇性的會面，給曹操的形象描上了生動的油彩。而「治世之能臣，亂世之奸雄」這兩句話，成為小說描寫曹操的一條綱。呈現在讀者面前的是一個錯綜複雜的人物形象，是一個為能臣而兼奸雄的兩重形象。就人物思想性格的複雜性而言，曹操是《三國演義》中最難理解的人。

曹操

固一世之雄也而今安在哉

讀未見書齋主

《三國演義》描寫人物，一出場就定性。曹操一出來就奸詐，劉備一出場就忠厚。這是《三國演義》人物描寫上的缺點，作者不去考慮人物思想性格形成的原因。人物和人物之間，除了政治上的利害關係之外，好像沒有甚麼別的關係。然而，曹操又不同於一般的紈絝子弟，他初入仕途，就厲行法治，革除弊政，表現出一位未來的大政治家的魄力和才能：

> 年二十，舉孝廉，為郎，除洛陽北部尉。初到任，即設五色棒十餘條於縣之四門，有犯禁者，不避豪貴，皆責之。中常侍蹇碩之叔，提刀夜行，操巡夜拿住，就棒責之。由是，內外莫敢犯者，威名頗震。（第一回）

關於曹操，作者沒有為我們介紹他何以是那樣一種矛盾複雜的性格，我們只能推測，曹操出身宦官家，他奸詐冷酷、追求絕對專制的性格或許與此有關。其次就是那麼一個沒有信仰的時代，也助長了曹操性格中惡的一面。我們很快就看到，曹操雖然出身宦官，卻能參與外戚何進、世族袁紹等人密謀誅殺宦官的會議。很顯然，曹操看到，宦官實在是一個人人痛恨、沒有前途的集團。曹操不願意和他所出身的那個集團站在一起，不願意把自己的命運和一個行將沒落的集團綁在一起。但是，他又會反對盡誅宦官，說明他在那方面還有很多關係，不能一下子全部切斷。事情就是這樣的複雜。曹操還能去行刺董卓，如果他被抓住處死，我們真不知人們將怎樣評價他！雖然行刺未遂，但毫無疑問，這是非常勇敢的行為。真所謂「假使當年身便死，一生真偽有誰知」！當然，話又說回來，歷史上並沒有曹操刺董卓一事，這只是小說家言。就小說而言，至少到此為止，我們沒有看到曹操和劉備有甚麼矛盾。劉備打黃巾，曹操也打黃巾；曹操討伐董卓，劉備也討伐董卓。

曹操刺董未遂，在逃亡的路上，幹了一件最缺德的事情，這就是殺呂伯奢。本來是一場誤會，人家要殺豬款待他，他卻以為人家要暗算他。後來已經知道是誤會，他卻為了滅口，將呂伯奢也一併給殺了。正如毛宗崗所說：「孟德殺伯奢一家，誤也，可原也。至殺伯奢，則惡極矣。」殺呂伯奢的事在三國的風雲中只是小事一樁，但是，小說借這件事寫到曹操的靈魂深處：「寧教我負天下人，休教天下人負我。」真令人周身寒徹！當然，關於殺呂伯奢一事，書上本有三種說法：裴注所引王沈《魏書》上說，「太祖以卓終必覆敗，遂不就拜，逃歸鄉里。從數騎過故人成皋呂伯奢。伯奢不在，其子與賓客共劫太祖，取馬及物，太祖手刃擊殺數人」；《世語》上說，「太祖過伯奢。伯奢出行，五子皆在，備賓主禮。太祖自以背卓命，疑其圖己，手劍夜殺八人而去」；孫盛《雜記》上說，「太祖聞其食器聲，以為圖己，遂夜殺之。既而淒愴曰：『寧我負人，毋人負我！』遂行」。三書所記同事，卻有如此大的出入。裴注所引的《魏書》的說法對曹操最為有利。其他兩種說法雖然不盡相同，但說曹操因疑人圖己而錯殺好人則同。但《三國演義》有意刻畫曹操的奸詐狠毒，寫他的極端自私，所以棄《魏書》的說法於不顧，在孫盛的說法上進一步添油加醋，讓曹操索性連呂伯奢也一併殺了。將讀者對曹操的反感推向頂點。

在討伐董卓的戰爭中，曹操不但表現得很有正義感，而且是一個出類拔萃的英雄。像袁紹、袁術那樣的大人物在曹操的面前都不免相形見絀。曹操指責袁紹等人「疑而不進」，怒斥他們「豎子不足與謀」，並且自己率領一萬人馬去戰董卓。不久，我們就看到，曹操的勢力在急劇地膨脹，謀士、武將嘩嘩地往他那兒跑。曹操何以有那麼大的吸引力、凝聚力，小說沒有給我們解釋。一邊是糊裏糊塗地寫，一邊是糊裏糊塗地看。與此形成對照的是，小說寫到劉備集團的時候，就極寫劉備的人格魅力，寫劉備集團內部的意氣相投。曹操採納了荀彧的意見，把漢獻帝接到許昌。再往後，我們就看到曹操不斷地欺負人家「孤兒寡母」。小說的同情無疑是在劉備集團這一邊，但小說並沒有將有利於曹操的材料全部放棄。譬如官渡之戰中的曹操，征戰烏桓，吞併呂布，擊滅袁譚、袁尚事件中的曹操，其形象都在對手之上。在寫到曹操和他的心腹謀士、將士的關係時，曹操也顯得推心置腹、豁達大度。他親自祭奠典韋：「大設祭筵，弔奠典韋亡魂。操親自拈香哭拜，三軍無不感歎。祭典韋畢，方祭姪曹安民及長子曹昂，並祭陣亡軍士，連那匹射死的大宛馬也都致祭。」儘管如此，小說仍然緊緊抓住「漢賊」這一條來給曹操定格。凡是寫到曹操與漢室的關係時，小說就極寫曹操的狠毒殘酷。董承的密謀暴露，曹操進宮殺董妃，當時董妃有五個月的身孕。「曹操帶劍入宮，面有怒容，帝大驚失色。操曰：『董承謀反，陛下知否？』帝曰：『董卓已誅矣。』操大聲曰：『不是董卓！是董承！』帝戰栗曰：『朕實不知。』操曰：『忘了破指修詔耶？』帝不能答。操叱武士擒董妃至。帝告曰：『董妃有五月身孕，望丞相見憐。』操曰：『若非天敗，吾已被害。豈得復留此女，為吾後患！』伏后告曰：『貶於冷宮，待分娩了，殺之未遲。』操曰：『欲留此逆種，為母報仇乎？』董妃泣告曰：『乞全屍而死，勿令彰露。』操令取白練至面前。帝泣謂妃曰：『卿於九泉之下，勿怨朕躬！』言訖，淚下如雨，伏后亦大哭。操怒曰：『猶作兒女態耶！』叱武士牽出，勒死於宮門之外。」後來伏完密謀誅曹操，被曹操得知。曹操派華歆去宮中，破壁搜出伏后，來見曹操。曹操「喝左右亂棒打死。隨即入宮，將伏后所生二子，皆鴆殺之。當晚，將伏完、穆順等宗族二百餘口，皆斬於市。朝野之人，無不驚駭」。類似的文字，寫盡曹操的殘忍冷酷，獻帝、伏后、董妃的可憐，京都形勢的恐怖。在寫到曹操與劉備集團、東吳集團的關係的時候，小說就有意突出曹操的奸詐。

宋人洪邁雖然指出「曹操為漢鬼蜮，君子所不道」，但也承認「操無敵於建安之時，非幸也」。稱譽他「知人善任使，實後世之所難及。荀彧、荀攸、郭嘉皆腹心謀臣，共濟大事，無待讚說。其餘智效一官，權分一郡，無小無大，卓然皆稱其職」（《容齋隨筆》卷十二）。毛宗崗也不時地承認曹操能識人，能用人，能夠籠絡人：「高帝踞牀洗足而見英布，是過為傲慢以挫其氣；曹操披衣跣足而迎許攸，是過為殷勤以悅其心。一則善駕馭，一則善接納。其術不同，而其能用人則同也。光武焚書以安反側，是恕之於人心既定之後；曹操焚書以靖眾疑，是忍之於人心未定之時。一則有度量，一則有權謀。其事同，而其所以用心不同也。」將曹操和漢高祖、光武帝相提並論。又承認曹操能夠「駕馭人才，籠絡英俊」，「是以張遼舊事呂布，徐晃舊事楊奉，賈詡舊事張繡，文聘舊事劉表，張郃乃袁紹之舊臣，龐德乃馬超之舊將，無不棄故從新，樂為之死」。「韓信、陳平初皆在楚，而項羽驅之入漢；許攸、張郃初皆事袁，而本初驅之歸曹，良可歎也。」「操之開魏，則有『寧可無洪，不可無公』之弟同心同德，是以能成帝業。」對曹操的軍事才能，更是讚不絕口：「獅子搏兔搏象，皆用全力，曹操可謂能兵矣！」「操之敵紹，能以寡勝眾」，「孫權之兵事決於大都督，劉備之兵事決於軍師，而惟曹操則自攬其權，而獨運其謀。雖有眾謀士以讚之，而裁斷出諸臣之上，又非劉備、孫權比也。」「備之敵操，不能以寡勝眾，是備之用兵不如操矣。」直指劉備、孫權的用兵不如曹操。

為甚麼曹操是這樣一種讓人琢磨不透的思想性格呢？其實一點也不奇怪。歷史上的曹操本來就是一個複雜的人物，歷史學家裴松之也注意到曹操思想性格的難以捉摸：

> 《魏書》曰：「袁紹宿與故太尉楊彪、大長秋梁紹、少府孔融有隙，欲使公以他過誅之。公曰：『當今天下土崩瓦解，豪傑並起，輔相君長，人懷怏怏，各有自為之心，此上下相疑之秋也。雖以無嫌待之，猶懼未信，如有所除，則誰不自危？且夫起布衣在塵垢之間，為庸人之所陵陷，可勝怨乎？高祖赦雍齒之讎而羣情以安，如何忘之？』紹以為公外託公義而內實離異，深懷怨望。」臣松之以為楊彪亦曾為魏武所困，幾至於死，孔融竟不免於誅戮，豈所謂先行其言而後從之哉！非知之難，其在行之，信矣！

我們不能將一切不利於曹操的史料一概否定，都認為是污衊不實之辭。曹操性格的酷虐變詐也是歷史的事實。曹操的父親於泰山被殺，曹操將其歸咎於徐州太守陶謙，率軍攻打。一路上殺戮人民，發掘墳墓。《三國志．陶謙傳》說是「謙兵敗走，死者萬數，泗水為之不流」。《水經注》卷二十五「泗水」記載說：「以其父避難被害於此，屠其男女十萬，泗水為之不流。自是數縣人無行跡，亦為暴矣。」即此一例，我們就可以想像曹操的殘暴。其實我們只要看看歷史上曹魏集團內部關係的緊張，便可以明白曹操是怎樣的一種性格。其次，作者也是有意將曹操描寫成一個複雜的形象。

曹操形象的複雜性與《三國演義》的成書過程有很大的關係。如前所述，《三國演義》是一部世世代代累積而成的長篇小說，各種材料帶着不同的愛憎褒貶，一舉湧入三國故事的洪流，這些材料對於曹操的態度很不一樣。譬如陳壽的《三國志》對曹操的態度就比較客觀，而吳人所撰的《曹瞞傳》對曹操就頗多揭露和諷刺。羅貫中在進行最後的加工時，面對大量傾向不一的材料，儘可能地加以協調和統一，但實際上又遇到很大的困難。正如周兆新在《三國演義考評》一書中所說，小說對曹操的描寫是「東抄一段，西抄一段，然後拼湊起來的」。這些來歷不同的材料帶着不同的愛憎湧入小說，就造成了人物思想性格的複雜性。周兆新講的是嘉靖本裏寫曹操出場的那些文字，這裏講的是毛本中對曹操的一般描寫，但道理是一樣的。

問題不僅在於成書過程中的兼收並蓄，缺乏嚴格的取捨、細緻的處理，而且在於小說對於曹操這種人物感到難以理解。即是說，這種複雜性還有更為深刻的根源。曹操是一個政治家，在曹操那兒，道德是服從於政治的。從道德上看，曹操的言行似乎處處充滿矛盾。可是，從政治的需要去看，卻是時時地服從於現實的政治軍事利益。曹操這種人物是東漢末年那個動盪時代的產物。惟有這種「治世之能臣，亂世之奸雄」式的人物，才能收拾混亂的局面。曹操一生戎馬，統一了大半個中國。繼起的司馬氏父子統一了全中國。而司馬氏父子正是曹操的影子。司馬懿的大詐似忠，更是超過了曹操。曹操那種「寧教我負天下人，不教天下人負我」的處世哲學，和他的才幹智慧、權術結合，便構成了文學史上封建政治家的一種典型。在曹操這一形象的身上，凝結着人民對統治者深刻而豐富的認識。人們習慣於從道德角度去評價歷史人物，但小說又把中原逐鹿的勝利者曹操設計為一個奸雄。這就形成了一個難以解釋的事實：天下偏偏為無德者居之，得人心者卻未得天下。難道天命竟是如此不公？即便說是漢家氣數已盡，似乎也不必讓一個奸雄來統一中國。如此看來，上天的英明又體現在哪裏？由此可見，曹操的難以理解，歸根到底，也是因為歷史的難以理解啊！黑格爾講過歷史上「惡」的推動力。可是，在中國的歷史理論中，從來沒有聽說，「惡」還能推動歷史。於是，曹操的勝利便只能糊裏糊塗地歸結為天命。奸雄竊命的責任只好讓老天來承擔了。在《三國演義》裏，我們隨處可以看到對天命的拐彎抹角的埋怨。司馬徽仰天大笑曰：「臥龍雖得其主，不得其時，惜哉！」崔州平對劉備說：「將軍欲使孔明斡旋天地，補綴乾坤，恐不易為，徒費心力耳。豈不聞順天者逸，逆天者勞；數之所在，理不得而奪之；命之所定，人不得而強之乎！」諸葛亮的《後出師表》的結尾，充滿了「人謀難敵天數」的悲哀：

> 臣鞠躬盡瘁，死而後已；至於成敗利鈍，非臣之明所能逆睹也。

上方谷司馬懿受困，火勢沖天，眼見得沒有生路，偏偏「一聲霹靂響處，驟雨傾盆。滿谷之火，盡皆澆滅；地雷不震，火器無功」。諸葛亮祈禳的時候，偏偏有魏延闖帳，將主燈撲滅。諸葛亮哀歎曰：「死生有命，不可得而禳也！」正是小說中把人謀發揮到極致的人物諸葛亮在哀歎天命的不可抗拒。既然「天下惟有德者居之」的原則未能實現的責任已經歸結於神祕的天，也就等於歸於不可知，也就是說，《三國演義》未能完成解釋歷史、總結歷史經驗的任務。毛宗崗有憾於此，所以他在書一開頭加上了「天下大勢，分久必合，合久必分」這句話。這種循環論實際上取消了「天下惟有德者居之」的命題。既然「分久必合，合久必分」，那還區分甚麼「有德」「無德」！並且，分久必合，是讓「有德者」來合，還是讓「無德者」來合呢？為甚麼偏偏讓司馬氏來合，而不讓劉備來合呢？老天為甚麼這樣不長眼睛呢？由此可見，毛宗崗加上的那幾句話沒有解決甚麼問題。

曹操掌握朝政，曹丕篡漢而立，並非歷史上權臣篡奪成功的惟一例子。前有先例，後有來者，類似的歷史事實給後世的封建史學家帶來了極大的困惑。事實上，權臣篡奪的成功，揭穿了正統觀念的虛偽，暴露了儒家倫理的虛偽。史學家無可奈何，只好將其歸之於天命。

篡逆之罪

俗話說：「蓋棺論定」。實際上，許多歷史人物卻是棺已蓋而論未定。曹操就是一個典型的例子。千百年來，曹操的歷史評價之所以長期地難以統一，起因於封建的正統觀念自身的矛盾、虛偽和混亂。有人說，能夠統一中國的人，就代表正統。按照這種標準，晉朝是正統，蜀漢不是正統。這就難免給人「勝者王侯敗者寇」的印象。有人說，具有前代君王血統者，代表正統。按照這種標準，蜀漢是正統，曹魏和晉都不是正統。這就會使人嗅出血統論的氣味。有人說，漢人建立的王朝代表正統。按照這種標準，元朝和清朝都不是正統。這就會陷入狹隘民族主義的泥潭。封建社會的正統觀念，意味着血統上的嫡長子繼承制和文化上的華夷之辨。每個朝代都說自己是正統，都要選擇符合自己利益的評判標準。《三國志》的作者陳壽是晉人，他必須奉晉為正統，晉由魏而來，都是採用禪讓的形式；偽魏就會偽晉，於是，魏也跟着成為正統。正統不正統，說到底，是一個統治合法性的問題。形形色色的正統之說，都是愚民的把戲。按照進步的理念，天下者，是天下人之天下，非一家一姓一人之天下。前面的標準就統統不能成立。所謂「正統」，常常是為了一家一姓一人之私利而編造出來的謬論，但也不排斥出於民族意識而爭正統的可能性。

漢末的時候，政治極度的腐敗，民怨沸騰，人心思亂，漢王朝統治的合法性成了問題。羣雄逐鹿中原，曹操以其雄才大略，在眾多的諸侯中脫穎而出，統一了中國的北方。可是，曹操作為漢朝的權臣，使漢獻帝成為名副其實的傀儡，他的兒子曹丕以禪讓的形式，逼獻帝下台，建立了一個新的王朝——魏。繼起的司馬氏集團如法炮製，經過一系列的宮廷政變，逐步地削弱、消滅曹魏的勢力，最後推翻曹魏的統治，建立了又一個新的王朝——晉。後來的統治者，在理論上無法接受這種權臣架空、威逼皇帝，並取而代之的模式。於是，在經歷了數百年的爭論以後，終於將曹操和司馬懿父子歸入篡逆的奸臣。明代永樂年間胡廣奉旨修撰的《春秋大全》更是正式地將曹操歸入「亂臣賊子」的行列。明清時代，封建的中央集權制發展到了登峰造極的地步，種種跡象表明，自明朝開始，對於曹操的篡逆之罪，在官方和民間都形成了共識。

曹操之被定格為篡逆的奸雄，經歷了一個漫長的歷史過程。無論是晉宋時期的《三國志》和裴注，還是南朝以後、明朝以前以經史子集為代表的雅文化，都未能像說話藝術及戲曲那樣體現出一以貫之的擁劉反曹的傾向。《三國志》雖然以曹魏為正統，但對蜀漢的諸葛亮也是推崇備至。裴注對蜀、吳、魏三方的態度更加客觀。唐人張說有詩《鄴都引》云：「君不見魏武草創爭天祿，羣雄睚眥相馳逐。晝攜壯士破堅陣，夜接詞人賦華屋。」寫曹操的能文能武。杜甫寫了一些熱烈讚揚諸葛亮的詩歌，人所共知，膾炙人口；但是，杜甫對曹操並無反感。他給左武衛將軍曹霸寫了一首詩《丹青引贈曹將軍霸》，稱讚曹霸的畫。這首詩的第一句就說：「將軍魏武之子孫。」這裏顯然是一種讚揚的口吻，杜甫的意思當然並非「將軍『奸雄』之子孫」。司馬光的《資治通鑒》以曹魏紀年，似乎是以曹魏為正統；其實，司馬光以魏紀年只是為了敍事的方便。司馬光認為正閏之辨皆「私己之偏辭，非大公之通論也」。蘇軾寫《前赤壁賦》，提到曹操時說「方其破荊州，下江陵，順流而東也，舳艫千里，旌旗蔽空，釃酒臨江，橫槊賦詩，固一世之雄也」，承認曹操是英雄。他的《念奴嬌·赤壁懷古》對周瑜佩服得不得了：「羽扇綸巾，談笑間，強虜灰飛煙滅。」他的詩歌《隆中》，對諸葛亮竭盡讚美：「諸葛來西國，千年愛未衰」;「誰言襄陽野，生此萬乘師。山中有遺貌，矯矯龍之姿」。他的《諸葛亮論》卻又不滿於諸葛亮的不能純用仁義忠信：「仁義詐力雜用以取天下者，此孔明之所以失也。」「孔明之恃以勝之者，獨以其區區之忠信，有以激天下之心耳。」「曹、劉之不敵，天下之所知也。言兵不若曹操之多，言地不若曹操之廣，言戰不若曹操之能，而有以一勝之者，區區之忠信也。」「孔明既不能全其信義以服天下之心，又不能奮其智謀以絕曹氏之手足，宜其屢戰而屢卻哉。」「劉表之喪……孔明欲襲殺其孤，先主不忍也。其後劉璋以好逆之，至蜀不數月，扼其吭，拊其背，而奪之國。此其與曹操異者幾希矣。」（《東坡全集》卷四十三）蘇軾認為諸葛亮惟一勝過曹操者，惟有仁義忠信，蜀漢失敗的原因在於不能徹底地貫徹仁義忠信，真是迂腐得可以。葉適的迂腐亦不亞於蘇軾：「荊、益雖可取，然假力於孫權，則借貸督索；會盟於劉璋，則欺侮攘奪。計亮之始終，存心行事，不宜有此。而號其名曰『興漢』，則可悲也。」（《習學記言》卷二八）宋人唐庚為諸葛亮辯解說：「學者責孔明不以經書輔導少主，乃用《六韜》《管子》、申韓之書。後主寬厚仁義，襟量有餘而權略智調是其所短。當時識者咸以為憂。《六韜》述兵權奇計，《管子》貴輕重權衡，申子覈名實，韓子引繩墨，切事情。施之後主，正中其病矣。」即是說，好藥壞藥，能治好病就是好藥。正統不正統，能治國平天下是硬道理。（《三國雜事》卷上）辛棄疾很欣賞孫權：「千古江山，英雄無覓孫仲謀處。」（《永遇樂・京口北固亭懷古》）但與此同時，他又承認曹操、劉備和孫權是英雄：「天下英雄誰敵手？曹、劉，生子當如孫仲謀。」（《南鄉子・登京口北固亭有懷》）總的看來，南宋以後，越來越多的人將曹操指為篡逆的奸雄、奸臣。

曹操的《述志令》，可以看作一篇自傳。我們不妨藉此一窺這位「奸雄」的心跡：

> 孤始舉孝廉，年少，自以本非巖穴知名之士，恐為海內人之所見凡愚，欲為一郡守，好作政教，以建立名譽，使世士明知之；故在濟南，始除殘去穢，平心選舉，違迕諸常侍。以為強豪所忿，恐致家禍，故以病還。
>
> 去官之後，年紀尚少，顧視同歲中，年有五十，未名為老。內自圖之，從此卻去二十年，待天下清，乃與同歲中始舉者等耳。故以四時歸鄉里，於譙東五十里築精舍，欲秋夏讀書，冬春射獵，求底下之地，欲以泥水自蔽，絕賓客往來之望。然不能得如意。

宴長江曹操賦詩

後征為都尉，遷典軍校尉，意遂更欲為國家討賊立功，欲望封侯作征西將軍，然後題墓道言「漢故征西將軍曹侯之墓」，此其志也。而遭值董卓之難，興舉義兵。是時合兵能多得耳，然常自損，不欲多之；所以然者，多兵意盛，與強敵爭，倘更為禍始。故汴水之戰數千，後還到揚州更募，亦復不過三千人，此其本志有限也。後領兗州，破降黃巾三十萬眾。又袁術僭號於九江，下皆稱臣，名門曰建號門，衣被皆為天子之制，兩婦預爭為皇后。志計已定，人有勸術使遂即帝位，露佈天下，答言「曹公尚在，未可也」。後孤討禽其四將，獲其人眾，遂使術窮亡解沮，發病而死。及至袁紹據河北，兵勢強盛，孤自度勢，實不敵之；但計投死為國，以義滅身，足垂於後。幸而破紹，梟其二子。又劉表自以為宗室，包藏奸心，乍前乍卻，以觀世事，據有當州，孤復定之，遂平天下。身為宰相，人臣之貴已極，意望已過矣。

今孤言此，若為自大，欲人言盡，故無諱耳。設使國家無有孤，不知當幾人稱帝，幾人稱王！或者人見孤強盛，又性不信天命之事，恐私心相評，言有不遜之志，妄相忖度，每用耿耿。齊桓、晉文所以垂稱至今日者，以其兵勢廣大，猶能奉事周室也。《論語》云：「三分天下有其二，以服事殷，周之德可謂至德矣。」夫能以大事小也。昔樂毅走趙，趙王欲與之圖燕。樂毅伏而垂泣，對曰：「臣事昭王，猶事大王；臣若獲戾，放在他國，沒世然後已，不忍謀趙之徒隸，況燕後嗣乎！」胡亥之殺蒙恬也，恬曰：「自吾先人及至子孫，積信於秦三世矣；今臣將兵三十餘萬，其勢足以背叛，然自知必死而守義者，不敢辱先人之教以忘先王也。」孤每讀此二人書，未嘗不愴然流涕也。孤祖、父以至孤身，皆當親重之任，可謂見信者矣，以及子桓兄弟，過於三世矣。

孤非徒對諸君說此也，常以語妻妾，皆令深知此意。孤謂之言：「顧我萬年之後，汝曹皆當出嫁，欲令傳道我心，使他人皆知之。」孤此言皆肝鬲之要也。所以勤勤懇懇敍心腹者，見周公有《金縢》之書以自明，恐人不信之故。然欲孤便爾委捐所典兵眾，以還執事，歸就武平侯國，實不可也。何者？誠恐已離兵為人所禍也。既為子孫計，又己敗則國家傾危，是以不得慕虛名而處實禍，此所不得為也。前朝恩封三子為侯，固辭不受，今更欲受之，非欲復以為榮，欲以為外援，為萬安計。

孤聞介推之避晉封，申胥之逃楚賞，未嘗不捨書而歎，有以自省也。奉國威靈，仗鉞征伐，推弱以克強，處小而禽大。意之所圖，動無違事，心之所慮，何向不濟，遂蕩平天下，不辱主命。可謂天助漢室，非人力也。然封兼四縣，食戶三萬，何德堪之！江湖未靜，不可讓位；至於邑土，可得而辭。今上還陽夏、柘、苦三縣戶二萬，但食武平萬戶，且以分損謗議，少減孤之責也。(《資治通鑒》卷六十六)

曹操自述其功：「設使國家無有孤，不知當幾人稱帝，幾人稱王！」平心而論，這句話符合歷史的事實。曹操說別人懷疑他有「不遜之志」，都是誤解。又解釋自己不能放棄軍權的原因：「誠恐己離兵為人所禍也。」人在高位，身不由己。曹操說他本來志向有限，沒有太大的野心，只是想當一個郡守，當一個將軍。沒想到以後做成了那麼大的事業。話說到這個份上，沒有一點吞吞吐吐，沒有一點拐彎抹角，直接把有人懷疑他要篡位的事情挑破。曹操的《述志令》，似乎相當的坦率。這些話是不是可信呢？當然，有一半的真實。曹操也不是一開始就想當皇帝，他在稱帝不稱帝的問題上非常慎重。漢靈帝中平五年（188）六月，太傅陳蕃的兒子陳逸、術士襄楷與冀州刺史王芬，圖謀廢黜靈帝而立合肥侯劉真。王芬將計劃告訴時為議郎的曹操，曹操回書說：「夫廢立之事，天下之至不祥也。古人有權成敗、計輕重而行之者，伊尹、霍光是也。伊尹懷至忠之誠，據宰臣之勢，處官司之上，故進退廢置，計從事立。及至霍光受託國之任，藉宗臣之位，內因太后秉政之重，外有羣卿同欲之勢，昌邑即位日淺，未有貴寵，朝乏讜臣，議出密近，故計行如轉圜，事成如摧朽。今諸君徒見曩者之易，未睹當今之難。諸君自度，結眾連黨，何若七國？合肥之貴，孰若吳、楚？而造作非常，欲望必克，不亦危乎！」（《資治通鑒》卷五十九）結果也確實如曹操所料，廢立的計劃流產，王芬旋即自殺。但是，我們看曹操對擁漢派的血腥鎮壓，對一號智囊荀彧的絕情，就可以覺察到他那顆蠢蠢欲動的野心。隨着他一步一步地取得軍事上的成功，將中原的羣雄一個一個地剿滅，而漢獻帝又是那麼的孱弱，他的部下也想着攀龍附鳳，曹操的政治野心也就一步一步地、難以抑制地膨脹起來。陳羣等看穿他的心思，聯合一幫文臣武將，勸他稱帝，曹操說：「若天命在吾，吾為周文王矣。」（《資治通鑒》卷六十八）由這句話，可以看出，他不是不想當皇帝，只是覺得時機尚未成熟，還是讓兒子去當吧。他決心不要皇帝的名分，而掌握皇帝的權力。司馬光的分析洞察曹操肺腑：「以魏武之暴戾強伉，加有大功於天下，其蓄無君之心久矣。乃至沒身不敢廢漢自立，豈其志之不欲哉？猶畏名義而自抑也。」（《資治通鑒》卷六十八）

如果說，曹操一開始就想着篡逆，恐怕並非事實。但是，要說曹操始終沒有篡逆之心，不想取而代之，也與事實不符。

荀彧之死

荀彧之死，實在是一個謎。

荀彧的出身，很不簡單。荀彧的祖父荀淑，「漢順、桓之間，知名當世」。《續漢書》說：「淑有高才，王暢、李膺皆以為師。」張璠《後漢紀》說：「淑博學有高行，與李固、李膺同志友善。拔李昭於小吏，友黃叔度於幼童。以賢良方正徵對策，譏切梁氏。」由此可見，荀彧的祖父荀淑屬於漢末的清流，方正剛直，在社會上享有很高的聲譽。荀淑「有子八人，號曰『八龍』」，其中最著名的是六子荀爽。據張璠《後漢紀》說：荀爽「幼好學，年十二通《春秋》《論語》，耽思經典。不應徵命，積十數年。董卓秉政，復徵爽。爽欲遁去，吏持之急。詔下郡，即拜平原相。行至苑陵，又追拜光祿勛。視事三日，策拜司空。爽起自布衣，九十五日而至三公」。荀淑的次子、濟南相荀緄就是荀彧的父親。

荀彧年輕的時候，南陽的何顒即許之為王佐之才。漢獻帝「永漢元年（189），舉孝廉，拜守宮令。董卓之亂，求出補吏。除亢父令。遂棄官歸。」荀彧時而出世，時而棄官，說明他很有用世之心，但身處亂世，他一時還沒有看到可以依附的主人。不久，他去冀州投奔袁紹。這是他的第一次重大政治選擇。袁家四世五公，東漢清流的後裔荀彧去投奔袁氏，亦在情理之中。可是，目光犀利的荀彧很快就意識到，這是一次錯誤的選擇，袁紹徒有虛名，不是一個能夠成大事的人。初平二年（191），他帶着姪子荀攸，脫離袁紹，轉投曹操。當時曹操的實力不如袁紹，曹操的聲望、家世及在社會上的影響，都無法與袁紹相比。可是，荀彧毅然決然地投奔曹操，顯示出他卓越的政治眼光。荀彧的擇主，雖然沒能像諸葛亮那樣一次到位，但也非常及時地糾正了自己的錯誤。荀彧作為汝潁集團裏的一個標誌性人物，他的棄袁紹而投曹操，具有象徵的意義。東漢的世家大族缺乏足夠的能量，沒能為撥亂反正的歷史使命提供一流的領袖，卻為宦官出身的曹操提供了一流的智囊。

荀彧成為曹操智囊團裏最重要的角色。在曹魏集團的創業過程中發揮了重大的作用。荀彧的建言往往是戰略性的：一是反對流寇主義，主張建立鞏固的根據地：「昔高祖保關中，光武據河內，皆深根固本以制天下，進足以勝敵，退足以堅守；故雖有困敗，而終濟大業。將軍本以兗州首事，平山東之難，百姓無不歸心悅服。且河、濟，天下之要地也，今雖殘壞，猶易以自保，是亦將軍之關中、河內也。」毛宗崗亦看清這一點，所以他說：「看前卷曹操咬牙切齒，秣馬厲兵，觀者必以為此卷中定然踏平徐州，碎割陶謙矣。不意虎頭蛇尾，竟自解圍而去。所以然者，操以兗州為家，無兗州則無家也。」「或曰：孫策如此英雄，何不先擊劉表以報父仇？予曰：腳頭不立定，未可報仇；腳頭才立定，亦未可報仇。曹操初得兗州，而遽擊陶謙，則呂布旋議其後；劉備未定巴蜀，而遽攻曹操，則關、張不能為功；固籌之熟矣。」二是不失時機地提出挾天子以令諸侯的策略，建立了曹魏集團在政治上的巨大優勢：「昔高祖東伐，為義帝縞素而天下歸心。自天子播越，將軍首唱義兵，徒以山東擾亂，未能遠赴關右；然猶分遣將帥，蒙險通使，雖禦難於外，乃心無不在王室。是將軍匡天下之素志也。今車駕旋軫，義士有存本之思，百姓懷感舊之哀。誠因此時，奉主上以從民望，大順也；秉至公以服雄傑，大略也；扶弘義以致英俊，大德也。天下雖有逆節，必不能為累，明矣。」三是面對袁紹的進攻態勢，在敵強我弱的形勢下，分析雙方的長短，促使曹操確立決戰決勝的信心。「紹貌外寬而內忌，任人而疑其心，公明達不拘，惟才所宜，此度勝也；紹遲重少決，失在後機，公能斷大事，應變無方，此謀勝也；紹御軍寬緩，法令不立，士卒雖眾，其實難用，公法令既明，賞罰必行，士卒雖寡，皆爭致死，此武勝也；紹憑世資，從容飾智，以收名譽，故士之寡能好問者多歸之；公以至仁待人。推誠心，不為虛美，行己謹儉，而與有功者無所吝惜，故天下忠正效實之士，咸願為用，此德勝也。夫以四勝輔天子，扶義征伐，誰敢不從？紹之強，其何能為！」「紹兵雖多而法不整。田豐剛而犯上，許攸貪而不治。審配專而無謀，逢紀果而自用；此二人留知後事，若攸家犯其法，必不能縱也。不縱，攸必為變。顏良、文丑，一夫之勇耳，可一戰而禽也。」四是推薦人才，充實了曹魏的智囊團。荀攸、郭嘉、陳羣、司馬懿、郗慮、華歆、王朗、荀悅、杜襲、辛毗、趙儼、戲志才、鍾繇、仲長統等一、二流人才，都是荀彧所薦。曹操許其為知人。曹操將自己的一個女兒嫁給荀彧的長子荀惲，曹、荀結成兒女親家。從荀彧的歷次進言來看，荀彧具有豐富的歷史知識，他從歷史的興亡成敗中汲取了豐富的軍事政治鬥爭經驗。其次，他並非食而不化的書生，他能夠藉助豐富的歷史知識，透過三國時期變幻莫測、令人眼花繚亂的軍事政治形勢，做出正確的判斷和選擇。曹操南征陶謙，荀彧留守兗州。張邈、陳宮叛迎呂布，郡縣八十皆響應。而荀彧處變不驚，與程昱一起，沉着應對，守住甄城、范縣、東阿，待曹操回返。

荀彧在曹操智囊團裏的地位和功勛可以說是首屈一指。可是，荀彧為人卻非常謙和，他很會處理與同事之間的關係，沒有聽說他和智囊團裏的其他成員發生矛盾。可是，荀彧和曹操的關係卻終於出現了危機：「（建安）十七年，董昭等謂太祖宜進爵國公，九錫備物，以彰殊勛。密以諮彧，彧以為太祖本興義兵，以匡朝寧國，秉忠貞之誠，守退讓之實，君子愛人以德，不宜如此。太祖由是心不能平……彧疾留壽春，以憂薨。時年五十。謚曰『敬侯』。明年，太祖遂為魏公矣。」

想當初，荀彧建議曹操挾天子以令諸侯，用漢高祖尊奉義帝為例，讓曹操打起勤王的旗幟，本來就是一種幌子。不過是藉此取得政治上的優勢，並非要曹操真正做輔助王室的忠臣。可是，待到曹魏羽翼豐滿，擁漢派日漸式微的時候，在曹操欲進位魏王的關鍵時刻，荀彧卻出來潑冷水，這不是非常奇怪嗎？所以毛宗崗發出疑問：「曹操以荀彧為吾之子房，是隱然以高祖自待矣，何至加九錫而始知其有不臣之心乎？文若不於此時疑之，直至後日而始疑之，惜哉，見之不早也。」「荀文若曰：『河濟之地，昔之關中、河內也。』是隱然以高祖、光武之所為教曹操矣。待其後自加九錫而惡其不臣，豈始既教之，而後復惡之耶？」

《三國志·荀彧傳》對荀彧做出了中性的評價：「荀彧清秀通雅，有王佐之風，然機鑒先識，未能充其志也。」但劉宋時人的評價就沒有那麼中性了，裴松之說：「世之論者多譏彧協規魏氏，以傾漢祚。君臣易位，實彧之由。雖晚節立異，無救運移。功既違義，識亦疚焉。陳氏此評，蓋亦同乎世識。」可是，裴松之替荀彧做了委婉的辯解：「臣松之以為斯言之作，誠未得其遠大者也。彧豈不知魏武之志氣非衰漢之貞臣哉！良以於時王道既微，橫流已極，雄豪虎視，人懷異心，不有撥亂之資、仗順之略，則漢室之亡忽諸，黔首之類殄矣。」即是說，荀彧明知曹操意在篡漢，但生逢亂世，沒有曹操這樣的命世之才，也無法恢復國家的統一，救生民於水火。

裴注所引《獻帝春秋》對於荀彧之死做出了這樣的解釋：「董承之誅，伏后與父完書言：『司空殺董承，帝方為報怨。』完得書以示彧，彧惡之，久隱而不言。完以示妻弟樊普，普封以呈太祖，太祖陰為之備。彧後恐事覺，欲自發之。因求使至鄴，勸太祖以女配帝。太祖曰：『今朝廷有伏后，吾女何得以配上？吾以微功見錄，位為宰相，豈復賴女寵乎？』彧曰：『伏后無子，性又凶邪，往常與父書，言辭醜惡，可因此廢也。』太祖曰：『卿昔何不道之？』彧陽驚曰：『昔已嘗為公言也。』太祖曰：『此豈小事，而吾忘之？』彧又驚曰：『誠未語公邪？昔公在官渡，與袁紹相持，恐增內顧之念，故不言爾。』太祖曰：『官渡事後，何以不言？』彧無對，謝闕而已。太祖以此恨彧而外含容之，故世莫得知。至董昭建立魏公之議，彧意不同，欲言之於太祖。及齎璽書，犒軍飲饗禮畢，彧留請間，太祖知彧欲言，封事，揖而遣之。彧遂不得言。」

若此說屬實，則荀彧之得罪曹操，當起因於伏完之案。曹操質問荀彧的一番對答，描繪如畫。曹操的惱怒，荀彧的尷尬，躍然紙上。可是，裴松之對《獻帝春秋》的敘述並不相信。指其為「玷累賢哲」「出自鄙俚」「厚誣君子」的污衊不實之詞。平心而論，史家的描寫，把兩個人的對話描寫得如此詳盡，未必沒有想像的成分，但是，荀彧因伏完之案而得罪老瞞，恐怕也並非空穴來風。

荀彧

魏王尊文若
乃稱王佐才
徽名齊五嶽
功業震三台

玲瓏山館

荀彧

南北朝時期，君臣轉換如走棋，誠所謂「亂哄哄你方唱罷我登場」，君臣觀念非常淡薄，所以才會出現裴氏這樣為曹操辯解的文字。宋代的時候，對荀彧是褒貶不一，毀譽參半。衞宗武稱荀彧「徒抱忠貞心，遺憾亙千古」(《秋聲集》)。楊萬里責難荀彧「曹操之篡漢，路人皆知之。而荀彧猶不疑，至九錫而始有異議，故皆受其禍」(《誠齋易傳》)，口氣還比較委婉。司馬光對荀彧的評價比較公允：「漢末大亂，羣生塗炭，自非高世之才不能濟也。然則荀彧捨魏武將誰事哉？齊桓之時，周室雖衰，未若建安之初也。建安之初，四海蕩覆，尺土一民，皆非漢有。荀彧佐魏武而興之，舉賢用能，訓卒厲兵，決機發策，征伐四克，遂能以弱為強，化亂為治，十分天下而有其八，其功豈在管仲之後乎！管仲不死子糾而荀彧死漢室，其仁復居管仲之先矣。」杜牧指責荀彧：「譬之教盜穴牆發匱而不與同挈，得不為盜乎！」說荀彧是為名而死（見《資治通鑒》卷六十六所引）。司馬光反駁道：「且使魏武為帝，則彧為佐命元功，與蕭何同賞矣。彧不利於此而利於殺身以邀名，豈人情乎！」關鍵是司馬光並未將曹操視為國賊、奸雄。他將曹操、孫權、劉備同視為逐鹿中原的羣雄。司馬光的觀點與裴松之的意見互相呼應，將後者的意見闡述得更加鮮明。蘇轍認為，荀彧並非忠於漢室，他只是勸曹操不要太急：「文若之意，以為劫而取之，則我有力爭之嫌，人懷不忍之志，徐而俟之，我則無嫌而人亦無憾。要之必得而免爭奪之累，此文若之本心也。」(《欒城集》後集卷九）蘇轍的看法，亦是書生之見。如果荀彧只是嫌曹操太急於篡位，可以慢慢來，曹操又何必置他於死地？朱熹認為，荀彧之死，不值得為其悲傷：「考其議論本末，未見其有扶漢之心也，其死亦何足悲？又據本傳，彧乃唐衡之婿，則彧之失其本心久矣。」(《晦庵集》卷四十六）周紫芝認為，說荀彧忠於漢室非常可笑：「以謂忠於漢乎？則漢之陵夷，至是甚矣。以獻帝庸稚之資而遭仲穎劫遷之禍，天下之勢土崩而瓦解，使賢如彧者，雖累百輩，能復扶其傾頹哉！以謂忠於操乎？則操之殺伏后以示威，挾幼主以令世，誅剪名流，盜攘神器，其志在於天下，此豈有意於漢者而欲納其忠焉，是真可笑也。」(《太倉稊米集》卷四十五）元人何異孫說：「曹操陰賊險

虐，荀彧輔之。凡操之暴逆，皆不能救……是終日與盜賊言談而不知盜之心事。」(《十一經問對》)

明清時期，中央集權制達到登峰造極的地步，皇帝更加強調臣子的忠，對荀彧的評價也就愈來愈苛刻起來。明人楊爵說荀彧「不擇所主而自取殺身之禍」(《周易辯錄》)。清人喬萊的言辭更為激烈：「若荀彧者，罪之渠也，何功之有！」(《易俟》) 清劉風起、王汝驤為荀彧說好話，或許以「王佐之才」(《石溪史話》)，或譽為「有道之士」(《牆東雜著》)，都遭到四庫館臣的譏刺。乾隆皇帝對忠不忠的問題極為敏感，對荀彧的歷史評價饒有興趣。他讀了《後漢書・荀彧傳》，下批語曰：「善乎劉友益之論彧云：『身為漢臣，為操謀畫，以贊其業。業已成矣，甫以正論自詭，其無益可知。』……至於發伏完之書，為狙詐之計，禍生空器，卒至飲鴆，所為進退無據，孽由自作耳。」

毛宗崗堅持擁劉反曹的立場，所以他對荀彧之死的評價也就可想而知：「荀彧之死，或以殺身成仁美之者，非也。初之勸操取兗州，則比之於高、光，繼之勸操戰官渡，則比之於楚、漢。凡其設策定計，無非助操僭逆之謀，杜牧譏其教盜穴牆發匱者，誠為至論矣。既以盜賊之事教之，後乃忽以君子之論諫之，何其前後之相謬耶？蓋彧之失在從操之初，而欲蓋之以晚節，毋乃為識者所笑？」「先以不正不直事操，而後以正直忤操者，荀彧也。」

如果我們跳出正統觀念的束縛，就可以看出，各家的意見，形似對立，其實並非水火之不相容。平心而論，各家的意見都有一定道理。首先，我們要客觀地看待曹操的歷史地位。按正統觀念去看，曹操是篡漢的奸雄。但以今天的眼光去看，漢朝的滅亡是自身的腐敗所造成，怪不得任何人。如此腐敗的漢朝，早就應該滅亡了。曹操只是歷史藉以改朝換代的一個工具，他肩負着統一中國的歷史使命。雖然曹操沒有統一中國，但他統一了中國的北方，為繼起的司馬氏統一中國奠定了基礎。從這一點來說，曹操不但不是奸雄，而且是歷史的英雄。曹操既然是英雄，那荀彧就是英雄的輔佐。是荀彧輔助曹操成就了統一中國北方的偉業。荀彧是一個悲劇人物，他的心中充滿着矛盾。一方面，他清醒地看到，只有曹操這樣雄才大略的政治家、軍事家才能完成統一的大業；同時也只有在曹操的南征北戰中，才能充分地舒展自己的才華。另一方面，荀彧又與擁漢派存在着感情上、思想上千絲萬縷的聯繫。我們不妨注意一下他與孔融、楊彪的關係。楊彪被曹操抓起來，負責審問的是滿寵。荀彧和孔融一起告訴滿寵，「但當受辭，勿加考掠」。滿寵不聽，「考掠如法」。荀彧和孔融都非常憤怒。審訊完畢，滿寵向曹操報告，「楊彪考訊，無他辭語」，此人「有名海內，若罪不明白，必大失民望，竊為明公惜之」。「操即日赦出彪」，荀彧和孔融「乃更善寵」。由此不難看出荀彧的感情傾向。

恩怨觀念之主宰人心

中國人極重個人的恩怨。當私人的恩怨和原則發生矛盾的時候，可以置原則於不顧；當私人的恩怨和集團，乃至國家、民族的利益發生矛盾的時候，可以不顧集團，乃至國家、民族的利益。有仇報仇，有恩報恩。有恩不報，是要被視為小人的。至於恩將仇報，那就簡直不是人了。恩怨觀念滲透於全民族的靈魂之中，不分男女老少，高低貴賤，不管有文化沒文化。甚至突破了政治的分野。大將軍何進要殺十常侍，何太后反對說：「我與汝出身寒微，非張讓等焉能享此富貴？」意思是不能忘本。何太后不懂政治，把殘酷的政治鬥爭視作家長里短的事情，完全不明白外戚和宦官兩大集團之不可調和，這是一場你死我活的搏鬥。後來外戚和宦官的鬥爭趨於白熱化，張讓等人決定先下手為強，便將何進騙入宮中殺了。張讓斥責何進：「汝本屠沽小輩，我等薦之天子，以致榮貴；不思報效，欲相謀害！」也是振振有詞。曹操擊滅袁譚，「下令將袁譚首級號令，敢有哭者斬」。青州別駕王修不顧禁令，「布冠衰衣，哭於頭下」。曹操問他：「汝不怕死耶？」王修回答道：「我生受其辟命，亡而不哭，非義也。畏死忘義，何以立世乎？若得收葬譚屍，受戮無恨。」曹操為之感動，不但不加殺戮，反而表彰王修，敬為上賓，「以為司金中郎將」。曹操承認各為其主的道德觀念，表彰王修不忘故主的高尚行為，也就是承認恩怨分明的社會觀念。貂蟬只因蒙王允「恩養，訓習歌舞，優禮相待」，所以能夠赴湯蹈火，「萬死不辭」。陳宮救過曹操的命，所以曹操擊滅呂布後，抓住陳宮，便不想殺他。只是因為陳宮厭惡曹操的為人，曹操不得已而把陳宮殺了。滿寵勸徐晃「何不就殺（楊）奉、（韓）暹而去，以為進見之禮？」徐晃說：「以臣弒主，大不義也。吾決不為。」滿寵讚揚道：「公真義士也！」

從表面上看，徐晃不殺楊奉、韓暹，似乎是出於一種上下的名分，其實呢，完全是出於一種恩怨觀念。「以臣弒主」是「大不義」，那麼，「以臣背主」，不也是不義嗎？如果真要講義，那就不應該背叛楊奉、韓暹。說到底，無非是曹操勢大，賞識他，跟着曹操才有遠大前程。曹操的恩超過了老主子的恩。如果徐晃真的恪守名分，那麼，在曹操和漢獻帝的對立中，他應該站在漢獻帝一邊。徐晃的功名富貴是曹操給的，與獻帝無關，他也因此成了曹操的人。曹操把張濟的妻子鄒氏叫來鬼混，典韋在中軍帳房外給曹操站崗。張繡率軍來偷襲，典韋在混戰中為了保護曹操，多處負傷，「血流滿地而死」。典韋何以能夠如此呢？無非是為了報答曹操的知遇之恩。小說把典韋的悍勇和忠誠大大地渲染了一番，說典韋「血流滿地而死。死了半晌，還無一人敢從前門而入者」。毛宗崗的評語也稱譽典韋「死典韋足拒生賊軍」。其實，典韋死得一點也不光榮，主子與女人鬼混，奴才替他站崗，別人來找主子算賬，奴才拚命阻擋而死，如此而已。虧得曹操事後還大力表彰典韋，意思是樹立一個光輝的榜樣，叫大家來學習。張遼被俘的時候，「曹操舉劍欲殺張遼，玄德攀住臂膊，雲長跪於面前」，一起為張遼說情。後來曹魏與蜀漢交戰時，張遼也常常手下留情。私人恩怨模糊了敵我的界限。關羽去打長沙，黃忠「戰馬前失，掀在地下」。關羽不忍殺他，叫黃忠「快換馬來厮殺」。黃忠拜謝而退，心裏尋思：「難得雲長如此義氣！他不忍殺害我，我又安忍射他？若不射，又恐違了將令。」「是夜躊躇未定。」第二天交戰，黃忠本有百步穿楊的本領，為了報答關羽的不殺之恩，兩次虛拽弓弦，第三箭卻是射關羽的盔纓，明顯是賣個人情。私人恩怨泯滅了敵我對立的鴻溝，惺惺相惜的感情使黃忠忘卻了生死的搏鬥。

郭嘉不顧重病在身，要隨曹軍遠征烏桓。曹操勸他別去了，郭嘉說：「某感丞相大恩，雖死不能報萬一。」諸葛亮之所以能夠「許先帝以驅馳」，能夠「鞠躬盡瘁，死而後已」，主要是為了報答劉備的「三顧」之恩。如果曹操搶先一步，三顧茅廬去請諸葛亮，諸葛亮會不會替曹操服務，恐怕也不好說。從歷史上看，這種可能性還是存在的，雖然這種情況大煞風景。很顯然，曹操的雄才大略，只有超過劉備。經過《三國演義》薰陶的讀者在感情上自然無法接受這樣的可能性。小說裏當然不會是這樣，因為《三國演義》已經把曹操定格為篡漢的奸賊，諸葛亮當然不可能成為曹操的軍師。但諸葛亮在《隆中對》裏並沒有稱曹操為「漢賊」。人人皆曰可殺的董卓死了，天下稱快，蔡邕居然「伏其屍而大哭」。原因是甚麼呢？蔡邕為自己辯解說：「只因一時知遇之感，不覺為之一哭。」為了個人的知遇之恩，可以置天下人的愛憎於不顧。毛宗崗就此議論道：「今人俱以蔡邕哭卓為非，論固正矣。然情有可原，事有足錄。何也？士各為知己者死。設有人受恩桀、紂，在他人固為桀、紂，在此人則堯、舜也。董卓誠為邕之知己，哭而報之，殺而殉之，不為過也。」毛宗崗的意思是，蔡邕之哭董卓，於法難容，於情可原。從個人的恩怨出發，必然得出這樣的結論。其實，據《後漢書．蔡邕傳》，蔡邕聽說董卓的死訊，不過是「殊不意，言之而歎，有動於色」，並沒有伏屍大哭。小說誇大了蔡邕的反應。可是，董卓當時提拔的名士很多，他聽取李儒的意見，「擢用名流」，將黨錮之禍中的著名人物荀爽、陳紀、韓融等人提為公卿。又聽從「黨人」的推薦，以韓馥為冀州牧，以劉岱為兗州刺史，孔伷為豫州刺史，張邈為陳留太守。可是，由於董卓的倒行逆施，他所任命的這些牧守後來都起兵反對他。蔡邕歎卓是蔡氏一生的污點。中國的文人也好，俠客也好，都信奉「士為知己者死」的信條。曹操很欣賞賈詡，「欲用為謀士」，賈詡婉言謝絕說：「某昔從李傕，得罪天下；今從張繡，言聽計從，不忍棄之。」關羽為了報答曹操的昔日之恩，可以不顧軍令，將曹操放了：

雲長是個義重如山之人，想起當日曹操許多恩義，與後來五關斬將之事，如何不動心；又見曹軍惶惶，皆欲垂淚，一發心中不忍。於是把馬頭勒回，謂眾軍曰：「四散擺開。」這個分明是放曹操的意思。操見雲長回馬，便和眾將一齊衝將過去。雲長回身時，曹操已與眾將過去了。雲長大喝一聲，眾軍皆下馬，哭拜

於地。雲長愈加不忍。正猶豫間，張遼縱馬而至。雲長見了，又動故舊之情，長歎一聲，並皆放去。（第五十回）

值得注意的是，關羽的這種行為得到了小說的高度讚揚。回目是「關雲長義釋曹操」，顯然是一種讚許的口吻。第五十回結末的對子是「拼將一死酬知己，致令千秋仰義名」，偉大得不得了。毛宗崗的評語更是說得有意思。按道理說，曹操既是國賊，那就不應該放他，放曹操就是不忠。可曹操有恩於關羽，不放曹又是不義。讓我們看看毛宗崗面對這「忠」和「義」的道德悖論，是怎麼處理的。真所謂「奇文共欣賞，疑義相與析」：

　　順逆不分，不可以為忠；恩怨不明，不可以為義。如關公者，忠可干霄，義亦貫日，真千古一人。懷惠者，小人之情；報德者，烈士之志。雖其人之大奸大惡，得罪朝廷，得罪天下，而彼能不害我，而以國士遇我，是即我之知己也。我殺我之知己，此在無義氣丈夫則然，豈血性男子所肯為乎？

如此看來，「忠」和「義」沒有甚麼矛盾。按照毛宗崗的邏輯，蔡邕的哭董卓也是哭得有道理的。關羽是既忠亦義，奇怪的是，關羽放了曹操，做了這麼一件「義亦貫日」的大事回來，卻不能理直氣壯地面對劉備和諸葛亮：「雲長默然」，「關某特來請死」。一副垂頭喪氣的模樣！毛宗崗又說：

　　使關公當日以公義滅私恩，曰：「吾為朝廷斬賊！吾為天下除兇！」其誰曰不宜？而公之心，以為他人殺之則義，獨我殺之則不義，故寧死而有所不忍耳。

在這裏，毛宗崗等於承認關羽是以私恩滅公義了。忠和義又不能兩全了。這個剛才還認為忠義可以兩全的毛宗崗，此時又不能不承認私恩和公義是難以兼顧的，還是像關羽這樣以私恩滅公義更偉大一些。可惜，毛宗崗又忘記了，關羽「義釋」曹操的時候，他又把自己和劉備的「義」置於何地？難道曹操的恩已經超過劉備的恩了嗎？看來，不但忠和義有矛盾，而且義和義也是難以調和。事實上，關羽放跑曹操以後，自覺愧對劉備和諸葛亮，心裏並不像毛宗崗說得那樣坦然。關羽固然是「寧死而有所不忍」，但也盡可放心，孔明可以「揮淚斬馬謖」，卻不能揮淚斬關羽。須知劉備和關羽、張飛「恩若兄弟」，是要同年同月同日死的。歷史上並沒有關羽華容道義釋曹操的事情，但是，關羽和曹操在歷史上確實有恩怨關係。《三國志・關羽傳》裏說：「曹公壯羽為人，而察其心神無久留之意，謂張遼曰：『卿試以情問之。』既而遼以問羽，羽歎曰：『吾極知曹公待我厚，然吾受劉將軍厚恩，誓以共死，不可背之，吾終不留。吾要當立效以報曹公乃去。』」所謂「立效」，就是後來的刀斬顏良。用我們現在的觀點去看，華容道義釋曹操的情節，完全沒有必要。是給關羽的臉上抹黑，也損害了諸葛亮的形象。諸葛亮明知關羽會放了曹操，還要讓關羽去把守華容道。既然諸葛亮有此先見之明，為何不派張飛或趙雲去守？豈不是諸葛亮不會用人？再說，關羽擅自釋放曹操，如此大過，諸葛亮又不能處死關羽，軍令的嚴肅性何在？最後無法解釋，只好歸之於天命，於是諸葛亮降為了算命先生。在元代至治年間刊刻的《三國志平話》裏，關羽沒有放曹操，只是沒有抓住曹操：「曹相用美言告雲長：『看操，與壽亭侯有恩。』關公曰：『軍師嚴令。』曹公撞陣。卻說話間，面生塵霧，使曹公得脫。」回來以後，諸葛亮見關羽未曾抓住曹操，便說：「關將仁德之人，往日蒙曹相恩，其此而脫矣。」「關公聞言，忿然上馬：『告主公復追之。』玄德曰：『吾弟性匪石，寧奈不倦。』軍師言：『諸葛亦去，萬無一失。』」看來，《三國志平話》裏的關羽，沒有因為個人恩怨而放棄原則。

為了說明關羽華容道放曹操放得有道理，小說竭力地強調曹操對關羽的恩惠和諒解。不光是三日一小宴，五日一大宴，美女名馬，而且當曹操在得知關羽不辭而別，連斬六將以後，曹操還怕沿路諸將阻攔關羽，特派張遼宣諭關將，不得攔阻。曹操已經做到仁至義盡，從個人恩怨出發，不容關羽不放曹操一把。如張遼先前對曹操所謂：「劉玄德待雲長不過恩厚

美髯公千里走單騎

耳。丞相更施厚恩以結其心，何憂雲長之不服也？」真所謂有怨報怨，有恩報恩，滴水之恩，當湧泉相報。

呂布白門樓被俘，乞求曹操饒他一命：「明公所患，不過於布；布今已服矣。公為大將，布副之，天下不難定也。」呂布的建議很誘人，曹操心有所動，問劉備：「何如？」劉備回答說：「公不見丁建陽、董卓之事乎？」提醒曹操不要忘記丁原、董卓二人血的教訓。劉備的話送了呂布的命。呂布譴責劉備：「是兒最無信者！」並責備劉備：「大耳兒！不記轅門射戟時耶？」呂布對劉備的責備就是從恩怨觀念出發的。呂布轅門射戟，為劉備救燃眉之急，因而有恩於劉備。可現在呂布落難，劉備卻投井下石。難怪呂布責備劉備「是兒最無信者」。有意思的是毛宗崗替劉備所做的辯護詞：「即不轅門射戟，備未必死。」這種辯護自然是軟弱無力的。雖然「備未必死」，但呂布有恩於劉備的事實卻無法否認，劉備忘恩負義的事實也就無法否認。毛宗崗會替劉備詭辯，卻又會苛求曹操，說曹操對不起陳宮：「使操而有良心者，念其昔日活我之恩，則竟釋之；釋之而不降，則竟縱之；縱之而彼又來圖我，而又獲之，然後聽其自殺，此則仁人君子之用心也，而操非其倫也。」我們看毛宗崗是多麼的偏心眼！

一般人極重恩怨，張飛罵呂布「三姓家奴」，那是罵得很毒的。連袁術這種人物都看不起呂布的為人：「術怪呂布反覆不定，拒而不納」，「奉先反覆無信」，「袁術身披金甲，腕懸兩刀，立馬陣前，大罵呂布：『背主家奴！』」呂布為曹軍所迫，窮極無計，準備去投靠袁紹。袁紹的謀士審配獻言說：「呂布豺虎也，若得兗州，必圖冀州。不若助操攻之，方可無患。」呂布要去投靠劉備，糜竺說：「呂布乃虎狼之徒，不可收留，收則傷人矣。」劉備要聯合呂布，關羽和張飛一齊反對：「呂布乃無義之人，不可信也。」中山狼式的人物最為人所不齒。《一捧雪》中的湯勤，《紅樓夢》中的賈雨村，《水滸傳》裏的李固，《金瓶梅》裏的應伯爵，都是最為人所痛恨的。

恩怨觀念也有遇到挑戰的時候。關羽千里走單騎，在古城恰好碰到張飛。張飛聽孫乾說關羽回來了，「更不回言，隨即披掛，持矛上馬，引一千餘人徑出北門」，「關公望見張飛到來，喜不自勝，付刀與周倉接了，拍馬來迎。只見張飛圓睜環眼，倒豎虎鬚，吼聲如雷，揮矛向關公便搠。關公大驚，連忙閃過，便叫：『賢弟何故如此？豈忘了桃園結義耶？』飛喝曰：『你既無義，有何面目來與我相見！』關公曰：『我如何無義？』飛曰：『你背了兄長，降了曹操，封侯賜爵。今又來賺我！我今與你拼個死活！』」在張飛看來，關羽既已投降曹操，那就沒有甚麼兄弟情義可言。由此來看，張飛雖是粗人，但原則性比關羽強多了。直到關羽當着他的面殺了曹將蔡陽，才算了賬。難怪毛宗崗說：「人但知降漢不降曹為雲長大節，而不知大節如翼德，殆視雲長而更烈也。雲長辨漢與曹甚明，翼德辨漢與曹又甚明。操為漢賊，則從漢賊者亦漢賊。彼誤以關公為降曹，故罵曹操，並罵關公，而桃園舊好，所不暇顧矣。」

劉備要為關羽、張飛復仇，興兵伐吳。趙雲進諫道：「漢賊之仇，公也；兄弟之仇，私也。願以天下為重！」趙雲真是公私分明。可劉備回答說：「朕不為弟報仇，雖有萬里江山，何足為貴！」這哪像一個政治家的回答！學士秦宓冒死進諫：「陛下捨萬乘之軀，而徇小義，古人所不取也。願陛下思之。」劉備反駁說：「雲長與朕，猶一體也。大義尚在，豈可忘耶？」秦宓伏地不起說：「陛下不從臣言，誠恐有失。」劉備大怒說：「朕欲興兵，爾何出此不利之言！」叱武士推出斬之。秦宓面不改色，回顧劉備而笑曰：「臣死無恨，但可惜新創之業，又將顛覆耳！」秦宓直指劉備的為關、張復仇是「小義」。《蜀記》有云：

> （關）羽與（徐）晃宿相愛，遙共語，但說平生，不及軍事。須臾，晃下馬宣令：「得關雲長頭，賞金千斤！」羽驚怖，謂晃曰：「大兄，是何言邪！」晃曰：「此國之事耳。」（《三國志》裴注所引）

看來，徐晃的原則性比關羽強多了。如果能不「遙共語」，那就更好了。或許是因為這條材料富有戲劇的色彩，所以被《三國演義》所吸收，見於

第七十六回。

恩怨關係中，有一種特殊的情況，那就是殺父之仇。是所謂不共戴天之仇。當這種不共戴天之仇與集團的利益發生衝突的時候，作為集團的領袖，自然要調和、化解這種仇恨。譬如甘寧本是黃祖的人，他殺了東吳的將領凌操。後來，因為黃祖沒有重視他，他心懷不滿，又投奔孫權，並幫助孫權破了黃祖。在慶功的宴席上，凌操的兒子凌統見了甘寧，仇人相見，分外眼紅。他拔起利劍，直奔甘寧，「寧忙舉生椅以迎之」。孫權勸說凌統以大局為重：「興霸射死卿父，彼時各為其主，不容不盡力。今既為一家人，豈可復理舊仇？萬事皆看吾面。」但凌統如何甘心？孫權只好將甘寧調往夏口，以避凌統；加封凌統為丞烈都尉，以示安撫。後來與曹軍對陣，甘寧救了凌統一命，從此兩人「結為生死之交，再不為惡」。一恩一怨，從此扯平。

蜀漢與東吳之間

從小說的總體結構來說，《三國演義》將蜀漢和曹魏作為主要的對立面，形成善惡對立的兩極，東吳只是陪襯。讀者在這種結構的引導下，十分自然地接受了擁劉反曹的傾向。小說的內容和結構大致上結合得很好，在這一點上，小說十分成功。可是如果跳出小說結構的「誤導」，看一下蜀漢和東吳兩大集團的關係，我們就會將蜀漢集團的性質看得更加客觀、更加清楚。

《三國演義》告訴我們：劉備代表正義，曹操代表邪惡。但我們冷靜地看一下蜀漢和東吳兩大集團之間既鬥爭又聯合的歷史，再反顧逐鹿中原的羣雄，那就會明白：鬥得你死我活的魏、蜀、吳三方，他們之間其實沒有甚麼是非。讀者喜歡的劉備也罷，讀者痛恨的曹操一方也罷，讀者說不上喜歡、也說不上討厭的東吳一方也罷，他們其實都是所謂梟雄，彼此之間並沒有實質上的區別。周瑜、蔡瑁等人說劉備是「梟雄」，並沒有說錯。曹操說「今天下英雄，惟使君與操耳」，把劉備看作和自己同類的人物，也是一句大實話。

三國時期，羣雄逐鹿中原，關鍵不是應該由誰來統一中國的問題，而是誰有力量來統一中國的問題。細細看去，羣雄之間，與其說是一種是非關係，莫如說是一種利害關係。從大的方面來看，從實質上來看，他們處事的原則，無一不是從利害關係出發。正因為從利害關係出發，所以集團與集團之間，今天是朋友，明天就很可能是敵人。譬如說劉備，他先後或依附或聯合的人物和集團就在不斷地變化，我們可以排出一個長長的單子：劉焉、朱儁、劉虞、劉恢、公孫瓚、呂布、曹操、袁紹、劉表、孫權、劉璋。其中呂布、曹操和劉璋，後來都變成了劉備的敵人。從小說的描寫來看，呂布、曹操和劉璋，他們的為人和處事，前後並沒有發生大的變化。但是，劉備和他們的關係卻發生了很大的變化。孫權的情況比較複雜，當他與蜀漢爭奪荊襄地區的時候，他就是蜀漢的敵人；當他與曹魏對抗的時候，他就是蜀漢的朋友。是西人所謂「敵人的敵人是朋友」。毛宗崗雖然偏向蜀漢，但也不得不承認：「讀前卷而見孫、劉之合，讀此卷而見孫、劉之離。蓋同患則相恤，同利則相爭，凡人之情，大抵然矣。當曹操之來，氣吞吳會，赤壁之戰，吳非為劉，實以自為耳！迨乎曹操已破，北軍已還，而荊州九郡，劉備欲之，孫權又欲之，孔明欲為玄德取之，周瑜、魯肅又欲為孫權取之。於是乃以破曹德色於劉，因以索謝而取償於荊，遂致孫與劉終不得為好相識，良可歎也。」東吳和蜀漢的關係最典型地說明：羣雄之間的關係，只是一種利害關係。如果談到蜀漢與曹魏之間的關係，受正統觀念影響的人們或許以為曹操是所謂「漢賊」，而劉備是所謂「中山靖王之後」；曹操是奸臣，而劉備是仁義之君。似乎有一種正義和非正義的區別。可是，孫權和劉備相比呢？我們就只看到一種利害關係。孫權和劉備的關係，時冷時熱，時好時壞，時而聯合，時而相爭，完全為各自的政治軍事利益所左右，為當時的形勢需要所牽制。我們看不出二者的政治理想、意識形態、道德觀念有甚麼實質上的區別。

如果我們站在客觀的立場上看問題，那麼，赤壁之戰的時候，是劉備有求於東吳，是東吳挽救了劉備。結果是劉備得到了荊州，借了荊州以後，又賴着不還。當然，後來呂蒙白衣渡江，偷襲荊州乃至於俘殺關羽，那是東吳對不起蜀漢。這是從道德上來看問題。但是，歷史不是按道德的理論來發展的。誰對不起誰的問題，對實際的歷史發展來說，沒有意義，只是可以幫助我們看清蜀漢政權的性質而已。

惟其如此，諸葛亮主張並堅持的聯合東吳、北拒曹魏的方針，不是一種道德的選擇，而是一種策略的選擇。蜀漢與東吳之間的戰爭，只是在曹魏的威脅減弱的情況下，雙方擴展自身勢力範圍的衝突。

生死攸關的人才問題

三國時期，人才的得失成為生死攸關的問題。周瑜對孫權說：「自古得人者昌，失人者亡。」可謂千真萬確。人才問題在三國這樣動盪的時代具有特殊的意義。難怪唐人李九齡有詩《讀〈三國志〉》就此感慨道：「有國由來在得賢，莫言興廢是循環。武侯星落周瑜死，平蜀降吳似等閒。」（洪邁《萬首唐人絕句》卷七三）三國之所以能夠力克羣雄，鼎足而三，關鍵在於其領袖人物能夠識別人才、團結人才、使用人才。曹魏方面，人才最盛，有荀彧、荀攸、郭嘉、程昱、劉曄、許攸、賈詡、毛玠、張遼、樂進、于禁、張郃、徐晃、曹仁、曹洪、夏侯惇、李典、典韋、許褚、臧霸等。孫吳方面，也是人才輩出，有張昭、顧雍、魯肅、周瑜、呂蒙、程普、黃蓋、韓當、周泰、丁奉、徐盛、甘寧、陸遜、陸抗等。三國之中，蜀漢的力量最為弱小，《三國演義》把蜀漢的國力大大地誇張了，但劉備集團的人才也有諸葛亮、龐統、法正、關羽、張飛、趙雲、馬超、黃忠、魏延、姜維等。

曹魏、東吳、蜀漢三國的興衰與其人才的興衰基本上是同步的。為了說明這一點，我們不妨排比一下歷史人物的年齡。從三國的領袖人物來看，曹操和孫堅是同齡人，都生於公元 155 年。劉備生於公元 161 年，比他倆小六歲。曹操享年六十六歲，劉備享年六十三歲。曹操死於公元 220 年，劉備死於公元 223 年，兩人去世的年份相差無幾。孫堅早逝（卒於公元 191 年），只活了三十七歲，他的繼承人孫策活得更短（卒於公元 200 年），只活了二十六歲，都是英年早逝。可是，第二位繼承人孫權卻活了七十一歲，過了古稀之年，這才使東吳的事業沒有因為孫堅、孫策的相繼夭逝而中斷。孫權逝世於公元 252 年，當時曹操已經去世三十二年，劉備去世二十九年，連曹丕都已經去世二十六年。三國之中，東吳滅亡最晚，亡於公元280年，與孫權的長壽不無關係。更重要的是，東吳集團先後有周瑜、魯肅、呂蒙、陸遜、陸抗這樣傑出的人物來支撐。在蜀漢，諸葛亮去世以後，就沒有像東吳陸遜那樣傑出的人物了。陸遜逝於公元245年，陸抗逝於公元274年，此時西晉已立國九年。這些一流人才的相繼出現，在十分困難的境況下延續了東吳集團的壽命。宋人洪邁感慨道：

> 孫吳奄有江左，亢衡中州，固本於策、權之雄略，然一時英傑，如周瑜、魯肅、呂蒙、陸遜四人者，真所謂社稷心膂，與國為存亡之臣也。自古將帥，未嘗不矜能自賢，疾勝己者，此諸賢則不然。孫權初掌事，肅欲北還，瑜止之，而薦之於權曰：「肅才宜佐時，當廣求其比，以成功業。」後瑜臨終與權箋曰：「魯肅忠烈，臨事不苟，若以代瑜，死不朽矣！」肅遂代瑜典兵。呂蒙為尋陽令，肅見之曰：「卿今者才略非復吳下阿蒙。」遂拜蒙母，結友而別。蒙遂亦代肅。蒙在陸口，稱疾還，權問：「誰可代者？」蒙曰：「陸遜意思深長，才堪負重，觀其規慮，終可大任，無復是過也。」遜遂代蒙。四人相繼，居西邊三四十年，為威名將，曹操、劉備、關羽皆為所挫。雖更相汲引，而孫權委心聽之，吳之所以為吳，非偶然也。」（《容齋隨筆》卷十三）

與此形成對照的是，蜀漢的人才在公元二世紀的二三十年代裏，卻急劇地衰落。短短十五年間，蜀漢集團的一流人物——龐統（公元214年）、關羽（公元220年）、法正（公元220年）、黃忠（公元220年）、張飛（公元221年）、馬超（公元222年）、劉備（公元223年）、趙雲（公元229年）相繼逝世。趙雲逝世五年（公元234年）以後，蜀漢的中流砥柱諸葛亮病逝於五丈原，年僅五十四歲。不久，大將魏延在內亂中被殺（公元234年）。從龐統落鳳坡中箭身亡到諸葛亮病重歸天，不過二十年。此時此刻，蜀漢集團惟一賴以支持危局的只有一個姜維。況且劉禪的智商又在中

呂蒙

呂蒙

人之下，如毛宗崗所諷刺的：「豪傑不遇時，庸人多厚福。」從蜀漢人才的過早凋零來看，蜀漢之先於東吳而亡，一點都不奇怪。蜀漢早於東吳十七年滅亡。如果不是蜀漢易守難攻的地理條件，如果不是司馬氏集團正在忙於收拾曹魏集團的殘餘勢力，蜀漢的滅亡還要更早一些。

三國的情況如此，一國內部各派力量的消長也是同樣的道理。公元265年，司馬炎代魏稱帝。但是，曹魏集團早在公元249年的高平陵事變以後就已經名存實亡了。曹芳登基的時候，曹魏集團早已人才凋零。曹爽、何晏等人，充其量只是三流人才，根本不是司馬懿父子的對手。此時的司馬氏集團一邊，卻是人才濟濟。按前人的說法，曹魏之代漢而立，司馬氏之代魏而立，都是「取天下於孤兒寡婦之手」。小說《三國演義》更是把倒黴的漢獻帝、伏后、曹芳、曹髦、曹奐寫得哭哭啼啼、可憐兮兮。人才凋零，只剩下孤兒寡母，自然是任人欺負了。

動亂時期，實用主義高漲，對才能的要求比較突出，對道德的要求大大降低。在這一點上，曹操的表現尤為突出。漢代以仁孝、經術為標榜，而曹操居然在他的《求逸才令》中，大張旗鼓地招聘有才能而品行有污點的人物：

> 昔伊摯、傅說出於賤人，管仲，桓公賊也，皆用之以興。蕭何、曹參，縣吏也。韓信、陳平，負污辱之名，有見笑之恥，卒能成就王業，聲著千載。吳起貪將，殺妻自信，散金求官，母死不歸，然在魏，秦人不敢東向，在楚則三晉不敢南謀。今天下得無有至德之人，放在民間，及果勇不顧，臨敵力戰。若文俗之吏，高才異質，或堪為將守，負污辱之名、見笑之行，或不仁不孝而有治國用兵之術，其各舉所知，勿有所遺。

曹操看重的是結果。取勝是硬道理，其他都是瞎掰。不仁不孝也不要緊，無所謂，只要具有治國用兵之術。我們不能不佩服老瞞的坦率。「許攸在冀州時，嘗濫受民間財物，且縱令子姪輩多科稅，錢糧入己」，是一個品行有污點的人，但許攸有智謀，曹操用之不疑。郭嘉有「負俗之譏」，具體所指，不得而知，曹操對他最為欣賞。赤壁慘敗，曹操事後歎息說：「郭奉孝在，不使孤至此。」智囊團的全體成員聽到老瞞這樣的感歎，應該感到無比的慚愧。

東吳方面也是一樣。蔣欽、周泰「二人皆遭世亂，聚人在洋子江中，劫掠為生；久聞孫策為江東豪傑，能招賢納士，故特引其黨三百餘人，前來相投。策大喜，用為軍前校尉」。

諸葛亮用人，雖然沒有說不仁不孝不要緊，但審時度勢，也有靈活之時。譬如法正其人，其人品不無可議之處，如陳壽所評：「法正著見成敗，有奇畫策算，然不以德素稱也。」但諸葛亮聽之任之，睜一眼閉一眼：「法正為蜀郡太守，凡平日一餐之德，睚眥之怨，無不報復。或告孔明曰：『孝直太橫，宜稍斥之。』孔明曰：『昔主公困守荊州，北畏曹操，東憚孫權，賴孝直為之輔翼，遂翻然翱翔，不可復制。今奈何禁止孝直，使不得少行其意耶？』因竟不問。法正聞之，亦自斂戢。」《三國演義》第六十五回的這一段文字，其本事出自《三國志·法正傳》。諸葛亮看重的是法正的智術。《魏氏春秋》的作者孫盛因此而責備諸葛亮：「威福自下，亡國之道也。安可以功臣而極其淩肆？」宋人唐庚反駁說：「古之英主，所以役使豪傑，彼自有意義，孫盛所見者小矣。」（《三國雜事》卷上）劉備執意討伐東吳，諸葛亮未能諫阻而歎息說：「法孝直若在，則能制主上，令不東行。就復東行，必不傾危矣。」（《三國志·法正傳》）其看重如此。諸葛亮之思法正，猶如曹操赤壁大敗之後思念郭嘉。郭嘉的人品也有人非議，陳羣就「非嘉不治行檢，數廷訴嘉」，而郭嘉「意自若，太祖愈益厚之」。難怪陳壽說法正「其程（昱）、郭（嘉）之儔儷邪」（《三國志·郭嘉傳》）。

《三國演義》的藝術魅力在於鬥智鬥勇，在於人才與人才的博弈。人才難得，人才是比出來的。戰爭為人才的脫穎而出創造了廣闊的天地。

最急需的人才

每個時代都有對人才的不同的需求。新中國成立以前，戰爭年代，一流的人才集中在黨政軍。新中國成立以後，人才逐漸分流。改革開放以後，金融、法律、通信、高科技、外語方面的專業對於人才的吸引力越來越強。一些早先不起眼的高校逐漸變成考生青睞的目標。就高校而言，人文科學和基礎科學越來越難以吸引一流的生源了。三國是亂世，戰爭頻仍，特別需要軍事、政治方面的人才。當時一流的人才集中在軍事、政治方面，是毫不奇怪的。軍事方面的人才可以分成兩大類：一類是具有武藝勇力的武將，一類是「運籌帷幄之中，決勝千里之外」的軍師或統帥。前者以關羽、張飛、趙雲、馬超、張遼、徐晃、許褚、典韋、甘寧、徐奉等人為代表；後者以諸葛亮、龐統、荀彧、郭嘉、荀攸、程昱、周瑜、呂蒙、陸遜等人為代表。軍政以外的人才，都顯得可有可無。經學家鄭玄露了一面，而作者之所以要讓這位大名鼎鼎的經學家在小說裏露面，只是為了利用他和袁紹的關係，給劉備寫一封介紹信，以便通融一下。太平盛世，經學家風光無限。可眼下是亂世，兵荒馬亂的，百無一用是書生，經學家實在是可有可無。文學家王粲在書裏有一次露面，是勸劉琮投降曹操。文學家陳琳在書裏出場三次，一次是勸誡何進，不要招外兵，以免引狼入室；一次是為袁紹寫了一篇聲討曹操的檄文；最後一次是曹操責備他寫檄文，不該連祖宗三代都罵了。名醫華佗在書裏也有三次露面。主要的一次是刮骨療毒，這固然表現了華佗醫術的高明，但主要是為了表現關羽：

> 公飲數杯酒畢，一面仍與馬良弈棋，伸臂令佗割之。佗取尖刀在手，令一小校捧一大盆於臂下接血。佗曰：「某便下手。君

侯勿驚。」公曰：「任汝醫治。吾豈比世間俗子懼痛者耶？」佗乃下刀，割開皮肉，直至於骨，骨上已青；佗用刀刮骨，悉悉有聲。帳上帳下見者，皆掩面失色。公飲酒食肉，談笑弈棋，全無痛苦之色。須臾，血流盈盆。佗刮盡其毒，敷上藥，以線縫之。公大笑而起，謂眾將曰：「此臂伸舒如故，並無痛矣。先生真神醫也！」佗曰：「某為醫一生，未嘗見此。君侯真天神也！」（第七十五回）

這一段文字，有聲有色，極盡誇張。一寫關羽驚人的自制力，極寫一代名將的人格魅力；一寫華佗的高超醫術。很明顯，前者是主要的。華佗的另外兩次露面均與曹操有關，寫他為曹操治療頭痛病，主要表現曹操的多疑好殺。難怪毛宗崗不是感歎華佗醫術的高明，而是認為華佗是要殺曹操：「曹操之殺華佗，以佗之將殺操也。佗療操而何以云殺操？曰：鑿其頭，則是欲殺之也。臂則可刮，未聞頭可鑿。如鑿其頭而能活，必如左慈之幻術則可；若以言醫，則無是理也。無是理，則其欲殺之無疑也。」（第七十八回回評）毛宗崗生當三四百年以前，他恐怕想像不到現代的腦外科手術。

借東風似乎可以表現諸葛亮的氣象知識，但作者偏要寫成裝神弄鬼的樣子。難怪冥飛在《古今小說評林》中批評道：「寫孔明亦是極力推崇，然借風、乞壽、袖占八卦、羽扇一揮回風反火等事，適成為踏罡拜斗道士行為，殊與賢相之身份不合矣。」著超則指諸葛亮的登壇祭風，「直一茅山道士」，可笑以極。又說：「昔余客瀋陽時，平康一津妓，日讀《三國志演義》，余詰以書中之人才若何？妓曰：『吾極不喜孔明，裝神搗鬼，直一妖行惑眾之人耳。』」（《古今小說評林》）木牛流馬好像是寫諸葛亮科技方面的才華，固然也有表現科技因素的客觀效果，但作者的本意似乎不在這裏。這木牛流馬在諸葛亮手裏很好使，到了司馬懿手裏就不靈了。可見，作者要強調的不是諸葛亮智慧中的科技含量，而是強調諸葛亮比司馬懿高明。這種描寫的客觀效果就是司馬懿處處事事不如諸葛亮，而不是讓人覺得科技多麼重要。

關雲長刮骨療毒

兼通軍事和政治的人才是當時最需要、最難得、最有價值的人才，譬如諸葛亮、周瑜、曹操、司馬懿、陸遜這樣的人物。一方面是能夠為本集團制訂出長遠的發展戰略，一方面是能夠針對瞬息萬變的政治軍事形勢，做出鞭辟入裏的分析，並及時地提出應對的策略和方法。能夠同時滿足這兩項要求的最傑出的人物就是諸葛亮。這裏說的是《三國演義》裏的諸葛亮。歷史上的諸葛亮，誠如陳壽在《三國志・諸葛亮傳》裏所評：「可謂識治之良才，管、蕭之亞匹矣。然連年動眾，未能成功，蓋應變將略，非其所長歟！」在劉備集團崛起的過程中，諸葛亮的主要貢獻是外交和後勤兩個方面，漢中之役和伐吳之役都是劉備親自指揮的。《諸葛亮傳》上說：「曹公敗於赤壁，引軍歸鄴。先主遂收江南，以亮為軍師中郎將，使督零陵、桂陽、長沙三郡，調其賦稅，以充軍實」，「先主外出，亮常鎮守成都，足食足兵。」所以陳壽說諸葛亮「應變將略，非其所長」，把諸葛亮比作管仲和蕭何。但是，在三國故事的流傳過程中，人們逐漸地強調諸葛亮的用兵才能，到了羅貫中的《三國演義》，諸葛亮變成一個用兵如神的軍師，成為了軍事智慧和政治智慧的化身。

《三國演義》特別強調和欣賞政治軍事的預見性。我們看當時的各路諸侯，身邊都有搖羽毛扇的人物：董卓是那麼殘暴貪婪，但是他也有自己的軍師李儒。李傕這樣貪婪狠毒不次於董卓的人，有陳平一類的人物賈詡做他的謀主。後來賈詡成為張繡的謀主，最後投到曹操的門下。劉表並無四方之志，卻有蒯越、蒯良為他出謀劃策。曹操攻克襄陽以後，「即召蒯越近前撫慰曰：『吾不喜得荊州，喜得異度也。』」其推重如此。呂布這樣的見利忘義之徒，也有陳宮做他的高參。可惜陳宮見事遲，呂布對陳宮也並非言聽計從。袁紹出身名門望族，更有審配、郭圖、沮授、田豐為其謀劃。可惜袁紹外寬內忌，優柔寡斷，謀士們又各懷心腹，同牀異夢，互相掣肘。孫權則有周瑜、魯肅、呂蒙、陸遜為其運籌帷幄。雄才大略的曹操則有荀彧、郭嘉、荀攸、程昱做他的智囊。

毛宗崗拘於儒生的見識，稱譽三國的人才時說：「至於道學，則馬融、鄭玄，文藻則蔡邕、王粲。」其實，亂世中最不需要的是書獃子。所以諸葛亮在出使東吳、舌戰羣儒的時候，特別挖苦了「虛譽欺人，坐議立談，無人可及，臨機應變，百無一能」，「筆下雖有千言，胸中實無一策」的書生。諸葛亮的伯樂司馬德操也說：「儒生俗士豈識時務？識時務者在乎俊傑。」從這一點上來看，諸葛亮和曹操在人才路線上還頗有相似之處呢。曹操的求才特別強調治國用兵之術。不同的是，諸葛亮沒有說不仁不孝也不要緊。但他們都不要書獃子。毛宗崗就此感慨道：「文人之病，患在議論多而成功少。大兵將至，而口中無數『之乎者也』『詩云子曰』，猶刺刺不休。此晉人之清談、宋儒之講學，所以無補於國事也。張昭等一班文士，得武人黃蓋叱而止之，大是快事。」

以貌取人和魏延的悲劇

俗話說：「人不可貌相，海水不可斗量。」又說：「相馬失之瘦，相人失之貌。」毛宗崗對以貌取人的現象頗不以為然：「三國人才絕異，而其形貌亦多有異者：如大耳之玄德，赤面長髯之關公，虎鬚環眼之翼德，碧眼紫鬚之仲謀及黃鬚之曹彰，斯皆奇矣；而又有白眉之馬良，至今稱眾中之尤者，必曰白眉。雖然，形貌末耳；舜重瞳，重耳重瞳，項羽亦重瞳，黃巢左目亦重瞳；或聖而帝，或譎而霸，或勇而亡，或好殺而亡。人之賢不賢，豈在貌之異不異哉？」所謂「貌異」「貌奇」，意即生得怪，其實不過是「貌醜」的委婉說法。事實上，以貌取人是人們常常會犯的錯誤。即便知人善任如孫權，也因此和鳳雛失之交臂。魯肅向孫權推薦龐統，「施禮畢，權見其人濃眉掀鼻，黑面短髯，形容古怪，心中不喜」。「古怪」就是醜陋的代名詞。孫權又聽龐統說話之中，對周瑜不甚佩服，「權平生最喜周瑜，見統輕之，心中愈不樂」。結果，龐統離孫權而去。子不我思，豈無他人？此處不留人，自有留人處。龐統又去見劉備。但是，龐統生性傲慢，見劉備時故意不呈上魯肅的推薦信，似乎是存心要考驗一下劉備的眼力。誰知劉備能識臥龍，卻不能識鳳雛，犯了與孫權同樣的錯誤：「玄德見統貌陋，心中亦不悅。」劉備的禮賢下士這一回沒有經受住考驗；但劉備比孫權還強一些：孫權是不用龐統，說是「公且退，待有用公之時，卻來相請」，委婉地將龐統推出門外；劉備是大材小用，給龐統安排了一個閒職。看來，劉備的人才庫沒有孫權那麼充裕。幸虧張飛看了龐統的現場辦公，佩服得五體投地。後來，劉備聽了張飛的匯報，孔明的介紹，又讀了魯肅的推薦信，承認自己「屈待大賢」的錯誤，立即敬請龐統到荊州，「遂拜龐統為副軍師中郎將，與孔明共贊方略」。

民間信仰骨相學者大有人在。在亦雅亦俗的《三國演義》中，骨相學的影響歷歷可見。劉備「兩耳垂肩，雙手過膝，目能自顧其耳」，說劉備耳朵大是大貴之相，是說異人自有異相。「孫權生得方頤大口，碧眼紫髯。昔漢使劉琬入吳，見孫家諸昆仲，因語人曰：『吾遍觀孫氏兄弟，雖各才氣秀達，然皆祿祚不終。惟仲謀形貌奇偉，骨格非常，乃大貴之表，又享高壽。眾皆不及也。』」其實，耳朵大，不一定就是福相。曹操、袁紹、呂布、紀靈都曾經罵劉備是「大耳兒」「大耳賊」。中國人好以人的生理缺陷或生理特徵起綽號，如《水滸傳》中的赤髮鬼劉唐、矮腳虎王英、黑旋風李逵、豹子頭林冲、鬼臉兒杜興、美髯公朱仝、青面獸楊志、醜郡馬宣贊。耳朵大，顯得古怪，不是甚麼好事。所以電視連續劇《三國演義》在挑選演員時，並沒有挑一個耳朵特大的人來演劉備。

以貌取人，有時候會誤大事。益州集團的中堅人物張松，企圖藉助外來勢力推翻劉璋集團的統治。「其人生得額钁頭尖，鼻偃齒露，身短不滿五尺，言語有若銅鐘。」他奉命去許都，「說曹操興兵取漢中，以圖張魯」。張松的身上還帶着西川的地圖，「上面盡寫着地理行程，遠近闊狹，山川險要，府庫錢糧，一一俱載明白」。誰知「曹操自破馬超回，傲睨得志」，「操先見張松人物猥瑣，五分不喜；又聞語言衝撞，遂拂袖而起，轉入後堂」。曹操因此而失去了進取漢中、西川的大好機會。當然，從歷史上看，張松許都之行的意義被小說誇大了。據《三國志・劉璋傳》，張松去許都見曹操，是在曹操定荊州、赤壁之戰以前，不是小說所謂擊敗韓遂、馬超之後。赤壁之戰發生在建安十三年（208），曹操擊敗韓遂、馬超是建安十六年（211）。據《三國志・先主傳》，張松向劉璋建議請劉備之力抵禦張魯和曹操是在建安十六年，正是曹操擊敗韓遂、馬超之後。是年七月擊敗韓遂、馬超，同年九月，劉璋邀請劉備入川。張松見曹操時，劉備與孫權的聯合已在醞釀之中。曹操需要全力對付的是孫、劉聯軍，根本無暇進軍西川。曹操赤壁之戰失敗以後，周瑜、劉備的聯軍圍攻江陵一年，曹操主動放棄江陵，把自己的防線收縮到襄陽、樊城一帶。在這種情況下，曹操已經不可能進取西川。由此可見，曹操的冷淡和張松的醜陋之間並沒有《三國演義》所說的那麼大的關係。

從上面的幾個例子來看，不但是「相人失之貌」，而且是「相人失之傲」。大凡有才之人，常有恃才傲物之氣。自信自負，獨立一世，不為五斗米折腰，平生不愛被人管，天生我才必有用，天子呼來不上船，不做轅下之駒，恥為籠中之鳥，甚至是「石頭城上，望天低吳楚，眼空無物」，常人往往因此而將其拒之門外。在歷史上，不但是紅顏薄命，有才的人也往往是命運坎坷，是所謂才大心雄遭人忌。相反，一些善於韜晦之計的野心家往往能做出謙虛恭順的樣子，真所謂「周公恐懼流言日，王莽謙恭未篡時」。歷史上有很多權奸佞臣，都曾經在「謙恭」二字上狠下功夫。

自古以來，就有以貌取人的「專家」，他們將以貌取人的經驗上升為「理論」和「學問」，就叫作「骨相學」。連東漢傑出的大思想家王充也相信這一套。王充所著的《論衡》一書中，專門設有《骨相》一篇。篇中寫道：「人命稟於天，則有表候見於體」，「非徒富貴貧賤有骨體也，而操行清濁亦有法理」，「相或在內，或在外，或在形體，或在聲氣」。雖然從古至今，都有相信骨相之說的人，但是，早在戰國時期，大思想家荀子就批駁了骨相之學。《荀子》裏專門設了《非相》一篇，其中寫道，相察形貌，不如評人的思想，評論思想，不如考察他的行為。形貌雖然醜陋，而思想行為善良，不妨礙其為君子。形貌雖然美好，而思想行為醜惡，也不妨礙其為小人。荀子身處兩千多年前的戰國時代，能具有這樣清醒的唯物主義思想，確實很不簡單。荀子將人的自然屬性和道德屬性嚴格地區分開來，非常高明。荀子還說，夏桀和商紂，都是高大英俊，體力強壯，足以抵擋一百個人。可是，他們身死國亡，為天下的人所恥笑。再說徐偃王的形貌，眼睛可以向上看到前額；孔子的形貌，臉好像蒙上了一個醜惡難看的驅邪鬼面具；周公旦的形貌，身體好像一棵折斷的枯樹；皋陶的形貌，臉色就像削去了皮的瓜那樣呈青綠色；閎夭的形貌，臉上的鬢鬚多得看不見皮膚；傅說的形貌，身體好像豎着的魚鰭；伊尹的形貌，臉上沒有鬍鬚眉毛。禹瘸了腿，走路一跳一跳的；湯半身偏枯；舜的眼睛裏有兩個並列的瞳仁。信從相面的人是考察他們的志向思想、比較他們的學問呢？還是只區別他們的高矮、分辨他們的美醜來互相欺騙、互相傲視呢？荀子一口氣列舉十一個聖人作例，他們的形貌都不佳，不是醜陋古怪就是殘疾病弱，可他們都有輝煌的業績或是高尚的品行。由此可見，人的善惡吉凶與骨相無關。

《三國演義》裏的諸葛亮，知人善任，但是，他對魏延的看法卻表現出骨相學的影響。諸葛亮和魏延的第一次見面，是在小說的第五十三回。當時韓玄要殺黃忠，魏延「砍死刀手，救起黃忠」。於是，關羽輕取長沙。「雲長引魏延來見，孔明喝令刀斧手推下斬之。」劉備大吃一驚，問孔明說：「魏延乃有功無罪之人，軍師何故欲殺之？」孔明曰：「食其祿而殺其主，是不忠也；居其土而獻其地，是不義也。吾觀魏延腦後有反骨，久後必反，故先斬之，以絕禍根。」所謂「不忠」「不義」的罪名，當然難以成立。劉備集團中，多有「食其祿而殺其主」「居其土而獻其地」的人。難道都要一一殺掉？主要是「腦後有反骨」一條，煞是關鍵。魏延在蜀漢被列為五虎上將之一。《三國志・魏延傳》中寫道：

> 先主為漢中王，還治成都，當得重將以鎮漢川，眾論以為必在張飛，飛亦以心自許。先主乃拔延為督漢中鎮遠將軍，領漢中太守，一軍盡驚。先主大會羣臣，問延曰：「今委卿以重任，卿居之欲雲何？」延對曰：「若曹操舉天下而來，請為大王拒之；偏將十萬之眾至，請為大王吞之。」先生稱善，眾咸壯其言。……諸葛亮駐漢中，更以延為督前部，領丞相司馬、涼州刺史。

如此看來，似乎在歷史上劉備和諸葛亮都很器重魏延，視其為能夠獨當一面的大將，「反骨」之說完全是小說家言。可是，《魏延傳》裏還有這樣的記載：「秋，亮病困，密與長史楊儀、司馬費禕、護軍姜維等作身歿之後退軍節度，令延斷後，姜維次之；若延或不從命，軍便自發。」這段記載雖然說得比較含糊，但可以看出，諸葛亮確實不那麼信任魏延，所以在病危時與楊儀等人商量，避開了魏延。諸葛亮預料自己身後魏延有不從命的可能性。果不其然，諸葛亮病逝五丈原以後，魏延便與楊儀鬧彆扭，拒不從命，最後為馬岱所殺。但是，平心而論，諸葛亮將退軍事宜交與楊儀主管，也難免讓魏延不服。魏延早就是鎮守漢中、久經沙場的大將，而楊儀不過是一位沒有實戰經驗的文職人員。讓楊儀去指揮平素就桀驁不馴的魏延，自然釀出事來。魏延平時就「常謂亮為怯，歎恨己才用之不盡」，又怎能將楊儀看在眼裏！有人因此而責怪諸葛亮不會用人，這當然也不好說。魏延和蜀漢的許多文臣、武將的關係都很緊張。我們只要看，魏延和楊儀都向後主告狀說對方造反的時候，侍中董允、留府長史蔣琬「咸保儀疑魏」，就不難明白其中的奧妙。魏延在朝中非常孤立，沒有人替他說話。「亮深惜儀之才幹，憑魏延之驍勇，常恨二人之不平，不忍有所偏廢也。」真所謂金無足赤，人無完人。事實證明，只有諸葛亮才能駕馭魏延這樣桀驁不馴的將領。其次，如《三國志．費禕傳》所說，「值軍師魏延與長史楊儀相憎惡。每至並坐爭論，延或舉刀擬儀，儀泣涕橫集。禕常入其坐間，諫喻分別，終亮之世。各盡延、儀之用者，禕匡救之力也。」諸葛亮將退軍的重任託付楊儀而不敢並付魏延，實有其難言的苦衷。其實魏延並沒有造反，但是，他舉兵內向的行動跡近謀反，他也就在一場內亂中被定為叛賊，竟「夷延三族」。楊儀對魏延的反感，也並非完全出於公心。小說《三國演義》根據魏延晚節不忠的事跡設計出「腦後有反骨」的情節，雖然具有一定的故事性，以為可以藉此突出諸葛亮的先見之明，其實是損害了諸葛亮的形象，把諸葛亮貶低為一個相面先生。但小說寫後主對魏延的處理卻耐人尋味：「後主降旨曰：『既已名正其罪，仍念前功，賜棺槨葬之。』」可見，後主心裏明白，說魏延謀反是有點冤。《三國志．魏延傳》議論道：「原延意不北降魏而南還者，但欲除殺儀等。平日諸將素不同，冀時論必當以代亮。本指如此。不便背叛。」還是比較客觀的。《魏略》對魏延非常同情，力辯其冤：「諸葛亮病，謂延等云：『我之死後，但謹自守，慎勿復來也。』令延攝行己事，密持喪去。延遂匿之，行至褒口，乃發喪。亮長史楊儀宿與延不和，見延攝行軍事，懼為所害，乃張言延欲與眾北附，遂率其眾攻延。延本無此心，不戰，軍走，追而殺

魏延

魏延

之。」裴松之認為《魏略》所述，乃「敵國傳聞之言」，不可信，「不得與本傳爭審」。《三國志・魏延傳》對魏延被殺的過程敘述得非常詳細，應該是可信的。

類似的故事也發生在曹魏集團。《晉書・宣帝紀》上說：「帝內忌而外寬，猜忌多權變。魏武察帝有雄豪志，聞有狼顧相。欲驗之。乃召使前行，令反顧，面正向後而身不動。又嘗夢三馬同食一槽，甚惡焉。因謂太子丕曰：『司馬懿非人臣也，必預汝家事。』」《晉書》好採小說家言，這裏所謂的「狼顧相」、所謂「三馬同食一槽」的不祥之夢就是例子。「三馬」係指司馬懿、司馬昭、司馬師父子三人。「一槽」當指曹家。這種小說家言也不是空穴來風。司馬懿生於公元 179 年，比曹操小二十四歲。曹操去世的時候，司馬懿已經四十二歲。終曹操之世，始終未曾重用司馬懿。司馬懿確實有才而求賢若渴的曹操偏不用他，可見曹操對司馬懿一直存有戒心。小說家根據這一點設計出「狼顧相」之類的情節。這種小說家言又堂而皇之地進入正史《晉書》，最後又為小說《三國演義》所吸收。司馬懿的「狼顧相」和魏延腦後的「反骨」是一個道理。

投降種種

三國史是一部戰爭史，是戰爭就免不了有投降之類的事情。無論是曹魏，還是東吳，或是蜀漢，都有一些重要的將領或謀士是從敵方投降過來的。說是招降納叛，非常難聽，其實也是網羅人才的一條途徑。說是投降，不太好聽，說是棄暗投明，就很光彩。歷史上各種情況都有，投降、投誠、起義，也不見得都能夠區分得那麼清楚。史書上對於這些人投降的具體情況，一般都不做詳細的交代，這就給小說留下了很大的想像空間。投降都不是甚麼好事，但是，投降也有種種不同的情況。小說對於那些有所肯定的人物，儘量地予以美化，使他們的投降顯得不是因為怕死，而是因為被感動，是棄暗投明，至少是因為迫不得已。譬如黃忠是小說要肯定的人物，他是關羽進攻長沙的時候投降的，小說便寫關羽率兵進城，「安撫已畢，請黃忠相見。忠託病不出」，最後是劉備親自去請，「忠方出降」。張飛使計，抓住劉岱，「玄德見縛劉岱過來，慌下馬解其縛曰：『小弟張飛誤有冒瀆，望乞恕罪。』」於是，劉岱「深荷使君不殺之恩」。對於那些小說要否定的人物，便寫他們貪生怕死、乞求饒命的醜態。譬如，呂布是見利忘義的小人，他被俘後便乞求曹操饒他一命。張遼、臧霸是從呂布那裏投降到曹操這邊來的。據《三國志・張遼傳》，張遼最早是丁原招募來的。丁原進京後，張遼歸了何進。何進為宦官所害，董卓進京，張遼又成了董卓的人。董卓為呂布、王允所殺，張遼歸了呂布。《三國志・張遼傳》上說：「太祖破呂布於下邳，遼將其眾降，拜中郎將，賜爵關內侯。」史書上明明說張遼是「將其眾降」，而張遼是小說要肯定的人，小說為了給張遼留身份，便設計成力戰被俘，而且寧死不屈，與呂布的乞求饒命形成鮮明的對比：

> 忽一人大叫曰：「呂布匹夫！死則死耳，何懼之有！」眾視之，乃刀斧手擁張遼至。操令將呂布縊死，然後梟首……卻說武士擁張遼至。操指遼曰：「這人好生面善。」遼曰：「濮陽城中曾相遇，如何忘卻？」操笑曰：「你原來也記得！」遼曰：「只是可惜！」操曰：「可惜甚的？」遼曰：「可惜當日火不大，不曾燒死你這國賊！」操大怒曰：「敗將安敢辱吾！」拔劍在手，親自來殺張遼。遼全無懼色，引頸待殺。（第十九回）

嚴顏的投降張飛也是如此：

> 羣刀手把嚴顏推至。飛坐於廳上，嚴顏不肯下跪。飛怒目咬牙大叱曰：「大將到此，何為不降，而敢拒敵？」嚴顏全無懼色，回叱飛曰：「汝等無義，侵我州郡！但有斷頭將軍，無降將軍！」飛大怒，喝左右斬來。嚴顏喝曰：「賊匹夫！砍頭便砍，何怒也？」（第六十三回）

對付這樣寧死不屈的人，最後只好來軟的一招。張遼是有劉備、關羽說情，「操擲劍笑曰：『我亦知文遠忠義，故戲之耳。』乃親釋其縛，解衣衣之，延之上坐。遼感其意，遂降。」張飛對嚴顏也是來軟的：

> 張飛見嚴顏聲音雄壯，面不改色，乃回嗔作喜，下階喝退左右，親解其縛，取衣衣之，扶在正中高坐，低頭便拜曰：「適來言語冒瀆，幸勿見責。吾素知老將軍乃豪傑之士也。」嚴顏感其恩義，乃降。（第六十三回）

這種勸降模式幾乎成了一種固定的套路，而且屢試不爽。請看許褚之投降曹操、太史慈之投降孫權：

嚴顏

白髮居西蜀清名震大邦忠心如皎月浩氣卷長江寧可斷頭死安能屈膝降巴州年老將天下更無雙　心耕書屋

嚴顏

> 操下帳，叱退軍士，親解其縛，急取衣衣之，命坐，問其鄉貫姓名。壯士曰：「我乃譙國譙縣人也。姓許，名褚，字仲康……」操曰：「吾聞大名久矣！還肯降否？」褚曰：「固所願也。」（第十二回）

> 慈急待走，兩下裏絆馬索齊來，將馬絆翻了，生擒太史慈，解投大寨。策知解到太史慈，親自出營，喝散士卒，自釋其縛，將自己錦袍衣之，請入寨中。謂曰：「我知子義真丈夫也。劉繇蠢輩，不能用為大將，以致此敗。」慈見策待之甚厚，遂請降。（第十五回）

這種模式似乎又被《水滸傳》學去。花榮之招降秦明，宋江之招降彭玘、凌振、韓滔、呼延灼、項充、李袞、關勝、宣贊、郝思文、索超、董平、張清，都是如此。盧俊義的上山，情況也差不多。說是《水滸傳》學《三國演義》，當然不太科學。《水滸傳》和《三國演義》都是世代累積型的長篇小說，二書都經歷了漫長的成書過程。雖然《三國演義》的最後成書比《水滸傳》早，但是，那些彼此雷同的情節，也未必一定是成書晚的抄了成書早的。譬如說，在南宋的時候，說三國的藝人和說宋江、說武松的藝人都在勾欄瓦舍獻藝。他們互相交流，也互相競爭；互相借鑒，也互相滲透。保不定誰學了誰的，想來是一種雙向的滲透。

這種招降納叛的方式也有不靈的時候。譬如冷苞被魏延所俘，「玄德重賞黃忠。使人押冷苞到帳下，玄德去其縛，賜酒壓驚，問曰：『汝肯降否？』冷苞曰：『既蒙免死，如何不降？劉璝、張任與某為生死之交；若肯放某回去，當即招二人來降，就獻雒城。』玄德大喜，便賜衣服鞍馬，令回雒城。」結果冷苞並非真心投降。

投降畢竟是不得已的事情，小說對於關羽的投降曹操，真是煞費苦心。歷史上關羽確實投降過曹操。《三國志．武帝紀》有云：「備將關羽屯下邳，復進攻之，羽降……公還軍官渡。紹進保陽武。關羽亡歸劉備。」看文章的口氣，關羽是被困投降。《先主傳》說：「五年，曹公東征先主，

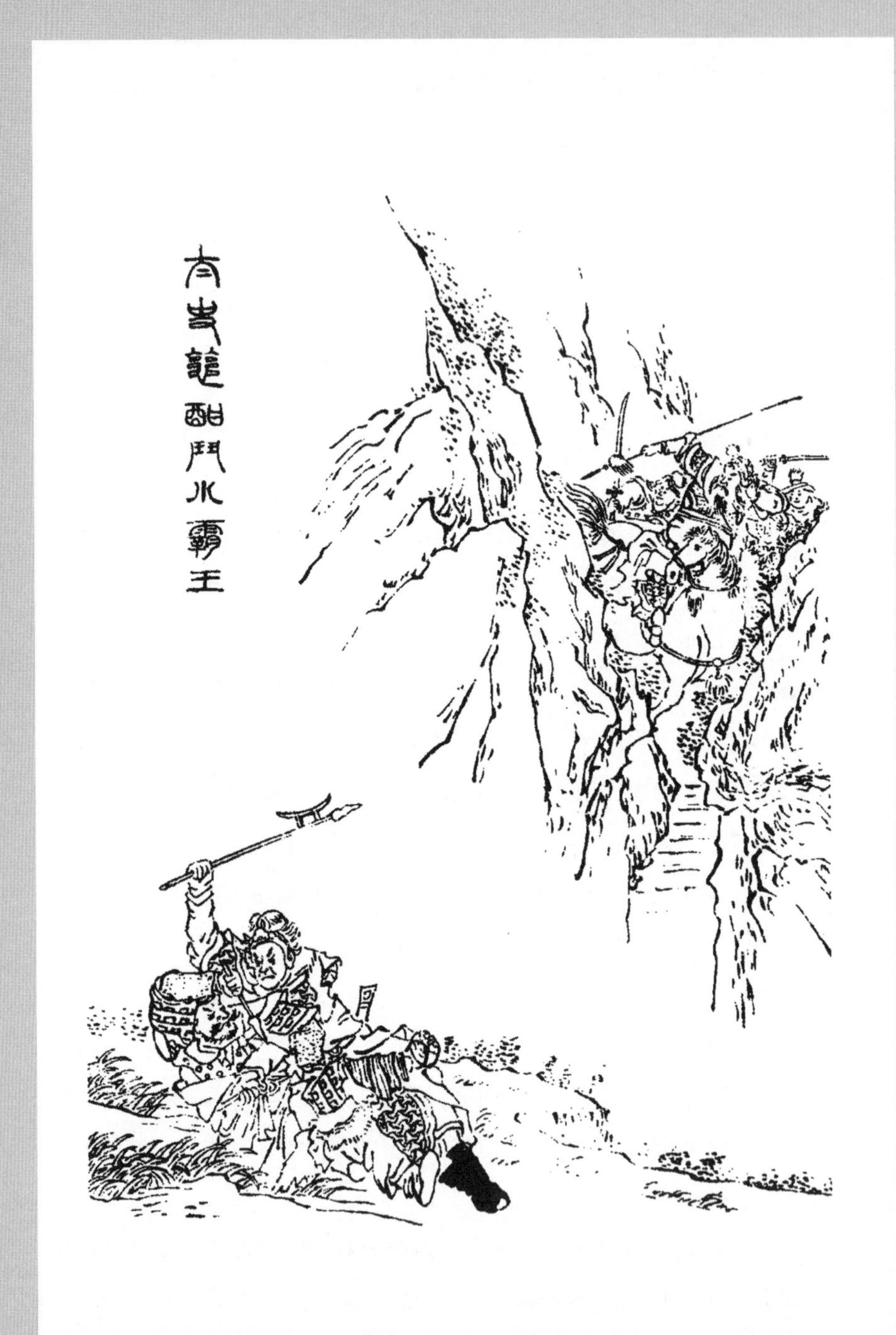

太史慈酣鬥小霸王

先主敗績。曹公盡收其眾，虜先主妻子，並禽關羽以歸。」這裏明確說關羽是被俘。《關羽傳》對關羽被俘，受曹操禮遇，後來又逃歸劉備的經過寫得比較詳細，也比較客觀可信：

> 建安五年，曹公東征，先主奔袁紹。曹公禽羽以歸，拜為偏將軍，禮之甚厚⋯⋯羽望見（顏）良麾蓋，策馬刺良於萬眾之中，斬其首還⋯⋯曹公即表封羽為漢壽亭侯。初，曹公壯羽為人，而察其心神無久留之意，謂張遼曰：「卿試以情問之。」既而遼以問羽，羽歎曰：「吾極知曹公待我厚，然吾受劉將軍厚恩，誓以生死，不可背之。吾終不留，吾要當立效以報曹公乃去。」遼以羽言報曹公，曹公義之。及羽殺顏良，曹公知其必去，重加賞賜。羽盡封其所賜，拜書告辭，而奔先主於袁軍。左右欲追之，曹公曰：「彼各為其主，勿追也。」

看來，關羽確實是被俘而投降，也沒有提出甚麼條件。這裏把關羽不忘故主劉備的那份感情描寫得十分真實，也很動人。短短八個字，把曹操的豁達大度也刻畫得淋漓盡致。難怪裴松之就此感慨道：「臣松之以為曹公知羽不留而心嘉其志，去不遣追以成其義，自非王霸之度，孰能至於此乎？斯實曹公之休美。」毛宗崗已經將曹操定格為奸雄，他又如何解釋曹操的豁達呢？請看毛宗崗的妙論：

> 曹操一生奸偽，如鬼如蜮，忽然遇着堂堂正正、凜凜烈烈、皎若青天、明若白日之一人，亦自有珠玉在前，覺吾形穢之愧，遂不覺愛之敬之，不忍殺之。此非曹操之仁有以容納關公，乃關公之義有以折服曹操耳。雖然，吾奇關公，亦奇曹操。以豪傑折服豪傑不奇，以豪傑折服奸雄則奇；以豪傑敬愛豪傑不奇，以奸雄敬愛豪傑則奇。夫豪傑而至折服奸雄，則是豪傑中有數之豪傑；奸雄而能敬愛豪傑，則是奸雄中有數之奸雄也。

毛宗崗的意思，曹操雖是奸雄，但卻是奸雄中的另類。他居然能夠對豪傑敬之愛之。如此看來，曹操這樣的奸雄，已經離豪傑不遠。

投降總不是甚麼光彩的事情，小說似乎可以刪去這一情節，可是，如果刪去關羽降曹的情節，那麼，關羽「秉燭達旦」，「關雲長掛印封金」，「千里走單騎，過五關斬六將」，「華容道義釋曹操」等故事也都要跟着犧牲。作者似乎又不忍割愛。於是，便有了「屯土山關公約三事」，「降漢不降曹」的虛構故事：

> 公曰：「一者，吾與皇叔設誓，共扶漢室；吾今只降漢帝，不降曹操。二者，二嫂處請給皇叔俸祿養贍，一應上下人等，皆不許到門。三者，但知劉皇叔去向，不管千里萬里，便當辭去：三者缺一，斷不肯降。望文遠急急回報。」（第二十五回）

於是，被俘而降變成了有條件的、暫時的投降。第一個條件是虛的。曹操挾天子以令諸侯，所謂「降漢」與「降曹」，很難區分。「降漢」的說法，本身也禁不起推敲。劉備方面以「興復漢室」為號召，關羽又怎能以「漢」降「漢」？至於說兩位嫂子的安排，那是很容易滿足的。要命的是第三個條件。但曹操大概想，感情可以慢慢地培養吧。小說更是挖空心思地借張遼之口，來說明關羽如果不降曹就對不起劉備的道理：

> 當初劉使君與兄結義之時，誓同生死；今使君方敗，而兄即戰死，倘使君復出，欲求兄相助，而不可復得，豈不負當年之盟誓乎？其罪一也。劉使君以家眷付託於兄，兄今戰死，二夫人無所依賴，負卻使君依託之重。其罪二也。兄武藝超羣，兼通經史，不思共使君匡扶漢室，徒欲赴湯蹈火，以成匹夫之勇，安得為義？其罪三也。兄有此三罪，弟不得不告。（第二十五回）

如此看來，不投降就對不起劉備！這是一種十分奇怪的邏輯。按照張遼這種曲裏拐彎的邏輯，為了將來可以相助劉備，現在關羽必須投降劉備的敵人曹操，以保住性命。張遼用的是反證法：如果現在活不了，將來怎能相助劉備？由此可見，投降是惟一的選擇，戰死則對不起劉備，也辜負了關羽超羣絕倫的武藝、滿腹的經綸。其實，投降對於劉備的兩位夫人倒是確有意義。但是，小說如果僅僅以此作為關羽投降的條件，又把關羽的境界寫得太低了。明人徐渭便說：「世所傳操閉羽與其嫂於一室，羽遂明燭以達旦。事乃無有。蓋到此田地，雖庸人亦做得，不足為羽奇。雖至愚人，亦不試以此。以操之智，決所不為也。」（《奉師季先生書》）宋人唐庚曾經如此評論其中的是是非非。他認為，「羽為曹公所厚而終不忘其君」，「曹公得羽不殺，厚待而用其力」，這些都是戰國之人可以做到的。但是，關羽「必欲立效以報曹，然後封還所賜，拜書告辭而去，進退去就，雍容可觀」，是戰國之人做不到的：「曹公知羽必去，重賞以贐其歸，戒左右勿追，曰彼各為其主也。內能平其氣，不以彼我為心，外能成羽之忠，不私其力於己，是猶有先王之遺風焉。」（《三國雜事》卷上）

投降過來，曾為仇敵的歷史難以抹殺。從投降者來說，需要一種心理辯解的理由；從招降者來說，也需要一種招降納叛的根據。於是，又催生了一種理論，叫作各為其主。儘管各方都自認為是正義的一方，但既然講忠，就要各為其主。這種理論超越了是非忠奸的界限，只要各為其主，不忘故主，就成為一種美德。我們不妨將其視為道德向政治的一種讓步和妥協。關羽已經投降了曹操，但他身在曹營心在漢，一聽說劉備的下落，馬上就離曹而去。而曹操聽說以後，不但不憤怒，反而讚譽道：「吾昔已許之，豈可失信？彼各為其主，勿追也。」「雲長封金掛印，財賄不以動其心，爵祿不以移其志，此等人吾深敬之。」甘寧本是劉表的人，殺了東吳的大將凌操。但孫權不記舊恨，念甘寧當年各為其主，可以理解和原諒。陳琳為袁紹起草討伐曹操的檄文，後來袁紹失敗，陳琳改投曹操。曹操既往不咎，因為當年陳琳在袁紹的部下，各為其主。類似的例子，在《三國演義》裏比比皆是。這種各為其主的理論在亂世最為流行，反映了亂世中實用主義的盛行和倫理的寬容。

跳槽的理論

三國是亂世，中央政權名存實亡，州郡實力派乘機崛起，人才不再歸中央政權統一管理。各個集團、各路諸侯都在自覺不自覺地爭奪人才。唐人裴度在其《蜀丞相諸葛武侯祠堂碑銘並序》裏說：「當漢祚衰陵，人心競逐，取威定霸者，求賢如不及；藏器在身者，擇主而後動。」周瑜在動員魯肅投靠孫權的時候，引用了馬援對光武帝說的一番話：「當今之世，非但君擇臣，臣亦擇君。」三國時的情況就像馬援說的一樣，是雙向的選擇。士人好像回到了春秋戰國時代，在這樣一個局勢動盪、四海騷然的時代，人才的流動異常的頻繁。田豐投靠袁術，言不聽，計不從，故臨終有這樣的歎息：「大丈夫生於天地間，不識其主而事之，是無智也！今日受死，夫何足惜！」如張昭所言：「而天下英豪佈在州郡，賓旅寄寓之士，以安危去就為意，未有君臣之固。」（《三國志・吳主傳》）選擇的正確與否，不但關係到能否舒展自己的才能，而且常常涉及自己的身家性命。如宋人洪邁所說：「韓馥以冀州迎袁紹，其僚耿武、閔純、李歷、趙浮、程渙等諫止之，馥不聽。紹既至，數人皆見殺。劉璋迎劉備，主簿黃權、王累，名將楊懷、高沛止之。璋逐權，不納其言。二將後為備所殺。王浚受石勒之詐，督護孫緯及將佐皆欲拒勒，浚怒欲斬之。果為勒所殺。武、純、懷、沛諸人，謂之忠於所事可矣；若云擇君，則未也。」（《容齋隨筆》卷一三「韓馥劉璋」）

三國之時，諸侯與其屬下沒有君臣名分那樣堅固的人身依附關係。曹操的《短歌行》中有云：「月明星稀，烏鵲南飛；繞樹三匝，何枝可依。」又云：「山不厭高，水不厭深。周公吐哺，天下歸心。」前四句是說「臣擇君」，後四句是說「君擇臣」。

三國時期，人才的流動非常迅速，一次選擇不一定就非常準確，往往不能一次到位，這樣就要跳槽。有的跳槽是自願的，有的跳槽是被迫的，有的跳槽是經過動員以後做出的選擇。當然，也有一次到位的。譬如張飛、諸葛亮之於劉備，周瑜、魯肅、程普之於孫權，曹仁、曹洪、程昱、郭嘉之於曹操。可是，一次到位的畢竟是少數。就劉備方面而言，糜竺本是陶謙的別駕從事，後來歸了劉備。關羽有過投降曹操的曲折，趙雲先投袁紹，後來轉奔公孫瓚，最後歸了劉備。直到小說第二十八回，趙雲才投了劉備，自說：「雲奔走四方，擇主而事，未有如使君者。今得相隨，大稱平生，雖肝腦塗地無恨矣！」黃忠、魏延本是劉表的人。嚴顏、法正、譙周、劉巴、黃權、李嚴、董和、吳壹本是劉璋的部下。劉巴先後依附劉表、曹操、士燮、劉璋，最後投靠劉備。王平本是曹操方面徐晃的副先鋒，後來投了劉備。劉備大喜說：「孤得王子均，取漢中無疑矣。」就孫權方面而言，主要是就地取材。但太史慈從劉繇那邊過來。甘寧本來橫行在江湖上，人稱「錦帆賊」，後來投奔劉表，又在黃祖處滯留，最後投靠孫權。就曹魏方面來說，人才來自四面八方：于禁本是鮑信的部下；張遼本是呂布的人；臧霸最早是陶謙的部下，後來成為呂布的下屬，最後投降了曹操；文聘本是劉表的大將，他歸順曹操時，曹操責怪他「汝來何遲」；荀彧、荀攸見袁紹成不了氣候，轉投曹操；張郃本是韓馥的人，韓馥死後成為袁紹的人，因為受到郭圖的排擠誣陷，投了曹操，曹操對張郃很看重，把他的歸順比作「韓信歸漢」；賈詡本是李傕的高參，助紂為虐，出了不少壞點子，後來轉為張繡的謀主，倒也言聽計從，最後歸了曹操；徐晃是從楊奉那邊過來的；毛玠本是劉表的人；辛毗為袁譚使者，後來歸了曹操。陳琳曾經為袁紹起草討伐曹操的檄文，袁紹覆滅以後投奔了曹操，曹操既往不咎，收為已用；王粲、蒯越、曹瑁本是劉表的部下，後來歸了曹操。

有些人的跳槽非常頻繁。譬如呂布，先是丁原的義子，後來殺丁原而投了董卓，以後因為貂蟬的緣故，配合王允殺了董卓。李傕、郭汜來攻，呂布抵敵不住，轉投袁術。袁術雖是小人，但他也「怪呂布反覆不定，拒而不納」。呂布又投袁紹，袁紹總算收留了他。李傕、郭汜讓張揚殺他，呂布再投張邈。以後，他又與劉備合作一段。若即若離，貌合神離。最後自己獨立，直至滅亡。呂布跳槽頻繁，主要是因為他生性狂妄，見利忘義，反覆無常，別人難以和他長期合作。特別是他殺丁原而投董卓，棄君子而投豺狼，一下子把自己搞得很臭。劉備在呂布危難之時給了他一塊落腳之地，他居然會乘劉備與袁術交戰的機會去偷襲徐州。孟達的反覆無信與呂布有相似之處。他是法正的同鄉，本是劉璋的部下。後來跟隨法正投靠劉備，甚得重用。關羽危急時，他挑撥劉封坐觀成敗，見死不救。其後孟達與劉封鬧翻，投降魏國。領着曹軍去打劉封。到魏國後，不甚如意，又想叛魏而回蜀。他給諸葛亮去信，「欲起金城、新城、上庸三處軍馬，就彼舉事，徑取洛陽」。可是，他的部下申儀、申耽卻暗中將其出賣，把孟達與諸葛亮交通欲叛魏的消息密報曹魏。司馬懿得知孟達的圖謀以後，率軍日夜兼程，奇襲新城，與申儀、申耽裏應外合，一舉消滅孟達。《三國演義》對其事前後諸葛亮的處置，敍述比較簡略，而《三國志・費詩傳》對其中的過程記載得詳細一點。值得注意的是諸葛亮的態度。孟達派人送信給諸葛亮。在座的費詩認為，像孟達這樣的反覆之人，不值得給他回信。而諸葛亮聽了費詩的話，「默然不答，欲誘達以為外援」。他覺得是一個機會，至少可以消耗一下曹魏的力量，於是就給孟達回信。可是，孟達被圍以後，「（諸葛）亮亦以達無款誠之心，故不救助也」。孟達反覆無常，變成一個後娘不愛、親娘也不疼的孩子。其實，亂世之中，跳槽頻繁不是太大的毛病，關鍵是為甚麼跳槽，跳槽以後不要把事情做絕。劉備的跳槽次數不亞於呂布。從劉焉到盧植，到朱儁，然後是公孫瓚，又與呂布合作一段，再投靠袁紹，投靠曹操，投奔劉表，最後是自己獨立。蔡瑁即就此攻擊劉備：「劉備先從呂布，後事曹操，近投袁紹，皆不克終，足可見其為人。」王累抨擊劉備：「況劉備世之梟雄，先事曹操，便思謀害；後從孫權，便奪荊州。」難怪毛宗崗揶揄劉備說：「煢煢一身，常為客子，然則備之為君，殆在旅之六五耳。」劉備的跳槽頻繁，一是為形勢所迫，一是因為他素具雄心，不甘人下。當然，劉備的四處奔走，並不都屬於跳槽。

呂布

跳槽意味着改變或破壞原先的從屬依附關係，建立新的從屬依附關係。頻繁地跳槽就是主動地、頻繁地改變隸屬關係。這在封建社會是一種忌諱。對中央的依附關係鬆動乃至瓦解以後，必須儘快地建立新的人身依附關係，從忠於皇帝變成忠於擁兵自重的各路諸侯。忠於漢帝變成了忠於曹操、忠於劉備、忠於孫權、忠於袁紹等等。當然，在這種亂世，忠誠的信念歸根到底，還是建立在恩怨關係的基礎之上。如曹操對龐德所說：「卿可努力建功。卿不負孤，孤亦必不負卿也。」一個主動地頻繁地變換主人、改換門庭的人，每一個新主人都會懷疑他的忠誠。

人才常常需要從別人、從敵人那裏挖來，這裏就有一個動員對方跳槽的問題。事情就是這樣的矛盾。為了從別人，特別是從敵人那裏把人才挖來，就要鼓勵跳槽；為了使自己的人才穩定下來，就必須反對跳槽。需要動員別人跳槽的時候，就要講「識時務者為俊傑」，講「良禽擇木而棲，賢臣擇主而事」，「棄暗投明」之類的話。李肅動員呂布棄丁原而投董卓的時候如是說：「良禽擇木而棲，賢臣擇主而事，見機不早，悔之晚矣。」呂布沒有政治眼光，站錯了隊，那董卓豈是「良禽」可擇之「木」，「賢臣」可擇之「主」。滿寵動員徐晃棄楊奉而投曹操時如是說：「豈不聞良禽擇木而棲，賢臣擇主而事，遇可事之主，而交臂失之，非丈夫也。」跳槽的人自己要找心理平衡，也要講這些。法正要投靠劉備，自說：「蓋聞馬逢伯樂而嘶，人逢知己而死。張別駕昔日之言，將軍復有意乎？」李恢原先反對邀劉備入川，後來又投靠劉備。劉備問他為甚麼改變了主意，李恢回答說：「吾聞良禽相木而棲，賢臣擇主而事。前諫劉益州者，以盡人臣之心；即不能用，知必敗矣。今將軍仁德佈於蜀中，知事必成，故來歸耳。」

窩裏鬥

袁紹集團的覆滅有多方面的原因，窩裏鬥是其中的重要原因。

袁家是東漢的名門望族。袁紹的高祖袁安，明帝時為楚郡太守。據華嶠《漢後書》，袁安「治楚王獄，所申理者四百餘家，皆蒙全濟。安遂為名臣。章帝時至司徒」。袁安有子袁京、袁敞，袁京為蜀郡太守，和帝時袁敞為太僕，安帝時為司空。袁京的兒子袁湯為太尉。袁湯有四個兒子：袁平、袁成、袁逢、袁隗。靈帝時袁逢為太僕，後為司空、執金吾，袁隗獻帝時為太傅。袁紹是袁成的庶子，而袁術是袁逢的兒子。袁氏自袁安開始，一直是忠義傳世，與宦官鬥，與外戚鬥，剛正不阿，具有極高的社會聲望和號召力，況且門生故吏遍於天下，具有廣泛深厚的社會基礎。在漢末王室衰微、天下分崩離析的形勢下，袁紹憑藉這樣的條件，成為眾望所歸的領袖人物。除董卓以外，曹操、孫堅、劉備、呂布、公孫瓚等各路諸侯，都曾經臣服於袁紹的麾下。許多人物雖然曾經從袁紹的陣營中分裂出去，試圖成為一支獨立的力量；但是，當他們遭遇困境，乃至於走投無路的時候，首先便會請求袁紹的原諒，回歸到袁紹的大營。

儘管如此，由於袁紹集團內耗不斷，終於將四世五公的政治資本消耗殆盡，最後敗在了曹操的手裏。袁紹集團的內耗主要體現在三個方面：一是袁紹與智囊團的矛盾、袁氏智囊團的內部不和；二是袁紹、袁術的兄弟不和；三是袁紹三個兒子——袁譚、袁熙、袁尚的骨肉相殘。

「紹有姿貌威容，能折節下士，士多附之。」袁紹的身邊，可謂是人才濟濟。就其智囊團來說，就集中了當時許多人才：沮授、田豐、逢紀、審配、荀諶。曹操身邊搖羽毛扇的人物荀彧、荀攸叔姪，本來也是袁紹的人，後來看袁紹成不了事，就轉投了曹操。

袁紹

長揖橫文出將
軍蓋代雄頭顱之千
里共計殺田豐
問渠

《三國演義》以歷史為素材，對袁紹集團的內耗不斷，乃至於逐漸衰微的過程，做了生動的描寫。袁紹的為人，表面上禮賢下士，但實際上卻是外寬內忌，好謀無斷，缺乏領袖的魅力。各路諸侯雖然組成了討伐董卓的聯軍，但他們各有自己的利益訴求，都想保存實力，為自己的割據稱雄積累政治軍事資本。聯合的基礎是非常脆弱的。袁紹被公推為討伐董卓的盟主以後，看不清這一點。以他的政治才能軍事才能，根本駕馭不了逐鹿中原的羣雄。他也沒有提出能夠團結各路諸侯的政治綱領。各路諸侯逐步看清了袁紹的平庸。在關羽溫酒斬華雄的故事中，袁紹、袁術兄弟那種門第取人的人才政策的不合時宜，暴露無遺。與曹操用人惟才、不拘一格的人才政策相比，其高下一望可知。接着，孫堅與袁術因為御璽的事產生矛盾。孫堅與袁紹鬧翻，拂袖而去。袁紹又令劉表去半路截擊孫堅。結果劉表又與孫堅結怨。毛宗崗諷刺道：「一玉璽耳，孫堅匿焉，袁紹爭焉，劉表截焉。究竟孫堅不因得璽而帝，反因得璽而死。若備之帝蜀，未嘗得璽，丕之帝魏，權之帝吳，亦皆不因璽。噫嘻！皇帝不皇帝，豈在玉璽不玉璽哉！」曹操「見紹等各懷異心，料不能成事，自引軍投揚州去了」。公孫瓚亦帶着劉備，拔寨而去。聯軍瓦解，風流雲散，轟轟烈烈的伐董一役，虎頭蛇尾，不了了之。袁紹以討卓為名，引兵佔了冀州，冀州牧韓馥被迫自殺。至此，袁紹總算有了一塊賴以立足的根據地。可是，袁紹也從此放棄勤王的旗幟，降為割據稱王的羣雄之一。

袁紹的智囊團，人才濟濟，可惜內部不團結，就其個人而言，各有弱點。如荀彧所說：「田豐剛而犯上，許攸貪而不智，審配專而無謀，逢紀果而無用：此數人者，勢不相容，必生內變。」關鍵在於「勢不相容」。「原來許攸不樂審配領兵，沮授又恨紹不用其謀，各不相和，不圖進取。袁紹心懷疑惑，不思進兵。」袁紹要進兵許都，田豐勸其固守以等待時機，袁紹大怒，居然將其囚於獄中。田豐在獄中建議袁紹「今且宜靜守以待天時，不可妄興大兵，恐有不利」。「逢紀譖曰：『主公興仁義之師，田豐何得出此不祥之語！』紹因怒，欲斬田豐。眾官告免。紹恨曰：『待吾破了曹操，明正其罪！』」「沮授曰：『我軍雖眾，而勇猛不及彼軍；彼軍雖精，而糧草不如我軍。彼軍無糧，利在急戰；我軍有糧，宜且緩守。若能曠以日月，則彼軍不戰自敗矣。』紹怒曰：『田豐慢我軍心，吾回日必斬之。汝安敢又如此！』叱左右將沮授鎖禁軍中，『待我破曹之後，與田豐一體治罪！』」許攸向袁紹建議：「曹操屯軍官渡，與我相持已久，許昌必空虛；若分一軍星夜掩襲許昌，則許昌可拔，而曹操可擒也。今操糧草已盡，正可乘此機會，兩路擊之。」袁紹不聽。恰逢此時審配寫信，揭發許攸的劣跡：「言許攸在冀州時，嘗濫受民間財物，且縱令子姪輩多科稅，錢糧入己，今已收其子姪下獄矣。」於是，袁紹大怒，讓許攸滾蛋，「今後不許相見」。這就促成了許攸的「棄暗投明」。許攸向曹操建議，去偷襲袁紹的屯糧之所烏巢，使曹操向袁紹發出致命的一擊。奇襲烏巢成為戰局的轉折點。許攸是有污點的人，但曹操用人不在乎這一點，只要能治國用兵就行。他是徹底的不拘一格。其實，審配早就提醒袁紹：「行軍以糧食為重，不可不用心提防。烏巢乃屯糧之處，必得重兵守之。」袁紹對審配的意見沒有重視，派了一個嗜酒如命的淳于瓊去把守烏巢。是所謂一着不慎，滿盤皆輸。曹操親自提兵襲擊烏巢，千鈞一髮之際，關在牢裏的沮授提醒袁紹：「適觀天象，見太白逆行於柳、鬼之間，流光射入牛、斗之分，恐有賊兵劫掠之害。烏巢屯糧之所，不可不提備。宜速遣精兵猛將，於間道山路巡哨，免為曹操所算。」袁紹卻怒叱他是「妄言惑眾」。挽救危局的機會一次又一次地被袁紹浪費，袁軍已是在劫難逃。更加荒唐的是，袁紹兵敗以後，不但不懺悔自己的不納忠言，反而在逢紀的挑撥之下，因為羞見田豐而「命使者齎寶劍先往冀州獄中殺田豐」。難怪田豐在臨死以前狠狠地說：「大丈夫生於天地間，不識其主而事之，是無智也！今日受死，夫何足惜！」田豐之死，沮授被俘，許攸之叛，象徵着袁紹智囊團的分崩離析。謀士不和，上下相疑，不敗何待！袁紹遇到失敗，不肯承擔責任，總是把責任推給部下。難怪其謀士離心，將士寒心。

正所謂性格就是命運，袁紹的性格注定了他的悲劇命運。

袁紹與袁術這對難兄難弟也並不團結。「卻說袁術在南陽，聞袁紹新得冀州，遣使來求馬千匹。紹不與，術怒。自此，兄弟不睦。」難怪袁紹派人拉攏賈詡，而賈詡諷刺袁紹：「汝可回見本初，道：汝兄弟尚不能容，何能容天下國士乎？」

袁紹生前已經種下了後代不和的禍根。袁紹的三個兒子：袁譚、袁熙、袁尚，袁紹愛的是幼子袁尚。袁尚為繼室劉夫人所生。謀士的不和與子弟的不和糾結在一起：「紹乃與審配、逢紀、辛評、郭圖四人商議。原來審、逢二人，向輔袁尚；辛、郭二人，向輔袁譚；四人各為其主。」袁紹一死，袁尚繼承了袁紹的官位和爵號，引起身為長子的袁譚的強烈不滿。袁紹屍骨未寒，「劉夫人便將袁紹所愛寵妾五人盡行殺害；又恐其陰魂於九泉之下再與紹相見，乃髡其髮，刺其面，毀其屍；其妒惡如此。袁尚恐寵妾家屬為害，並收而殺之。」簡直是呂后再世。此時曹操大軍壓境，而袁譚、袁尚由互相猜疑走向形同水火。袁譚為曹操擊敗，向袁尚求救。袁尚和審配核計，只發五千人馬去敷衍袁譚。區區五千人馬盡被曹軍樂進、李典截殺。袁譚再向袁尚求援時，袁尚拒不發兵。袁譚大怒，準備投降曹操。袁尚生怕曹操、袁譚並力來攻冀州，不得已而率軍來救袁譚。此時袁熙和袁紹的外甥高幹亦來支援。郭嘉獻計曹操，分析袁氏兄弟「急之則相救，緩之則相爭。不如舉兵南向荊州，征討劉表，以候袁氏兄弟之變；變成而後擊之，可一舉而定也」。果然不出郭嘉所料，曹軍一退，袁譚和袁尚的矛盾立即趨於激化，雙方火併。袁譚不敵袁尚，投降曹操。「操大喜，以女許譚為妻，即令呂曠、呂翔為媒。」袁譚的意圖是，待曹操破了袁尚，乘便破曹；袁尚的意圖是先破平原之袁譚，然後破曹。袁譚和袁尚都想利用曹操的力量消滅對方，再來與曹軍決戰。王修和劉表都寫信，勸袁氏兄弟捐棄前嫌，共同對敵。但袁氏兄弟積怨甚深，不予採納。曹操洞察二袁的圖謀，先奪冀州，擊潰袁尚，然後回師攻擊袁譚。袁譚戰死，譚軍作鳥獸散。袁尚、袁熙星夜奔遼西，投奔烏桓。曹操聽郭嘉臨終密計，坐山觀虎鬥。果然不出郭嘉所料，袁尚、袁熙兄弟做着取公孫康而代之的美夢，而公孫康本來就疑心袁氏兄弟來者不善，見曹操按兵不動，並無征伐遼東之意，便設計殺死袁尚、袁熙，「砍下二人之頭，用木匣盛貯，使人送到易州，來見曹操」。至此，袁譚、袁熙、袁尚三兄弟在內耗中先後破滅。父子不和，兄弟不和，上下不和，袁氏集團的內部矛盾，被曹操充分利用。

與此形成對比的是，曹操與其智囊們的推心置腹、融洽無間。其實，曹操的智囊團裏，也常有不同意見。但曹操往往能做出正確的抉擇。曹操有擔當，賞罰分明，擇善而從，處事公平。屬於自己的責任，並不推諉於部下。所以他的智囊團沒有因為意見不同而造成不團結，甚至互相拆台的情況。劉備為呂布所逼，投靠曹操，荀彧勸曹操：「劉備，英雄也。今不早圖，後必為患。」郭嘉主張接納劉備：「不可。主公興義兵，為百姓除暴，惟仗信義以招俊傑，猶懼其不來也；今玄德素有英雄之名，以困窮而來投，若殺之，是害賢也。天下智謀之士，聞而自疑，將裹足不前，主公誰與定天下乎？夫除一人之患，以阻四海之望，安危之機，不可不察。」曹操從大局出發，採納了郭嘉的意見。官渡之戰，曹軍糧草不繼，曹操決心動搖，是荀彧提醒曹操：「承尊命，使決進退之疑。愚以袁紹悉眾聚於官渡，欲與明公決勝負；公以至弱當至強，若不能制，必為所乘；是天下之大機也。紹軍雖眾，而不能用；以公之神武明哲，何向而不濟！今軍實雖少，未若楚、漢在滎陽、成皋間也。公今畫地而守，扼其喉而使不能進，情見勢竭，必將有變。此用奇之時，斷不可失。惟明公裁察焉。」使曹操有了決戰決勝的信心。袁尚、袁熙西遁沙漠，依附烏桓。曹操欲西擊烏桓，曹洪等竭力反對，曹操見「黃沙漠漠，狂風四起；道路崎嶇，人馬難行」，不免有所動搖，惟郭嘉進言曹操，兵貴神速，掩其不備，冒頓可一戰而擒。曹操千里奔襲，大獲全勝，回到易州，反而「重賞先曾諫者」。曹操對眾將說：「孤前者乘危遠征，僥倖成功。雖得勝，天所佑也，不可以為法。諸君之諫，乃萬安之計，是以相賞。後勿難言。」曹操的行為與袁紹之殺田豐形成鮮明的對比。

官渡之戰大勝以後，曹軍「於圖書中檢出書信一束，皆許都及軍中諸人與紹暗通之書。左右曰：『可逐一點對姓名，收而殺之。』操曰：『當紹之強，孤亦不能自保，況他人乎？』遂命盡焚之，更不再問。」曹操集團內部，比較團結，其矛盾發生在擁漢派與擁魏派之間。潁州集團與譙州集團內部也有矛盾，但曹操善於駕馭這種矛盾，將其控制在不損害大局的範圍之內。

曹操的兒子之間，特別是曹丕和曹植之間，也有一個嗣位之爭的問題。可是，曹操不允許妻妾捲入嗣位之爭，更不允許謀士各為其主，組成各自的利益集團。按才華，曹操更欣賞曹植，可是，曹植任性，才子氣太濃，曹操認為他不宜作自己的接班人。曹操毅然地選定曹丕嗣位。鑒於袁紹、劉表身後諸子相爭而導致滅亡的教訓，曹操藉口擾亂軍心，殺掉了曹植身邊搖羽毛扇的人物楊修。曹操人為地加大曹丕、曹植雙方力量的不平衡，主要是出於政治上的一番苦心。

各家都有一副「隆中對」

諸葛亮的「隆中對」，是天才的預見。在劉備集團力量弱小、東奔西走、寄人籬下、不成氣候的情況下，諸葛亮能夠預見到鼎足三分的未來形勢，並提出相應的戰略，這是多麼銳利深刻的戰略眼光啊！我們不能不欽佩這位年僅二十七歲的戰略家。劉備後來基本上執行了諸葛亮的戰略，贏得了三足鼎立的局面，充分證明了諸葛亮的遠見卓識。

其實，東吳、曹魏兩家也都各有自己的「隆中對」。孫權「思為桓文之事」，虛心向魯肅討教。魯肅說：「肅竊料漢室不可復興，曹操不可卒除。為將軍計，惟有鼎足江東以觀天下之釁。今乘北方多務，剿除黃祖，進伐劉表，竟長江所極而據守之；然後建號帝王，以圖天下：此高祖之業也。」魯肅所謂「漢室不可復興」，與孔明所謂「則霸業可成，漢室可興」，其實並無矛盾。「霸業」是劉備的「霸業」，「可興」之「漢室」，也並非漢獻帝的「漢室」，而是劉備的「漢室」。魯肅所謂「曹操不可卒除」，與孔明之「今操已擁百萬之眾，挾天子以令諸侯，此誠不可與爭鋒」，如出一轍。孔明為劉備制訂了先取荊襄、再圖西川的戰略計劃，魯肅則為孫權規劃了爭奪荊襄、劃江而守，伺機進取中原的戰略藍圖。這不是又一齣「隆中對」嗎？難怪晉人習鑿齒說：「魯肅一見孫權，建東吳之略。」（《全晉文》）當然，魯肅未能預見到劉備能夠成為未來的第三股力量，他比諸葛亮的目光要略遜一籌。但這也怪不得魯肅，就當時的形勢而言，劉備的偉業八字還沒有一撇呢。雖然魯肅也提到了「建號帝王，以圖天下」的可能性，但他的重心是「竟長江所極而據守之」。這一點為東吳集團日後的實踐充分地證明。由此可見，魯肅的戰略遠沒有諸葛亮那麼具有進取精神。但是，魯肅一貫主張聯合劉備以抵禦曹魏的戰略，這一點比周瑜還要高明。小說裏的周瑜，還經常意氣用事。從諸葛亮和魯肅的兩副「隆中對」的比較中，我們也可以預計到蜀漢和東吳在荊襄地區將有激烈的衝突。諸葛亮設想「待天下有變，則命一上將將荊州之兵，以向宛洛」，魯肅則設想「竟長江所極而據守之」，這就釀成了日後東吳和蜀漢圍繞荊襄地區的明爭暗鬥，乃至於呂蒙白衣渡江、關羽兵敗麥城的一系列事變。

曹魏方面，有兩次關鍵性的戰略抉擇。一次是荀彧的進言，建議曹操迎獻帝，挾天子而令諸侯：

> 荀彧進曰：「昔晉文公納周襄王，而諸侯服從；漢高祖為義帝發喪，而天下歸心。今天子蒙塵，將軍誠因此時首倡義兵，奉天子以從眾望，不世之略也。若不早圖，人將先我而為之矣。」（第十四回）

一次是官渡之戰前後郭嘉、荀彧的進言：

> 操曰：「吾聞紹欲圖許都，今見吾歸，又別生他議。」遂拆書觀之。見其詞意驕慢，乃問嘉曰：「袁紹如此無狀，吾欲討之，恨力不及，如何？」嘉曰：「劉、項之不敵，公所知也。高祖惟智勝，項羽雖強，終為所擒。今紹有十敗，公有十勝，紹兵雖盛，不足懼也。紹繁禮多儀，公體任自然，此道勝也；紹以逆動，公以順率，此義勝也；桓、靈以來，政失於寬，紹以寬濟，公以猛糾，此治勝也；紹外寬內忌，所任多親戚，公外簡內明，用人惟才，此度勝也；紹多謀少決，公得策輒行，此謀勝也；紹專收名譽，公以至誠待人，此德勝也；紹恤近忽遠，公慮無不周，此仁勝也；紹聽讒惑亂，公浸潤不行，此明勝也；紹是非混淆，公法度嚴明，此文勝也；紹好為虛勢，不知兵要，公以少克眾，用兵如神，此武勝也。公有此十勝，於以敗紹無難矣。」操笑曰：「如公所言，孤何足以當之！」荀彧曰：「郭奉孝十勝十敗之說，正與愚見相合。紹兵雖眾，何足懼耶！」（第十八回）

兩位謀士分析了雙方的長短，特別指出了曹操方面優勢之所在，堅定了曹操決戰決勝的信心。官渡之戰的輝煌勝利，為曹操統一中國的北方奠定了基礎。荀彧、郭嘉的進言也就是曹魏方面的「隆中對」。相比之下，也不及諸葛亮目光的遠大和魄力的宏偉。

逐鹿中原的失敗者袁紹也有一副「隆中對」，可惜他不會用罷了。討伐董卓的聯軍分崩離析以後，袁紹曾經想奉劉虞為帝，而被劉虞堅決拒絕。此時獻帝尚在，以劉虞的為人，也不可能接受袁紹的勸進，做袁家的傀儡。後來，沮授曾經向袁紹進言：「將軍累葉台輔，世濟忠義。今朝廷播越，宗廟殘毀，觀諸州郡雖外託義兵，內實相圖，未有憂存社稷恤民之意。今州域粗定，兵強士附，西迎大駕，即宮鄴都，挾天子而令諸侯，畜士馬以討不庭，誰能禦之！」這一幅政治藍圖，與荀彧給曹操的建議大同小異。可是，袁紹的智囊團裏矛盾重重，潁川郭圖、淳于瓊起來反對沮授的建議：「漢室陵遲，為日久矣，今欲興之，不亦難乎！且英雄並起，各據州郡，連徒聚眾，動有萬計，所謂秦失其鹿，先得者王。今迎天子自近，動輒表聞，從之則權輕，違之則拒命，非計之善者也。」沮授堅持自己的意見：「今迎朝廷，於義為得，於時為宜，若不早定，必有先之者矣。」公說公有理，婆說婆有理，袁紹不知聽誰的好，他沒有這種判斷力。這就是他和他的對手曹操之間的差距。項羽有一范增而不能用，終於被劉邦得了天下；袁紹有一沮授而不能用，終於敗在曹操的手裏。當然，小說的描寫與歷史的事實有一點出入，按《三國志・袁紹傳》所述，是郭圖向袁紹建議「迎天子，都鄴」，可是「紹不從」。《三國演義》把建議者改為沮授，而郭圖卻成了建議的反對者。採用了裴注中所引《獻帝傳》的說法。作者或許是為了將沮授的形象塑造得更加完美，所以將這副「隆中對」的建議者由郭圖改成了沮授。袁紹錯過挾天子以令諸侯的機遇，後來也不無悔意，但這也正是袁紹之為袁紹的必然的選擇和命運。事實上，挾天子以令諸侯的策略，也不是人人都能用好的。袁紹即便是先下手將獻帝搶到手裏，也未必能利用得好。董卓、李傕、郭汜都曾經把天子抓在手裏，結果變成燙手的山芋，不但沒有以此獲得政治上的優勢，反而蒙上了竊國篡位的惡名。

郭嘉

天生郭奉孝豪氣
冠羣英腹内藏經史胸中隱甲
兵運謀如范蠡決策似陳平可惜
身先喪中原梁棟傾

醉經居士

郭嘉

借荊州實乃借南郡

我們讀《三國演義》，讀到赤壁之戰一段，看劉備和東吳之間，尤其在諸葛亮和周瑜之間，頗有一些明爭暗鬥。按照小說的安排，赤壁之戰中，東吳和曹魏是主要的對立面。劉備這邊是輔佐東吳，是借力東吳來抵抗曹操。周瑜屢次三番地要加害於諸葛亮，卻每每地被諸葛亮識破。中間又夾了一個忠厚老實的魯肅，煞是好看。給讀者的印象，諸葛亮處處讓着周瑜，後發制人；但是，後來得到最大實惠的卻是劉備這一邊。荊州、南郡、襄陽、零陵、桂陽、武陵、長沙全落入劉備手中。小說所寫借荊州、討荊州之事，其實不是一個借和還的問題。荊州本非孫權所有。實際上是一個如何分配赤壁之戰的勝利果實的問題。從戰略上看，劉備要實現諸葛亮「隆中對」的既定決策，首先要奪取「北據漢、沔，利盡南海，東連吳會，西通巴、蜀」的荊州，孫權要東擴，「竟長江所極而據守之」，荊襄地區正是劉備和孫權的必爭之地。

赤壁破曹操以後，劉備和孫權的矛盾集中在荊州問題上。我們只見魯肅一次次地往荊州跑，劉備和諸葛亮演雙簧，一個唱白臉，一個唱紅臉，軟磨硬泡，胡攪蠻纏，放刁耍賴，就是不還。魯肅是東吳集團中對劉備方面最友好的人。用現在的話來說，是東吳集團裏的「親劉派」。魯肅第一次來討荊州，理由不能說不充分：「前者，操引百萬之眾，名下江南，實欲來圖皇叔；幸得東吳殺退曹兵，救了皇叔。所有荊州九郡，合當歸於東吳。今皇叔用詭計，奪佔荊、襄，使江東空費錢糧軍馬，而皇叔安受其利，恐於理未順。」可惜，赤壁之戰以前，雙方並無合同協議。諸葛亮迴避東吳有恩於己的問題，而是從所有權入手來反駁魯肅：「常言道：『物必歸主。』荊、襄九郡，非東吳之地，乃劉景升之基業。吾主固景升之弟也。景升雖亡，其子尚在；以叔輔姪，而取荊州，有何不可？」這時候，劉表的長子劉琦在劉備手裏，所以諸葛亮用所有權來堵魯肅的嘴。老實人魯肅竟無言以對。不久，劉琦病故，魯肅又來討荊州。這次，諸葛亮很不客氣，一說劉備乃是皇叔，算劉表的弟弟，「弟承兄業，有何不順」？一說孫權「乃是錢塘小吏之子，素無功德於朝廷，今倚勢力，佔據六郡八十一州，尚自貪心不足，而欲併吞漢土」。這時候，他又不說「高祖起身亭長，而終有天下。織席販履，又何足為辱乎」之類的話了。一說赤壁之戰中，劉備方面出力也不小。一副得理不讓人、無理佔三分的樣子。可憐魯肅徒勞往返，弄得兩頭不是人。最後諸葛亮說是等取了西川再還荊州。這一回是「立紙文書，暫借荊州為本」。好像是為了照顧魯肅的面子，可惜沒有公證。從小說來說，這是第一次正式提到「借荊州」的字樣。又威脅魯肅，若是不行，「我翻了面皮，連八十一州都奪了」。諸葛亮又說：「中原急未可圖，西川劉璋暗弱，我主將圖之。若圖得西川，那時便還。」這當然是一條緩兵之計，如此欺負老實的魯肅，這時的諸葛亮不能不給人留下狡猾刁鑽的印象。難怪周瑜對魯肅說：「子敬乃誠實人也。劉備梟雄之輩，諸葛亮奸猾之徒，恐不似先生心地。」這裏有一個漏洞：劉備準備取西川，是極機密的事，怎能輕易向外人透露？東吳知道了劉備要取西川，劉璋為甚麼一點都不知道，還要邀請劉備入川，幫他去抵禦張魯？難道劉璋沒有細作，或是周瑜能替劉備保密？魯肅第三次去要荊州，劉備乾脆大哭起來，說他和劉璋「一般都是漢朝骨肉」，怎麼忍心去「取他城池」。可憐「魯肅是個寬仁長者」，被劉備幾滴假惺惺的眼淚瞞住，又一次無功而返。回到東吳，自然是落得孫權、周瑜的一頓埋怨。如毛宗崗所說：「寫魯肅老實以襯孔明之乖巧，是反襯也。寫周瑜乖巧以襯孔明之加倍乖巧，是正襯也。」一計不成，又生一計，周瑜想用假途滅虢的詭計，可惜又被諸葛亮識破。叱咤風雲的一代名將，竟被諸葛亮活活氣死。劉備攻克益州以後，孫權又派諸葛瑾去討荊州。此時鎮守荊州的是關羽。關羽的態度極為強硬，這位劉備集團裏的鷹派說，荊州本是大漢的疆土，即便是劉備要還，他關羽也不讓。諸葛瑾又去西川懇求劉備，劉備再一次開出空頭支票，說「子瑜可暫回，容吾取了東川、漢中諸郡，調雲長往守之，那時方得交付荊州」。諸葛瑾喪氣而歸，孫權大怒，「差官往三郡赴任」，誰知不受歡迎，都被關羽驅逐回來。最後，東吳還是利用曹魏和東吳交戰的機會，依靠武力奪回了荊州。

小說的描寫如此，歷史的真相又是如何呢？說起來真是一言難盡。在這裏，我們又遇到《吳書》和《蜀書》的微妙差別。《蜀書·先主傳》中說：

> （赤壁之戰以後）先主表琦為荊州刺史，又南征四郡。武陵太守金旋、長沙太守韓玄、桂陽太守趙範、零陵太守劉度皆降……先主留諸葛亮、關羽等據荊州，將步卒數萬人入益州……（建安）二十年，孫權以先主已得益州，使使報欲得荊州。先主言：「須得涼州，當以荊州相與。」權忿之，乃遣呂蒙襲奪長沙、零陵、桂陽三郡。先主引兵五萬下公安，令關羽入益陽。是歲，曹公定漢中，張魯遁走巴西。先主聞之，與權連和，分荊州江夏、長沙、桂陽東屬，南郡、零陵、武陵西屬，引軍還江州。

《蜀書》沒有提到劉備曾經向孫權借荊州的事，可是，我們看到，在劉備入川以前，荊州已經在劉備手裏。既然說：「孫權以先主已得益州，使使報欲得荊州」，似乎是有借荊州一說。如果不是借的，孫權來要荊州就有點莫名其妙了。我的地方，你憑甚麼來要！我們再看一下《吳書》的記載。《吳主傳》寫道：

> 備、瑜等復追至南郡，曹公遂北還，留曹仁、徐晃於江陵，使樂進守襄陽……十四年，瑜、仁相守歲餘，所殺傷甚眾。仁委城走。權以瑜為南郡太守。劉備表權行車騎將軍，領徐州牧。備領荊州牧，屯公安……權以備已得益州，令諸葛瑾從求荊州

> 諸郡。備不許，曰：「吾方圖涼州，涼州定，乃盡以荊州與吳耳。」權曰：「此假而不反，而欲以虛辭引歲。」遂置南三郡長吏，關羽盡逐之。

《吳主傳》並沒有直接提到劉備借荊州的事情，但《魯肅傳》中寫道：「後備詣京見權，求都督荊州，惟肅勸權借之，共拒曹公。」又《江表傳》有云：「周瑜為南郡太守，分南岸地以給備。備別立營於油江口，改名為公安。劉表吏士見從北軍，多叛來投備。備以瑜所給地少，不足以安民，復從權借荊州數郡。」看來，劉備確實向孫權借過荊州，而且東吳方面，惟有魯肅主張借給劉備。周瑜就曾經表示，應該用「美女玩好」來消磨劉備的壯志，不應該「割土地以資業之」，「恐蛟龍得雲雨，終非池中物也」（《周瑜傳》）。周瑜在臨終的遺言中憂心忡忡地說：「方今曹操在北，疆場未靜；劉備寄寓，有似養虎。天下之事，未知終始。」表現出對劉備集團高度的警惕和深深的憂慮。魯肅倒也不是因為其為人忠厚，可憐劉備，而是因為想借劉備「共拒曹公」。孫權當時沒有採納周瑜的意見，「以曹公在北方，當廣攬英雄，又恐備難卒制，故不納」。但後來孫權又不免後悔，他對陸遜評價周瑜、魯肅、呂蒙三人時還就此批評魯肅：「勸吾借玄德地，是其一短。」（《呂蒙傳》）但是，劉備當時鎮守荊州，確實有抵禦曹操的作用。這就等於將東吳在長江中游的防務交給劉備。如果讓劉備處於荊州的江南四郡，而讓東吳處於對曹作戰的一線，東吳必將受到曹軍東西兩邊的威脅。《魯肅傳》上說：「曹公聞權以土地業備，方作書，落筆於地。」可見此事對曹操的震動。小說裏的魯肅，在討荊州一事上，顯得過於老實，甚至近於窩囊。他簡直是讓劉備、諸葛亮耍着玩兒。可是，在裴注所引的《吳書》裏，魯肅又是另一種形象：

> 羽曰：「烏林之役，左將軍身在行間，寢不脫介，戮力破魏，豈得徒勞，無一塊壤，而足下來欲收地邪？」肅曰：「不然。始與豫州觀於長坂，豫州之眾不當一校，計窮慮極，志勢摧

弱，圖欲遠竄，望不及此。主上矜愍豫州之身，無有處所，不愛土地士人之力，使有所庇蔭以濟其患，而豫州私獨飾情，愆德隳好。今已藉手於西州矣，又欲剪併荊州之土，斯蓋凡夫所不忍行，而況整領人物之主乎！肅聞貪而棄義，必為禍階。吾子屬當重任，曾不能明道處分，以義輔時，而負恃弱眾以圖力爭，師曲為老，將何獲濟？」羽無以答。

現在，我們可以歸納一下借荊州一事的歷史真相了。大致的過程是這樣的：赤壁之戰以後，劉備提舉劉琦為荊州刺史，利用劉琦作為劉表長子的身份，招撫了荊州屬下的江南四郡：武陵、零陵、長沙、桂陽。周瑜包圍、進攻曹仁、徐晃把守的江陵，達一年之久。曹操命令曹仁放棄江陵，將戰略據點收縮至襄陽、樊城一線。此時，荊州屬下的南郡（治江陵）、江夏（治西陵）在孫權手裏。南陽（治宛）、章陵（治章陵）在曹操手裏。孫權為了籠絡劉備，將妹妹嫁給劉備。劉備請求孫權將南郡撥歸他節制。孫權為了消解曹操在西方的軍事壓力，不顧周瑜等人的反對，聽取魯肅的意見，同意了劉備的請求。這就是小說「借荊州」之張本。小說所謂「借荊州」實乃借南郡。

劉備攻取益州以後，孫權即要求劉備歸還荊州。劉備說要取了涼州再還。孫權大怒，派兵奪取長沙、桂陽、零陵三郡，並要求關羽讓出南郡。劉備親自到公安，企圖奪回失地。恰值曹軍進攻漢中，劉備與孫權達成妥協：江夏、長沙、桂陽三郡歸孫權，南郡、零陵、武陵歸劉備。如宋人唐庚所分析：「漢時荊州之地為郡者七。劉表之歿，南陽入於中原而荊州獨有南郡、江夏、武陵、長沙、桂陽、零陵。備之南奔，劉琦以江夏從之。其後四郡相繼歸附。於是備有武陵、長沙、桂陽、零陵之地。曹仁既退，關羽、周瑜錯處南郡，而備領荊州牧，居公安，則六郡之地，備已悉據之矣。其所以云『借』者，猶韓信之言『假』也。雖欲不與，得乎？魯肅之議，正合良、平躡足之幾而周瑜獨以為不然。屢勝之家，果不可與料敵哉！」（《三國雜事》卷下）

魯肅

指囷慨贈良友杖策上謁
明君一見便談大略已知
天下三分

苍縣令尹

將歷史與小說相比，可以看出來，後人和小說所謂借荊州，其實只是借南郡。南郡屬荊州轄管。歷史上的借荊州之南郡一事被小說取消，變成劉備在赤壁之戰中鑽空子，奪取了荊州屬下的七郡。按照小說的說法，這全怪周瑜沒本事，結果是鷸蚌相爭，漁翁得利。劉備方面連下七城，不費吹灰之力，充分顯示了諸葛亮的料事如神。但小說又不能給人劉備平白無故佔人便宜的印象，於是就設計出這樣的情節：諸葛亮先讓周瑜去搶，你要不行，我就來，那時就不要說我不讓你。諸葛亮總是後發制人，但最後他並不吃虧。雖然小說替劉備想出很多不還荊州的理由，但作品的客觀效果顯示，諸葛亮和劉備還是給人留下了狡猾的印象。赤壁之戰，本是劉備有求於東吳，劉備當時已是潰不成軍。赤壁大捷，東吳方面起了主導的作用。但是，荊州七郡全部落入劉備的口袋，這是無論如何也說不過去的。劉備說不忍去取西川，自然是騙人的。劉備說是取了涼州再還，更是耍賴。儘管如此，經過前面五十回的描寫，讀者的腳跟早就站到劉備、諸葛亮一邊去了，他們的感情早就倒向了蜀漢一邊，哪裏還分得清誰欠誰的？更何況小說又虛構了許多東吳對不起蜀漢的情節。所謂借荊州和討荊州的故事，說到底，是一個如何瓜分赤壁之戰的勝利成果的問題。歷史的經驗告訴我們，涉及疆土的問題，誰是誰非並不重要，最後還是要靠實力來說話的。荊州的歸屬，終於因呂蒙的白衣渡江、關羽的兵敗麥城而畫上了句號。

蜀漢一路下滑的轉折點

拔襄陽、圍樊城，水淹七軍；擒于禁、俘龐德，中原震動。曹操甚至因此而考慮遷都的可能：「某素知雲長智勇蓋世，今據荊、襄，如虎生翼。于禁被擒，龐德被斬，魏兵挫鋭；倘彼率兵直至許都，如之奈何？孤欲遷都以避之。」關羽志得意滿，躊躇滿志，至此而達到了他一生事業的頂峰。可是，誰能想到，這赫赫的戰功，卻成為關羽最後的輝煌。正當關羽兵圍樊城、曹仁苦苦支撐、雙方相持不下之時，吳將呂蒙白衣渡江，形勢遂急轉直下。呂蒙的軍隊襲荊州、下南郡，傅士仁、糜芳投降東吳。上庸的劉封、孟達見死不救。孟達後來還投降了曹魏。荊州一失，蜀漢從此被封鎖在三峽之內。劉備為了替關羽復仇，發起了伐吳之役。東吳則起用年輕的儒將陸遜為統帥。猇亭一戰，火燒連營，蜀軍潰不成軍，劉備僅以身免。如此看來，關羽之死，荊州之失，竟成為蜀漢一路下滑的轉折點。

由此可見，蜀漢事業的衰落，關羽要負很大的責任。有人說，關羽不應該拒絕孫權的求婚；有人說，關羽不應該冒險去進攻襄陽、樊城；有人說，關羽伐魏之時，不應該忘記後顧之憂。有人甚至因此而認為關羽是一個毫無政治頭腦的人，是破壞吳蜀聯盟的罪魁禍首。對於關羽的這些指責當然並非毫無根據。但是，我們也不能把責任過多地推在關羽的身上。

按照小說的說法，先是曹魏和東吳密謀，進攻荊州，「破劉之後，共分疆土」。接着，「細作人探聽得曹操結連東吳，欲取荊州，即飛報入蜀」。於是，劉備和諸葛亮便下令，讓關羽先起兵取樊城，「使敵軍膽寒，自然瓦解矣」。這就是說，東吳與曹魏準備聯手進攻荊州，蜀漢方面主動

關雲長單刀赴會

出擊曹魏而置東吳於不顧。是劉備和諸葛亮下令，讓關羽採取行動，並非關羽擅自做主進攻樊城。從常理來說，如此大規模的軍事行動，關羽不向劉備請示是不可能的。關羽性格再傲慢，也還不至於擅自發動一次戰役。「而且進攻曹軍也需要後方的物資支援。比較而言，赤壁之戰是劉備與孫權聯合，共拒曹操。當時得到最大收穫的是劉備。這一次是孫權和曹操聯手，一起對付劉備，最後得到最大好處的是孫權。那麼，史書上是怎麼說的呢？《先主傳》的有關記載極為簡略：「時關羽攻曹公將曹仁，禽于禁於樊。俄而孫權襲殺羽，取荊州。」《諸葛亮傳》則沒有一字交代關羽進攻樊城以及後來荊州失守的事情。《三國志》中《蜀書》的疏略於此可見一斑。對於蜀漢歷史上如此重大的事變中，諸葛亮的態度究竟如何，居然沒有一字的交代。《關羽傳》和《呂蒙傳》對於關羽失荊州的經過介紹得比較詳細。大致的經過是這樣的：魯肅死後，呂蒙代之。以此為轉機，東吳對蜀漢的政策發生了很大的變化。呂蒙認為：關羽對東吳的威脅很大，應該尋找適當的時機攻佔荊州，「今（關）羽所以未便東向者，以至尊聖明，蒙等尚存也，今不於強壯時圖之，一旦僵仆，欲復陳力，其可得邪？」（《呂蒙傳》）呂蒙的意見得到孫權的首肯。可是，東吳對蜀方針的轉變是保密的，呂蒙在陸遜的面前都沒有一點透露。神祕詭譎，一切都在悄無聲息地進行，蜀漢方面並沒有引起警惕。就這一點來說，關羽作為前線指揮官是有責任的，劉備、諸葛亮也是有責任的。蜀漢方面，自上而下，對於東吳急欲擴張的迫切願望的估計嚴重不足，對於東吳政策轉變的蛛絲馬跡缺乏應有的警惕，加上關羽的輕敵，才使呂蒙的計劃得以一步一步地實現。諸葛亮在離開荊州的時候，對關羽鎮守荊州不是非常放心，他好像有一種不祥的預感。但是，讓關羽鎮守荊州是劉備的意思，所以諸葛亮也不便反對。關羽聽說馬超武藝過人，欲入川與其比試。諸葛亮去信勸阻：「亮聞將軍欲與孟起分別高下。以亮度之：孟起雖雄烈過人，亦乃黥布、彭越之徒耳；當與翼德並驅爭先，猶未及美髯公之絕倫超羣也。今公受任守荊州，不為不重，倘一入川，若荊州有失，罪莫大焉。惟冀明照。」「雲長看畢，自綽其髯笑曰：『孔明知我心也。』」由此插曲，可知關羽的爭強好勝、目中無人。更加值得注意的是，諸葛亮對關羽亦有所顧忌，不敢直言，並提出驕兵必敗的警告。

諸葛亮最擔心的就是關羽和東吳的關係。他在離開荊州的時候，特意留言關羽：「北拒曹操，東和孫權。」關羽答應：「軍師之言，當銘肺腑。」但事實證明，關羽並沒有真正理解這個八字方針，去注意和維護與東吳的團結。關羽因孫權的求婚而辱罵孫權，這件事成為東吳加緊準備襲擊關羽的催化劑。當然，我們也不必誇大這件事的意義，爭奪荊州是東吳的既定方針。赤壁之戰以後，東吳方面堅決主張聯合蜀漢、北拒曹操的只有一個魯肅。周瑜就反對將南郡借給劉備。孫權對自己曾經同意將南郡借給劉備早已表示後悔。魯肅死後，對蜀方針的轉變只是時間的問題。關羽儘管沒有去努力地搞好和東吳的關係，還說了一些不利於團結的話；可是，關羽出兵是進攻曹魏，並沒有想去吞併東吳的地盤。關羽對東吳當然也是存有戒心的，他還沒有天真到輕易相信呂蒙、陸遜的奉承的地步，所以關羽北上的時候，在荊州和公安留下了較多的兵力。呂蒙注意到關羽的這一安排，所以故意用各種辦法來麻痹關羽，使關羽無「後顧之憂」。然後，他在關羽的後背狠狠地插上一刀。在這裏，關羽的性格弱點是造成他一生悲劇的重要原因。陳壽說他「剛而自矜」，確實如此。他不但沒有注意團結東吳，連自己內部也沒有團結好。《關羽傳》上說「羽善待卒伍而驕於士大夫，飛愛敬君子而不恤小人」，可是關羽手下的士兵，卻被呂蒙輕而易舉地瓦解了。可見他的「善待卒伍」也得打個大大的問號。他因為傅士仁、糜芳沒有全力地支援前方而表示班師以後要處分他們，卻將那麼重要的地方去讓他們把守。孟達、劉封見死不救，固然是不應該，但關羽平時不能團結人，也是重要的原因。手下的將領一個個這樣離心離德，關羽不能說沒有責任。關羽的悲劇在很大程度上，由他的性格缺陷所造成。冥飛在《古今小說評林》中指出：「書中極力尊崇關雲長，然寫來不免有剛愎自用之失」，實為確論。宋人洪邁在其《容齋隨筆》裏總結道：「自古威名之將，立蓋世之勛，而晚謬不克終者，多失於恃功矜能而輕敵也。關羽手殺袁紹二將顏良、文丑於萬眾之中。及攻曹仁於樊，于禁等七軍皆沒，羽威震華夏，曹操議徙許都以避其銳，其功名盛矣。而不悟呂蒙、陸遜之詐，竟墮孫權計中，父子成禽，以敗大事。」當然，《三國志》並未說文丑是被關羽所殺，洪邁大概也是讀了野史，聽了傳說，才把文丑之死記在關羽的賬上。

《三國演義》對關羽大意失荊州的描寫比較客觀，對關羽之死的悲劇色彩的渲染極為成功。

空城計

《三國演義》裏的人物，其思想和性格，往往是一出場就定型，沒有變化。曹操生來就奸詐，劉備生來就仁義，張飛一出來就魯莽勇猛，諸葛亮更是生來就神機妙算，料事如神。《三國演義》中人物性格的刻畫時有過火的地方。魯迅在《中國小說史略》裏就此批評《三國演義》:「顯劉備之長厚而似偽，狀諸葛之多智而近妖。」但是，《三國演義》的描寫人物，也不是處處如此。譬如第九十五回至九十六回的失街亭、空城計、斬馬謖一節，對諸葛亮思想性格的把握就很有分寸。

看蜀漢的發展，關羽大意失荊州以後，一路下滑。隨着緊接着的張飛之死，彝陵的慘敗，白帝城的託孤，蜀漢集團步入低谷，悲劇的氣氛越來越濃。雖有諸葛亮的七出祁山，卻總讓人有回天無力的沮喪之感。第九十五回的街亭之役正是發生在七出祁山中的一個關鍵性的插曲。失街亭是諸葛亮的一大失誤，這一失誤安排在蜀漢一路滑坡的過程中是非常和諧的，這時與一百零三回的「秋風五丈原」已經相距不遠。難能可貴的是，作者把盡力與命運抗爭的諸葛亮寫得非常具有分寸感。諸葛亮素有知人之明，知人善任，卻偏偏會用缺乏實戰經驗的馬謖去擔當把守街亭的重任。諸葛亮一向料事如神，卻沒有想到馬謖會在山上紮營。這就打破了諸葛亮「多智而近妖」的定格，給人以「智者千慮，必有一失」的真實感。恰恰是在錯用馬謖而招致被動，司馬懿率軍長驅直入的危急情況下，小說將諸葛亮和司馬懿又一次做了鮮明的對比。諸葛亮一生謹慎卻偏偏在失去街亭之後「大膽弄險」，司馬懿則囿於對諸葛亮的「成見」而不敢進兵。如毛宗崗所謂:「孔明若非小心於平日，必不敢大膽於一時；仲達不疑其大膽於一時，正為信其小心於平日耳。」雖然蜀漢失去街亭而大敗，司馬懿奪得街亭而大勝，但是，馬謖因不聽諸葛亮事前的指示而失敗，司馬懿卻因為自己的判斷失誤而失去擒獲諸葛亮的千載良機。給人的印象還是司馬懿比諸葛亮略遜一籌。正是在這次重大的失誤之中，小說把諸葛亮的嚴於律己和忠貞不貳寫得非常動人。諸葛亮事先一再地提醒馬謖把守街亭的極端重要性，提醒他司馬懿並非等閒之輩，並具體指示王平：「下寨必當要道之處，使賊兵急切不能偷過。」這就說明，戰敗的主要責任在馬謖。可是，諸葛亮在事後卻多次地對自己的用人不當做出沉痛的自我批評。街亭失守的消息傳來，諸葛亮跌足長歎說：「大事去矣——此吾之過也！」戰役結束以後，趙雲班師，諸葛亮對趙雲說：「是吾不識賢愚，以致如此。」揮淚斬馬謖以後，諸葛亮追憶當年劉備臨終的囑咐「馬謖言過其實，不可大用」，失聲痛哭，「深恨己之不明」。身居宰相高位、享有崇高威望的三軍統帥能在自己的部下面前承擔責任，痛責自己的用人不當、「不識賢愚」，這是多麼地令人感動！

《諸葛亮傳》裴注所引「郭沖三事」，即《三國演義》中空城計的張本：

> 郭沖三事曰：亮屯於陽平，遣魏延諸軍併兵東下，亮惟留萬人守城。晉宣帝率二十萬眾拒亮，而與延軍錯道，徑至前，當亮六十里所，偵候白宣帝說亮在城中兵少力弱。亮亦知宣帝垂至，已與相偪，欲前赴延軍，相去又遠，回跡反追，勢不相及，將士失色，莫知其計。亮意氣自若，敕軍中皆臥旗息鼓，不得妄出庵幔，又令大開四城門，掃地卻灑。宣帝常謂亮持重，而猥見勢弱，疑其有伏兵，於是引軍北趣山。明日食時，亮謂參佐拊手大笑曰：「司馬懿必謂吾怯，將有強伏，循山走矣。」候邏還白，如亮所言。宣帝後知，深以為恨。

裴松之對郭沖三事的說法深表懷疑：

> 案陽平在漢中。亮初屯陽平，宣帝尚為荊州都督，鎮宛城，

孔明揮淚斬馬謖

至曹真死後，始與亮於關中相抗禦耳。魏嘗遣宣帝自宛由西城伐蜀，值霖雨，不果。此之前後，無復有於陽平交兵事。就如沖言，宣帝既舉二十萬眾，已知亮兵少力弱，若疑其有伏兵，正可設防持重，何至便走乎？案《魏延傳》云：「延每隨亮出，輒欲請精兵萬人，與亮異道會於潼關，亮制而不許；延常謂亮為怯，歎己才用之不盡也。」亮尚不以延為萬人別統，豈得如沖言，頓使將重兵在前，而以輕弱自守乎？且沖與扶風王言，顯彰宣帝之短，對子毀父，理所不容，而云「扶風王慨然善沖之言」，故知此書舉引皆虛。

清人陸以湉贊成裴松之的懷疑：「司馬懿智謀素優，使為嘗試之計，分二十萬眾之二三以擊之，則陽平之城可得矣。豈孔明之謹慎而敢出此？此事見郭沖三事，裴世期駁之是也。」（《冷廬雜識》）魏叔子《日錄》也有類似的看法：「料事者先料人。能料愚者，不能料知；能料知者，並不能料愚。余嘗覽《三國演義》，孔明於空城中焚香掃地，司馬懿遇之而退；若遇今日山賊，直入城門，捉將孔明去矣。」（《松煙小錄》）

其實，空城計也不是絕無可能。《資治通鑒》所載劉宋朝蕭承之事，就非常相似：

魏兵攻濟南，濟南太守武進蕭承之率數百人拒之。魏眾大集，承之使偃兵開城門。眾曰：「賊眾我寡，奈何輕敵之甚？」承之曰：「今懸守窮城，事已危急，若復示弱，必為所屠，惟當見強以待之耳。」魏人疑有伏兵，遂引去。

錦囊妙計

《三國演義》為了突出諸葛亮的料事如神，設計出錦囊妙計的情節：

> 孔明又喚姜維、廖化分付曰：「與汝二人一個錦囊，引三千精兵，偃旗息鼓，伏於前山之上。如見魏兵圍住王平、張翼，十分危急，不必去救，只開錦囊看視，自有解危之策。」(第九十九回)

不是預先將應對的策略告訴將領，使其領會統帥的意圖，而是事先算定一切，將領只須執行統帥的意圖，沒有隨機應變、靈活機動的必要。

> 少頃，楊儀入。孔明喚至榻前，授與一錦囊，密囑曰：「我死，魏延必反；待其反時，汝與臨陣，方開此囊。那時自有斬魏延之人也。」(第一百〇四回)

預先料定魏延要造反，而且想好對付的辦法。最神奇的是，劉備赴吳完婚，諸葛亮給了三個錦囊，讓趙雲一個一個拆，事情的發展過程，完全在諸葛亮的估計之中，分毫不差。把諸葛亮的料事如神，發揮到了極致：

> 玄德懷疑不敢往。孔明曰：「吾已定下三條計策，非子龍不可行也。」遂喚趙雲近前，附耳言曰：「汝保主公入吳，當領此三個錦囊。囊中有三條妙計，依次而行。」即將三個錦囊，與雲貼肉收藏。(第五十四回)

不但諸葛亮有錦囊妙計，曹操也有錦囊妙計。《三國演義》寫道：

> 操喚曹仁曰：「吾今暫回許都，收拾軍馬，必來報仇。汝可保全南郡。吾有一計，密留在此，非急休開，急則開之。依計而行，使東吳不敢正視南郡。」（第五十回）
>
> 曹洪曰：「目今失了彝陵，勢已危急，何不拆丞相遺計觀之，以解此危？」曹仁曰：「汝言正合吾意。」遂拆書觀之，大喜，便傳令教五更造飯，平明大小軍馬盡皆棄城。城上遍插旌旗，虛張聲勢，軍分三門而出。（第五十一回）

第六十七回寫道：

> 張遼為失了皖城，回到合淝，心中愁悶。忽曹操差薛悌送木匣一個，上有操封，傍書云：「賊來乃發。」是日報說孫權自引十萬大軍，來攻合淝。張遼便開匣觀之。內書云：「若孫權至，張、李二將軍出戰，樂將軍守城。」張遼將教帖與李典、樂進觀之。樂進曰：「將軍之意若何？」張遼曰：「主公遠征在外，吳兵以為破我必矣。今可發兵出迎，奮力與戰，折其鋒銳，以安眾心，然後可守也。」

小說裏所謂「賊至乃發」的描寫，並非出於藝術的虛構，而與《三國志·張遼傳》裏的敍述完全一致：「太祖既征孫權還，使遼與樂進、李典等將七千餘人屯合肥。太祖征張魯，教與護軍薛悌，署函邊曰：『賊至乃發。』俄而權率十萬眾圍合肥，乃共發教。教曰：『若孫權至者，張、李將軍出戰，樂將軍守護軍，勿得與戰。』諸將皆疑。遼曰：『公遠征在外，比救至，彼破我必矣，是以教指及其未合逆擊之，折其盛勢，以安眾心，然後可守也。成敗之機，在此一戰。諸君何疑！』」曹操為甚麼要張遼「賊來乃發」呢？顯然不是為了保密，或許是為了顯示自己的英明預見。由此可見，錦囊妙計並非完全出自小說家的奇思妙想，現實中偶爾也有這種情況。但小說家將軍事家的預見力加以誇大，並將其寄託在一個個的錦囊上面。

武侯預伏錦囊計

中國人怎麼描寫戰爭

《三國演義》的戰爭描寫，歷來為人所稱道。正如毛宗崗說：「《三國》一書，直可作《武經》七書讀。」據「太冷生」說，「前清入關時，曾翻譯為滿文，用作兵書。袁崇煥之死，即用蔣幹偷書之謬說；而督師竟死於閹奴之手」(《古今小說評林》)。清人王嵩儒亦說：「本朝未入關之先，以翻譯《三國演義》為兵略，故其崇拜關羽，其後有託為關神顯靈衛駕之說，屢加封號，廟祀遂遍天下。」(《掌固零拾》)據陳康祺《燕下鄉脞錄》說，「國初，滿洲武將，不識漢文者，類多得力於此」。又說，明末李定國與孫可望有矛盾。「蜀人金公趾在軍中，為說《三國演義》，每斥可望為董卓、曹操，而期定國以諸葛。定國大感曰：『孔明不敢望，關、張、伯約，不敢不勉。』」又據清人劉鑾說：「張獻忠之狡也，日使人說《三國》《水滸》諸書，凡埋伏攻襲咸效之。」(《五石瓠》)

人們怎麼看待戰爭，也就會怎麼描寫戰爭。孟子講：「天時不如地利，地利不如人和。」中國人早就懂得，戰爭不是一種單純的軍事對抗。古人雖然還沒有「綜合國力」的概念，但西人說「戰爭是流血的政治，政治是不流血的戰爭」，中國人好像早就明白這一真理。戰爭的勝負不僅取決於軍事實力的比較，而且取決於交戰雙方的政治狀況。人心的向背，戰爭的正義與否，都會影響戰爭的結果。《三國演義》的戰爭描寫，實際上繼承了《左傳》《史記》所開闢的道路。《左傳》《史記》之描寫戰爭，不單純追求戰場上的緊張熱鬧，而是以人物為中心，結合人物的個性來描寫戰爭。十分注意突出戰爭勝負的原因，甲方為甚麼勝，乙方為甚麼敗，全部的描寫都圍繞這一點來進行。突出描寫雙方在決戰前夕的精神狀態。特別喜歡描寫以少勝多、以弱勝強的戰役。寫雙方主帥駕馭戰爭的能力，寫戰爭中通過人的主觀努力，使被動變成主動，劣勢變成優勢。重點寫運籌帷幄之中，而不是寫決勝千里之外。

當然，《三國演義》對於武將交戰的描寫，也有出色的段落，譬如關羽溫酒斬華雄的故事。對於關羽來說，這是他嶄露頭角的第一次戰鬥。作者並不急於去寫關羽和華雄的交戰，而是不慌不忙地寫華雄的驍勇。眼看着聯軍的將領一個個地敗在華雄的手下。先是鮑忠關下搦戰，被華雄手起刀落，斬於馬下。接着是華雄夜襲孫堅的營寨，追得孫堅落荒而逃。孫堅的赤幘落到華雄的手裏，大為丟臉。部將祖茂被華雄一刀砍於馬下。華雄乘勝追擊，用長竿挑着孫堅的赤幘來寨前大罵搦戰。鮑信、祖茂以後，俞涉、潘鳳又步其後塵。各路諸侯面面相覷，束手無策。作者在這裏極寫華雄囂張的氣焰，把關羽出場的氣氛寫得足足的，這才安排主角關羽出場。作者並沒有直接去寫關羽和華雄的交鋒，卻是避實就虛，寫杯酒未涼而華雄已斬。關羽斬殺華雄的迅速、輕而易舉，均在不言之中。這就用很儉省的筆墨把關羽超羣絕倫的武藝描寫得淋漓盡致。曹操為關羽敬酒和袁術之怒斥關羽形成鮮明的對照。前者是識英雄於草莽之中，表現出大政治家、大軍事家的慧眼和魄力；後者是小肚雞腸，一副勢利眼光，暴露出沒落貴族的平庸自負。與此同時，聯軍內部的矛盾與不和已初露端倪。這就使讀者對後來聯軍的分崩離析乃至袁紹、袁術的覆亡有了一定的思想準備。關羽斬顏良，其寫法幾乎是關羽溫酒斬華雄的翻版。只見顏良連斬曹軍的宋憲、魏續兩員大將，接着「徐晃應聲而出，與顏良戰二十合，敗歸本陣」。結果，關羽「奮然上馬，倒提青龍刀，跑下山來，鳳目圓睜，蠶眉直豎，直衝彼陣。河北軍如波開浪裂，關公徑奔顏良。顏良正在麾蓋下，見關公衝來，方欲問時，關公赤兔馬快，早已跑到面前；顏良措手不及，被雲長手起一刀，刺於馬下。忽地下馬，割了顏良首級，拴於馬項之下，飛身上馬，提刀出陣，如入無人之境」。真所謂百萬軍中取上將首級，如探囊取物。「波開浪裂」四個字，尤為傳神。

傳統的描寫戰爭的路子，也有它的弊端。弊端之一是對士兵的忽視。我們看《三國演義》的戰爭場面，都是雙方的主將先交戰，單挑獨鬥。一方的主將勝利了，便揮兵掩殺過去。士兵好像都是白吃飯的。只要將領出色，士兵有多少是無所謂的。只知千軍易得，一將難求；不知單絲不成線，獨木難成林，空頭司令，亦難成事，大廈將傾，獨木難支。在這一點上，《水滸傳》也是如出一轍。《三國演義》第一回寫黃巾軍程遠志統兵五萬前來，劉、關、張只「統兵五百」，就大獲全勝，「投降者不計其數」。同回寫張角親自領兵，「漫山塞野」，「蓋地而來」，劉備領兵一千五百人，與之較量。結果是「角軍大亂，敗走五十餘里」。令人不解的是，如此不堪一擊、一觸即潰的黃巾軍為何能夠攪得天下大亂。長坂坡一役，本來是曹軍洶湧而來，劉備的軍隊一潰千里，兵敗如山倒。可是，作者偏要乘機寫出蜀漢一方的英勇。「這一場殺，趙雲懷抱後主，直透重圍，砍倒大旗兩面，奪槊三條；前後槍刺劍砍，殺死曹營名將五十餘名。」趙雲的左衝右突，固然與曹操要活捉趙雲有一定的關係，但其中的誇張亦無可否認。張飛的武藝聲威，也寫得非常誇張。張飛一聲大喝，「曹操身邊夏侯傑驚得肝膽碎裂，倒撞於馬下」。這位將軍大概是心臟不好，受不得刺激。令人意想不到的是，曹操的幾十萬大軍在張飛的一聲怒吼以後，居然「一齊望西逃奔」，「一時棄槍落盔者，不計其數。人如潮湧，馬如山崩，自相踐踏」，「曹操懼張飛之威，驟馬望西而走，冠簪盡落，披髮奔逃」。幾十萬大軍不如一個張飛。如果當時張飛有一個擴音器，那效果就更加壯觀了。不但小說家喜歡寫以少勝多，連史學家有時也不免染有此病。《三國志．武帝紀》寫官渡之戰時說：「時（曹）公兵不滿萬，傷者十二三。」裴注對此痛加反駁：「魏武初起兵，已有眾五千，自後百戰百勝，敗者十二三而已矣。但一破黃巾，受降卒三十餘萬，餘所吞併，不可悉紀；雖征戰損傷，未應如此之少也。夫結營相守，異於摧鋒決戰。本紀云：『紹眾十餘萬，屯營東西數十里。』魏太祖雖機變無方，略不世出，安有以數千之兵，而得逾時相抗者哉？以理而言，竊謂不然。紹為屯數十里，公能分營與相當，此兵不得甚少，一也。紹若有十倍之眾，理應當悉力圍守，使出入斷絕，而公使徐晃等擊其運車，公又自出擊淳于瓊等，揚旌往還，曾無抵閡，明紹力不能制，是不得甚少，二也。諸書皆云公坑紹眾八萬，或云七萬。夫八萬人奔散，非八千人所能縛，而紹之大眾皆拱手就戮，何緣力能制之？是不得甚少，三也。將記述者欲以少見奇，非其實錄也。」

既然士兵不起作用，將領的陣亡就必然會「增加」。我們看《三國演義》，戰場上陣亡的將領真是不少：「張飛挺丈八蛇矛直出，手起處，刺中鄧茂心窩，翻身落馬。程遠志見折了鄧茂，拍馬舞刀，直取張飛。雲長舞動大刀，縱馬飛迎。程遠志見了，早吃一驚，措手不及，被雲長刀起處揮為兩段。」「（張）飛縱馬挺矛，與（高）升交戰，不數合，刺升落馬。」「（朱）儁與玄德、關、張率三軍掩殺，射死韓忠。」「堅從城上飛身奪弘槊，刺弘下馬，卻騎弘馬飛身往來殺賊。孫仲引賊突出北門，正迎玄德，無心戀戰，只待奔逃。玄德張弓一箭，正中孫仲，翻身落馬。」「鮑忠急待退，被華雄手起刀落，斬於馬下。」「鬥不數合，程普刺中胡軫咽喉，死於馬下。」「祖茂於林後殺出，揮雙刀欲劈華雄；雄大喝一聲，將祖茂一刀砍於馬下。」「俞涉與華雄戰不三合。被華雄斬了。」「潘鳳又被華雄斬了。」「正欲探聽，鸞鈴響處，馬到中軍，雲長提華雄之頭，擲於地上。」「（方悅）被呂布一戟刺於馬下。」「上黨太守張楊部將穆順，出馬挺槍迎戰，被呂布手起一戟，刺於馬下。」「徐榮便奔夏侯惇，惇挺槍來迎。交馬數合，惇刺徐榮於馬下。」這裏只是從前六回找了一些例子，後面還有一張長長的陣亡名單：嚴綱、張虎、孫堅、呂公、王方、鮑信、管亥、何曼、薛蘭、李封、崔勇、李樂、李暹、李別、荀正、曹豹、于糜、樊能、張英、陳橫、周昕、橋蕤、曹性、紀靈、車胄、宋憲、魏續、顏良、文丑、孫秀、孟坦、韓福、卞喜、王植、秦琪、蔡陽、裴元紹、蔣奇、史渙、劉辟、高覽、汪昭、尹楷、彭安、張武、陳孫、呂曠、呂翔、鄧龍、陳就、黃祖、夏侯蘭、淳于導、夏侯恩、晏明、鍾縉、夏侯傑、焦觸、張南、馬延、張顗、邢道榮、金旋、楊齡、宋謙、馬鐵、鍾進、李通、曹永、成宜、馬玩、李琪、鄧賢、龐統、馬漢、劉晙、楊昂、昌奇、楊任、張衞、朱光、陳武、任夔、雷銅、韓浩、夏侯德、夏侯淵、慕容烈、吳蘭、夏侯存、翟元、成何、龐德、李異、謝旌、譚雄、崔禹、夏恂、周平、甘寧、潘璋、朱然、沙摩柯、常雕、雍闓、朱褒、忙牙長、韓德、薛則、董禧、

袁本初敗兵折將

楊陵、崔諒、曹遵、徐晃、孟達、陳造、蘇顒、張普、謝雄、龔起、王雙、秦良、張郃、秦朗、岑威、卑衍、韓綜、桓嘉、徐質、郭淮、葛雍、張嶷、李鵬、王真、鄭倫、夏侯霸、傅金、張遵、黃岑、李球、張翼、孫歆、陸景、伍延。其中只有孫堅、華雄、顏良、文丑、車冑、黃祖、龐統、夏侯淵、王雙、張郃、龐德等將領，確有其人，或死在戰場，或被俘而死。其餘的，十之八九都是小說虛構出來的屈死鬼。像關羽過五關所斬的六將，趙雲長坂坡殺死的「曹營名將五十餘員」，都是子虛烏有。

弊端之二是對經濟的忽視。誠然，《三國演義》常常寫到糧食問題，寫斷人糧道、焚人糧草之類的戰術。諸葛亮便對周瑜說：「操賊多謀，他平生慣斷人糧道」。譬如寫到袁術的失敗，提到了糧食問題：「又被嵩山雷薄、陳蘭劫去錢糧草料，欲回壽春，又被羣盜所襲，只得住於江亭，止有一千餘眾，皆老弱之輩。時當盛暑，糧食盡絕，只剩麥三十斛，分派軍士，家人無食，多有餓死者。術嫌飯粗不能下咽，乃命庖人取蜜水止渴。庖人曰：『止有血水，安有蜜水！』術坐於牀上，大叫一聲，吐血斗餘而死。」毛宗崗也承認：「凡用兵之法，以糧為重。」雙方交戰，缺糧者利在急戰；糧多者，以拖待變。但戰爭中糧食問題的嚴重性遠不止此。獻帝回洛陽，「是歲又大荒。洛陽居民，僅有數百家，無可為食，盡出城去剝樹皮、掘草根食之。尚書郎以下，皆自出城樵採，多有死於頹牆壞壁之間者」。曹操棄洛陽而遷都許昌，多半是考慮到「以京師無糧，欲車駕幸許都，近魯陽，轉運糧食，庶無欠缺懸隔之憂」。諸葛亮的北伐，也常常因為糧盡而退。魏明帝青龍二年，諸葛亮進兵斜谷，屯渭南，魏明帝就指示司馬懿堅拒勿戰，以逸待勞，知道蜀軍遠來，利在速戰。原因就是糧食難以供應。可是，戰爭所涉及的經濟問題也並不僅僅是一個糧食問題。曹操的勝利在很大程度上應該歸結為屯田的成功。裴注所引的《魏書》有云：「自遭荒亂，率乏糧穀。諸軍並起，無終歲之計，飢則寇略，飽則棄餘，瓦解流離，無敵自破者不可勝數。袁紹之在河北，軍人仰食桑葚。袁術在江淮，取給蒲蠃。民人相食，州里蕭條。公曰：『夫定國之術，在於強兵足食，秦人以急農兼天下。孝武以屯田定西域，此先代之良式也。』是歲乃募民屯田許下，得穀百萬斛。於是州郡例置田官，所在積穀。征伐四方，無運糧之勞，遂兼滅羣賊，克平天下。」諸葛亮的北伐中原，常常為「糧盡而退」。據《三國志・諸葛亮傳》介紹：「亮每患糧不繼，使己志不伸，是以分兵屯田，為久駐之基。」我們讀《三國演義》，對曹操和諸葛亮的屯田都沒有甚麼印象。曹操倒是用權術、詐騙的手段來「解決」過他的糧食問題。小說第十七回，寫曹操和袁術「相拒月餘，糧食將盡」。曹操居然會用「借頭」的辦法來「解決」他軍糧匱乏的問題。他自己出主意，讓倉官「可將小斛散之，權且救一時之急」。士兵怨聲四起以後，曹操便殺倉官以示眾，說是倉官貪污軍糧，「故行小斛，盜竊官糧」。《諸葛亮傳》上說：「先主外出，亮常鎮守成都，足食足兵。」因為士兵不重要，物資供應也不重要，所以小說不去突出諸葛亮在保證兵源、物資供應方面的貢獻。桃園三結義的時候，恰好就有兩位「中山大商」來送馬送糧。赤壁之戰中，諸葛亮輕輕鬆鬆地就「借」來十萬枝箭。

弊端之三是人文精神的缺乏。這一點與小說對士兵的忽視是互為表裏的。戰爭中做出最大犧牲的還是民眾，是士兵。可是，以描寫戰爭聞名的《三國演義》卻很少寫到士兵的犧牲和苦難。在中國古代的詩文中，那種「可憐無定河邊骨，猶是春閨夢裏人」的歎息，「一將功成萬骨枯」的唏噓，「戰士軍前半死生，美人帳下猶歌舞」的諷刺，「邊廷流血成海水，武皇開邊意未已」的指責，並不少見。在元人張養浩的《山坡羊・潼關懷古》裏，悲天憫人的情懷更是沖淡了一般的興亡之感：「峰巒如聚，波濤如怒，山河表裏潼關路。望西都，意躊躇。傷心秦漢經行處，宮闕萬間都做了土。興，百姓苦；亡，百姓苦。」在這些詩文中，我們可以感覺到，士兵也是人，百姓也是人。可是，在擅長描寫戰爭的歷史演義中，我們卻很少看到這種情懷。歷史演義對英雄的突出遮蔽了弱勢羣體的苦難，英雄史觀對羣體的忽視滲透進了歷史小說對戰爭的描寫。

戰爭描寫之經典

《三國演義》描寫了數十次大大小小的戰役和戰爭，其中又以赤壁之戰的描寫最為典型，最為出色。作者從四十三回到五十回，用了整整八回的巨大篇幅來寫這樣一場戰略的決戰。從情節上看，赤壁之戰的描寫中，包括曹操下戰書恫嚇孫權、諸葛亮舌戰羣儒、智激孫權、再激周瑜、草船借箭、黃蓋的苦肉計、羣英會蔣幹中計、龐統獻連環計、曹操的橫槊賦詩、火燒赤壁、關羽華容道放曹操等一系列故事。一波未平，一波又起，跌宕起伏，搖曳多姿。這是一次以少勝多、以弱勝強的戰役，全部的描寫均圍繞着戰爭勝負的原因來展開。對於劉備集團來說，這是實現諸葛亮提出的「隆中對」戰略計劃的第一步。作者正是從這樣的高度來看待這次戰役，所以他寫得非常用心，非常耐心。

當時曹操有八十三萬大軍，而東吳與劉備方面只有幾萬人馬。雙方的兵力相差懸殊，形勢非常嚴峻。曹操企圖借戰勝袁紹、擊潰劉表的餘威，直逼江南，下戰書恫嚇孫權，以達到不戰而屈人之兵的目的。劉備方面希望藉助孫權的力量聯合抗曹，以實現其「隆中對」的既定戰略方針。東吳方面，是戰是降，內部意見沒有統一。作為領袖的孫權，處在猶豫的狀態之中。投降曹操又心有不甘，父兄血戰所得的江山就將毀於一旦，抗拒曹操卻又信心不足，眼見得雙方兵力的對比非常懸殊。在這麼一種生死存亡的緊急關頭，這麼一次成敗在此一舉的歷史時刻，如果要想繼續割據江東，這是絕無僅有的一次機會。文官多主投降，以老臣張昭為代表；武將外加魯肅，多主抵抗，以周瑜、魯肅、程普、黃蓋為代表。形勢的危急使東吳內部主戰和主和的兩派鬥爭變得非常激烈。諸葛亮就是在這樣微妙的情況下出使江東。他舌戰羣儒，與東吳集團裏的主和派進行了針鋒相對的鬥爭。針對孫權的畏陣怯敵思想，諸葛亮一面用激將法，激發孫權的自尊自信；一面又具體深入地分析了敵我雙方的有利條件和不利條件，與東吳集團裏的抵抗派一起，促使孫權提高了自信，堅定了決戰決勝的決心。孫權、劉備終於結成了反曹的聯盟，曹操想要不戰而勝的如意算盤被打破了。

曹操在北方，戰勝了呂布、袁紹、袁譚、袁尚、烏桓等一系列敵人以後，志得意滿，輕敵麻痹，思想準備不足。雙方一接觸，曹操就發現自己的水軍不行。周瑜方面，充分利用自己水軍的優勢，一再地挫傷曹軍。曹操在發現了自己的弱點以後，就千方百計地努力，企圖加以彌補。但是，曹魏方面的每一次努力，都被周瑜順手牽羊地加以利用。羣英會上，說客蔣幹為周瑜的威風所震懾，勸降的打算只好被放棄。反而因為蔣幹偷回去的一封假信，使曹操中了周瑜的離間計，殺了兩個水軍將領。周瑜打黃蓋的苦肉計，闞澤的傳遞降書，又使曹操大上其當。曹操擔心士兵暈船，便有龐統來獻連環計。曹軍的船隻被緊緊地鎖在一起。諸葛亮的草船借箭，使曹操白白地給聯軍送上十萬枝箭。具有諷刺意義的是：曹操一步一步地「克服」自己的弱點，也就一步深一步地走近聯軍所設的陷阱；曹操對水戰的問題比較「有把握」之日，也正是聯軍實施火攻的條件日趨成熟之時。作者緊緊抓住決戰前夕雙方主帥的精神狀態，進行了有力的對比。一邊是橫槊賦詩，豪情滿懷，處境險惡，卻自我感覺良好。真所謂盲人騎瞎馬，夜半臨深池。一邊是小心謹慎，嘔心瀝血，如履薄冰，如臨深淵，獅子搏兔，全力以赴。如毛宗崗所云：「天下有最失意之事，必有一最快意之事以為之前焉。將寫赤壁之敗，則先寫其舳艫千里，旌旗蔽空；將寫華容之奔，則先寫其南望武昌，西望夏口。蓋志不得，意不滿，足不高，氣不揚，則害不甚而禍不速也。寫吳王者，極寫採蓮之樂，非為採蓮寫也，為甬東寫耳；寫霸王者，極寫夜宴之樂，非為夜宴寫也，為烏江寫耳。然則曹操之橫槊賦詩，其夫差之採蓮、項羽之夜宴乎？」一邊是驕兵必敗，以為一切都在掌控之中；一邊是哀兵必勝，惟恐有一點點的疏忽。這時候，決戰的氣氛已經十分飽滿，真所謂「山雨欲來風滿樓」。既然已經決定火攻，風向便成為最為關鍵的因素。真所謂萬事俱備，只欠東風。周瑜為此焦慮得吐血倒地，諸葛亮卻是胸有成竹，知道其時必有東南風。這就是著名的借東風。表面上看，祭風、借風是迷信，其實，從積極方面去看，小說和戲曲的作者常常從迷信中汲取豐富的想像，以此釀造出藝術的花朵。借東風就是一例。東吳花了巨大的代價戰勝了曹操，但荊州、南郡、襄陽、零陵、桂陽、武陵、長沙七郡，卻統統落入劉備之手。

雖然作者用了整整八回的巨大篇幅來描寫赤壁之戰，但大部分文字都用來描寫周瑜、諸葛亮的運籌帷幄，真正寫到決戰的文字，並不很多。如毛宗崗所謂：「寫周郎用兵，不於既戰時寫之，正於將戰未戰時寫之。一寫其東風未發之前：各處打點，各人準備，秣馬厲兵，治舟束甲，未戰而已勃勃乎有欲戰之勢；一寫其東風既發之後：諸將聽令，各軍赴敵，按部分班，星馳電走，將戰而已森森然有必勝之形。蓋用兵之勝，決之於將戰未戰之時，而不待於既戰之後也。若但觀其戰，不過某人射某人於水中，某人砍某人於馬下而已，又何以見江東士氣之壯，而周郎兵略之善哉！」平心而論，這也是作者避難就易、藏拙揚長的必然選擇。《三國志》對戰爭的描寫極其簡略，沒有《左傳》《史記》那種細節的描寫；《三國演義》涉及的戰爭描寫，主要來自宋元說話人的藝術想像。而說話藝人並沒有戰場拚搏的實際經驗，所以小說對戰場實戰的描寫比較簡略。

作者在描寫曹軍和聯軍對立的同時，不時地穿插了聯軍內部的矛盾和糾葛。周瑜的儒將風度，英姿颯爽，他的足智多謀，指揮若定，寫得筆酣墨飽。諸葛亮的形象，則更為成功，巨筆如椽，濃墨重彩，給人以「強中更有強中手」的感覺。周瑜一而再、再而三地算計諸葛亮，卻一一地被諸葛亮識破並加以化解。諸葛亮的料事如神、神機妙算，魯肅的忠厚善良、顧全大局，孫權的優柔寡斷，曹操的老奸巨猾，黃蓋的犧牲精神，關羽的神威，蔣幹的愚蠢，均使人掩卷難忘。從諸葛亮一邊來看，他和周瑜鬥智，不是為了爭強好勝，不是一般的賭氣，而是站在聯吳抗曹的戰略高度來有理有節地處理與友軍的關係，這就寫出了諸葛亮的胸襟識度。曹操在逃竄的路上，三次大笑，笑諸葛亮、周瑜百密一疏，沒在路上設伏，結果是每次大笑都招來預先埋伏的勁敵。第一次是趙雲，第二次是張飛，第三次是關羽。這種情節設計，一方面寫出曹操的頑強，逆境之中，沒有頹喪之感；另一方面寫出諸葛亮的料事如神，使老謀深算的曹操成為諸葛亮的陪襯。而關羽的華容道釋曹操，反映了傳統文化中重恩怨的觀念。關羽為了報答曹操的昔日之恩，居然將曹操放跑。值得注意的是，小說對關羽的釋曹是抱着讚揚的態度。當私人的恩怨和原則發生矛盾的時候，當私人的恩怨和集團、國家、民族的利益發生矛盾的時候，可以置集團、國家、民族的利益於不顧，這種思想是不可取的。這當然是《三國演義》思想的侷限性。毛宗崗知道關羽華容道釋放曹操，其中的是非難以說得清楚，只好將其歸於天命：「孔明既知關公之不殺操，則華容之役，何不以翼德、子龍當之？曰：孔明知天者也。天未欲殺操，則雖當之以翼德、子龍，必無成功。故孔明之使關公者，所以成關公之義；而其不使翼德、子龍者，亦以掩翼德、子龍之短也。然則關公之釋操，非公釋之，而孔明釋之，又非孔明釋之，而實天釋之耳。」如此一來，大家都沒有責任。

諸葛亮智算華容

樸實真切之美

人們常常稱讚《三國演義》的戰爭描寫如何出色，這誠然是不錯的。可是，小說多渲染，多誇張；史家的戰爭描寫自有一種樸實真切之美，並非處處不如小說。小說家沒有實戰的經驗，對戰爭的描寫，自然是隔了一層。史家雖然也沒有親臨戰場，但他們所據的材料比較豐富，比較新鮮。與時代的距離比較近，所以也時有勝過小說家的地方。歷史演義對戰爭的慘烈的描寫，往往缺乏應有的力度。寫到長坂坡一役：「這一場殺，趙雲懷抱後主，直透重圍，砍倒大旗兩面，奪槊三條，前後槍刺劍砍，殺死曹營名將五十餘員」，「張飛睜圓環眼，……一時棄槍落盔者，不計其數。人如潮湧，馬似山崩，自相踐踏」。寫官渡之戰，便形容道：「所殺八萬餘人，血流盈溝，溺水死者不計其數」。寫赤壁之戰，便描繪道：「火乘風威，風助火勢，船如箭發，煙焰張天，二十隻火船撞入水寨，曹寨中船隻一時盡着，又被鐵環鎖住，無處逃避。隔江炮響，四下火船齊到，但見三江面上，火逐風飛，一派通紅」。可是，我們讀《史記》的垓下之圍，讀《資治通鑒》的昆陽大戰、李陵之戰匈奴，那種慘烈的場面，都是掩卷難忘。

先看《資治通鑒》卷二十一描寫的李陵與匈奴的生死相搏：

> 是時陵軍益急，匈奴騎多，戰一日數十合，復傷殺虜二千餘人。虜不利，欲去，會陵軍候管敢為校尉所辱，亡降匈奴，具言：「陵軍無後救，射矢且盡，獨將軍麾下及校尉成安侯韓延年各八百人為前行，以黃與白為幟；當使精騎射之即破矣。」單于得敢大喜，使騎並攻漢軍，疾呼曰：「李陵、韓延年趣降！」遂遮道急攻陵。陵居谷中，虜在山上，四面射，矢如雨下；漢軍南

張翼德大鬧長坂橋

> 行，未至鞮汗山，一日五十萬矢皆盡，即棄車去。士尚三千餘人，徒斬車輻而持之，軍吏持尺刀，抵山入狹谷，單于遮其後，乘隅下壘石，士卒多死，不得行。昏後，陵便衣獨步出營，止左右：「毋隨我，丈夫一取單于耳！」良久，陵還，太息曰：「兵敗，死矣！」於是盡斬旌旗及珍寶埋地中，陵歎曰：「復得數十矢，足以脫矣。今無兵復戰，天明，坐受縛矣，各鳥獸散，猶有得脫歸報天子者。」令軍士人持二升糒，一片冰，期至遮虜障者相待。夜半時，擊鼓起士，鼓不鳴。陵與韓延年俱上馬，壯士從者十餘人，虜騎數千追之，韓延年戰死。陵曰：「無面目報陛下！」遂降。軍人分散，脫至塞者四百餘人。

樸實簡練的風格增強了敍述的真實感，戰爭的慘烈得到了淋漓盡致的表現，這段雖引自《漢書》，司馬光對李陵的同情也顯而易見。

我們試讀一下《資治通鑒》卷二一九對至德二年（757）睢陽保衛戰的描寫，便可以感受到，實際戰爭的那種慘烈的程度，非《三國演義》作者之所能想像：

> 壬子，尹子奇復徵兵數萬，攻睢陽。先是，許遠於城中積糧至六萬石，虢王巨以其半給濮陽、濟陰二郡，遠固爭之，不能得；既而濟陰得糧，遂以城叛，而睢陽城至是食盡。將士人廩米日一合，雜以茶紙、樹皮為食，而賊糧運通，兵敗復徵。睢陽將士死不加益，諸軍饋救不至，士卒消耗至一千六百人，皆飢病不堪鬥，遂為賊所圍，張巡乃修守具以拒之。賊為雲梯，勢如半虹，置精卒二百於其上，推之臨城，欲令騰入。巡豫於城潛鑿三穴，候梯將至，於一穴中出大木，末置鐵鉤，鉤之使不得退；一穴中出一木，拄之使不得進；一穴中出一木，木末置鐵籠，盛火焚之，其梯中折，梯上卒盡燒死。賊又以鉤車鉤城上棚閣，鉤之

所及，莫不崩陷。巡以大木，末置連鎖，鎖末置大鐶，搨其鈎頭，以革車拔之入城，截其鈎頭而縱車令去。賊又造木驢攻城，巡熔金汁灌之，應投銷鑠。賊又於城西北隅以土囊積柴為磴道，欲登城。巡不與爭利，每夜，潛以松明、乾蒿投之於中，積十餘日，賊不之覺，因出軍大戰，使人順風持火焚之，賊不能救，經二十餘日，火方滅。巡之所為，皆應機立辦，賊伏其智，不敢復攻，遂於城外穿三重壕，立木柵以守巡，巡亦於其內作壕以拒之。

再看《資治通鑒》卷一二所描寫的高歡與韋孝寬的玉壁攻防戰：

東魏丞相歡攻玉壁，晝夜不息，魏韋孝寬隨機拒之。城中無水，汲於汾，歡使移汾，一夕而畢。歡於城南起土山，欲乘之以入。城上先有二樓，孝寬縛木接之，令常高於土山以禦之。歡使告之曰:「雖爾縛樓至天，我當穿地取爾。」乃鑿地為十道，又用術士李業興「孤虛法」，聚攻其北。北，天險也。孝寬掘長塹，邀其地道，選戰士屯塹上。每穿至塹，戰士輒擒殺之。又於塹外積柴貯火，敵有在地道內者，塞柴投火，以皮排吹之，一鼓皆焦爛。敵以攻車撞城，車之所及，莫不摧毀，無能禦者。孝寬縫布為幔，隨其所向張之，布既懸空，車不能壞。敵又縛松、麻於竿，灌油加火以燒布，並欲焚樓。孝寬作長鈎，利其刃，火竿將至，以鈎遙割之，松、麻俱落。敵又於城四面穿地為二十道，其中施梁柱，縱火燒之。柱折，城崩。孝寬隨崩處豎木柵以扞之，敵不得入。城外盡攻擊之術，而城中守禦有餘。孝寬又奪據其土山。歡無如之何，乃使倉曹參軍祖珽說之曰:「君獨守孤城，而西方無救，恐終不能全，何不降也？」孝寬報曰:「我城池嚴固，兵食有餘。攻者自勞，守者常逸，豈有旬朔之間，已須救援！適憂爾眾有不返之危。孝寬關西男子，必不為降將軍也！」珽復謂城中人曰:「韋城主受彼榮祿，或復可爾；自外

> 軍民，何事相隨入湯火中？」乃射募格於城中云：「能斬城主降者，拜太尉，封開國郡公，賞帛萬匹。」孝寬手題書背，返射城外云：「能斬高歡者准此。」珽，瑩之子也。東魏苦攻凡五十日，士卒戰及病死者七萬人，共為一塚。歡智力皆困，因而發疾。有星墜歡營中，士卒驚懼。十一月，庚子，解圍去。

《三國演義》中最慘烈的戰鬥無過於當陽的長坂坡一役，可是，與史家筆下的經典戰例相比，還是略有遜色。

赤壁之戰是一筆糊塗賬

《三國演義》對赤壁之戰的描寫是否符合歷史的真相呢？我們將其與《三國志》《資治通鑒》的有關記載一對照，就會覺得問題很複雜。這裏包括六個關鍵的問題：歷史上所謂的「赤壁之戰」發生在何處？此其一。赤壁之戰的三方到底投入了多少兵力？此其二。孫、劉雙方，究竟是誰首先提出了聯合起來抵禦曹操的主張？此其三。孫劉聯軍以誰為主？此其四。曹操失敗的真實原因是甚麼？此其五。赤壁之戰中，東吳與劉備有沒有矛盾？此其六。

仔細分析，《三國志》的《魏書》《吳書》《蜀書》雖然都提到了赤壁之戰，但是，三書對於以上六個問題的回答卻不盡相同。有趣的是，《魏書》的說法有利於魏，照顧了曹魏集團的面子；《吳書》的說法有利於吳，強調東吳在赤壁之戰中發揮了主要的作用；《蜀書》的說法則突出劉備集團在赤壁之戰中的主導作用。《資治通鑒》則強調東吳集團的作用，尤其是突出了周瑜的指揮作用。那歷史上赤壁之戰的真相究竟是怎樣的呢？

《三國志・武帝紀》對赤壁之戰的描寫極為簡略：

> 公至赤壁，與備戰，不利。於是大疫，吏士多死者，乃引軍還。備遂有荊州、江南諸郡。

輕描淡寫，是「不利」，不是大敗。之所以「引軍還」，是因為「於是大疫，吏士多死者」，好像本來還可以打一下。在這裏，曹軍是因為軍事不利，還是因為軍中大疫而失敗呢？說得含糊其辭。

曹操在事後寫信給孫權說：「赤壁之役，值有疾病，孤燒船自退，橫使周瑜虛獲此名。」(《三國志・周瑜傳》注引《江表傳》)顯得很不服氣。按曹操的意思,似乎赤壁之戰,不是周瑜有能耐,而是曹軍有病,不是周瑜火攻,而是曹操主動燒船。曹操在這裏對劉備一字未提,而提到交戰對方的統帥是周瑜。曹操所謂「孤燒船自退」,與《三國志》的有關描寫並不完全符合,如果《江表傳》的這封信確為曹操所寫,也只能看作是曹操的自我解嘲。明明是前所未有的大敗、慘敗,卻偏要裝出一副滿不在乎的樣子。這老瞞真是阿 Q 精神十足。《三國志・劉璋傳》的記載似乎是和《江表傳》相呼應的:「會曹公軍不利於赤壁,兼於疫死。」《江表傳》的記述是否可靠呢?我們再看看《三國志・先主傳》的記載:

先主遣諸葛亮自結於孫權,權遣周瑜、程普等水軍數萬,與先主並力,與曹公戰於赤壁,大破之,焚其舟船。先主與吳軍水陸並進,追到南郡,時又疾疫,北軍多死,曹公引歸。

東吳出動了「水軍數萬」,領軍的是周瑜、程普,與劉備並肩作戰。「時又疾疫」,但不是主要原因。這裏的口吻,好像是劉備方面和孫權方面並肩作戰,不分主次。不是曹操「燒船自退」,而是聯軍出擊,「焚其舟船」。發起火攻的似乎不光是東吳。《山陽公載記》就說:「公船艦為備所燒。」又《三國志・諸葛亮傳》中對諸葛亮在赤壁之戰中的作用有比較詳細的描寫:

先主至於夏口,亮曰:「事急矣,請奉命求救於孫將軍。」時權擁軍在柴桑,觀望成敗,亮說權曰:「海內大亂,將軍起兵據有江東,劉豫州亦收眾漢南,與曹操並爭天下。今操芟夷大難,略已平矣,遂破荊州,威震四海。英雄無所用武,故豫州遁逃至此。將軍量力而處之:若能以吳、越之眾與中國抗衡,不如早與之絕;若不能當,何不案兵束甲,北面而事之!今將軍外託服從之名,而內懷猶豫之計,事急而不斷,禍至無日矣!」權

> 曰：「苟如君言，劉豫州何不遂事之乎？」亮曰：「田横，齊之壯士耳，猶守義不辱，況劉豫州王室之胄，英才蓋世，眾士仰慕，若水之歸海，若事之不濟，此乃天也，安能復為之下乎！」權勃然曰：「吾不能舉全吳之地，十萬之眾，受制於人。吾計決矣！非劉豫州莫可以當曹操者，然豫州新敗之後，安能抗此難乎？」亮曰：「豫州軍雖敗於長坂，今戰士還者及關羽水軍精甲萬人，劉琦合江夏戰士亦不下萬人。曹操之眾，遠來疲弊，聞追豫州，輕騎一日一夜行三百餘里，此所謂『強弩之末，勢不能穿魯縞』者也。故兵法忌之，曰『必蹶上將軍』。且北方之人，不習水戰；又荊州之民附操者，逼兵勢耳，非心服也。今將軍誠能命猛將統兵數萬，與豫州協規同力，破操軍必矣。操軍破，必北還，如此則荊、吳之勢強，鼎足之形成矣。成敗之機，在於今日。」權大悅，即遣周瑜、程普、魯肅等水軍三萬，隨亮詣先主，並力拒曹公。曹公敗於赤壁，引軍歸鄴。先主遂收江南，以亮為軍師中郎將，使督零陵、桂陽、長沙三郡，調其賦稅，以充軍實。

史書中諸葛亮的這些話都為小說原封不動地吸收。但是，這裏沒有介紹戰爭的具體情況。從這裏可以看出，東吳為此投入了三萬兵力。赤壁之戰以後，劉備集團的直接收穫是零陵、桂陽、長沙三郡。關鍵是利用了劉琦的影響與劉備在荊州培養的聲望。又《三國志・關羽傳》中說：「孫權遣兵佐先主拒曹公，曹軍引軍退歸。先主收江南諸郡。」這裏的口吻似乎是以劉備方面為主，孫權方面為輔。至少是給人這樣一種印象：東吳是幫忙的，赤壁一仗主要是劉備和曹操的事。事實上，能否全力以赴地投入赤壁之役，對於孫權集團來說，也是關係到生死存亡的一次抉擇。按照《三國志・魯肅傳》的記載，孫、劉聯合以拒曹操的主張是由魯肅首先提出，並作為東吳方面的正式意見向劉備提出來，劉備和諸葛亮只是同意而已：

> 備惶遽奔走，欲南渡江。肅徑迎之，到當陽長坂，與備會，宣騰權旨，及陳江東強固，勸備與權並力。備甚歡悅。

吳人所作的《江表傳》更是明確說明，劉備本來就沒有聯合孫權抵禦曹操的意思：

> 孫權遣魯肅弔劉表二子，並令與備相結。肅未至而曹公已濟漢津。肅故進前，與備相遇於當陽。因宣權旨，論天下事勢，致殷勤之意。且問備曰：「豫州今欲何至？」備曰：「與蒼梧太守吳巨有舊，欲往投之。」肅曰：「孫討虜聰明仁惠，敬賢禮士，江表英豪，咸歸附之，已據有六郡，兵精糧多，足以立事。今為君計，莫若遣腹心使自結於東，崇連和之好，共濟世業，而云欲投吳巨，巨是凡人，偏在遠郡，行將為人所併，豈足託乎？」備大喜，進住鄂縣，即遣諸葛亮隨肅詣孫權，結同盟誓。

《江表傳》與《三國志．諸葛亮傳》的出入更大。按照《江表傳》的記載，當魯肅來到當陽的時候，劉備方面一點思想準備也沒有。事情變成東吳方面早就定下聯合劉備以抵禦曹操的戰略，特派魯肅來動員劉備。既然如此，諸葛亮出使東吳激勵孫權的那一番話就顯得沒有必要了。很顯然，《江表傳》最大限度地突出了東吳方面在赤壁之戰中的主導作用。奇怪的是，司馬光的《資治通鑒》並不覺得《江表傳》中魯肅的話和《諸葛亮傳》裏諸葛亮激勵孫權的話有甚麼矛盾，將其同時錄入。小說《三國演義》注意到了《江表傳》裏魯肅的這段話對突出劉備集團，尤其是突出諸葛亮的作用不利，所以沒有採用。客觀地說，在諸葛亮出使東吳以前，孫權還在猶豫，否則的話，不但諸葛亮的智激孫權要落空，而且決戰前夕周瑜鼓勵孫權的話也沒了着落。《江表傳》中寫道：

> 及會罷之夜，瑜請見曰：「諸人徒見操書，言水步八十萬，

而各恐懾，不復料其虛實，便開此議，甚無謂也。今以實校之，彼所將中國人，不過十五六萬，且軍已久疲，所得表眾，亦極七八萬耳，尚懷狐疑。夫以疲病之卒，御狐疑之眾，眾數雖多，甚未足畏。得精兵五萬，自足制之，願將軍勿慮。」

原來所謂「水步八十萬」，不過是二十多萬。其中包括曹操剛剛從劉表那裏收來的七八萬人馬。這新近收編的七八萬人，並不可靠。這裏提供了赤壁之戰中曹軍的兵力數字，這個數字還是比較可信的。後人動輒便說，曹操八十萬大軍，實在是被老瞞所欺。曹操給孫權的信裏說：「今治水軍八十萬眾，方與將軍會獵於吳」云云，其實是虛張聲勢、虛聲恫嚇。周瑜沒有上當，冷靜地分析出曹軍的實際人數。周瑜對孫權的這番進言被小說吸收，但是強調了諸葛亮的推動和督促。周瑜的這番話證明，孫權一直到大戰前夕依然缺乏決戰決勝的信心。

《三國志・吳主傳》裏寫道：

劉備欲南濟江，肅與相見，因傳權旨，為陳成敗。備進住夏口，使諸葛亮詣權，權遣周瑜、程普等行。是時曹公新得表眾，形勢甚盛，諸議者皆望風畏懼，多勸權迎之。惟瑜、肅執拒之議，意與權同。瑜、普為左右督，各領萬人，與備俱進，遇於赤壁，大破曹公軍。公燒其餘船引退，士卒飢疫，死者大半。備、瑜等復追至南郡，曹公遂北還，留曹仁、徐晃於江陵，使樂進守襄陽。

這裏說東吳出兵兩萬人左右，與《諸葛亮傳》裏說的三萬人沒有多大的出入。沒有講聯軍以誰為主。也沒有講到用火攻的事情，倒是曹操自己「燒其餘船引退」，與《江表傳》裏所引曹操給孫權的信對上了茬。或許是曹操在撤退的時候，恐怕留下的船艦和物資落到聯軍手裏，所以就自己燒了。曹操燒的是「餘船」，那麼，原來的船呢？沒有說。大概就是讓周

孫權

紫髯碧眼號英雄
能使群僚肯盡忠
二十四年承大業
龍盤虎踞在江東

菊潭上人

瑜、程普給燒掉了。聯軍是積極地來燒，曹軍是不得已而燒，難怪燒得「煙炎張天」了。這裏又提到曹軍的疾疫，提到曹軍的飢餓，簡直是雪上加霜。「飢疫」是不是曹軍失敗的根本原因呢？說得很含糊。

對於赤壁之戰交戰場面，最詳細的描寫見於《三國志·周瑜傳》：

> 時劉備為曹公所破，欲引南渡江。與魯肅遇於當陽，遂共圖計，因進住夏口，遣諸葛亮詣權。權遂遣瑜及程普等與備並力逆曹公，遇於赤壁。時曹公軍眾已有疾病，初一交戰，公軍敗退，引次江北。瑜等在南岸。瑜部將黃蓋曰：「今寇眾我寡，難與持久。然觀操軍船艦，首尾相接，可燒而走也。」乃取蒙衝鬥艦數十艘，實以薪草，膏油灌其中。裹以帷幕，上建牙旗，先書報曹公，欺以欲降。又豫備走舸，各繫大船後，因引次俱前。曹公軍吏士皆延頸觀望，指言蓋降。蓋放諸船，同時發火。時風盛猛，悉延燒岸上營落。頃之，煙炎張天，人馬燒溺死者甚眾，軍遂敗退，還保南郡。備與瑜等復共追。曹公留曹仁等守江陵城。徑自北歸。

這裏把戰鬥的場面描寫得非常具體。看來，曹軍的疾病是失敗的重要原因，東吳的火攻更是雪上加霜，黃蓋的詐降加大了火攻的突然性，曹軍船艦的「首尾相接」使火攻達到了最佳的效果。與小說的區別是，這裏東吳的火攻，不是預設的陷阱，而是變成黃蓋的靈機一動。也沒有甚麼連環計，是曹軍自己找死，讓船艦連接一起。黃蓋的詐降，是和小說一致的，但沒有用苦肉計，曹操居然也相信了。好像還不如小說寫得那麼可信。由此可見，小說家若是完全按照事實去寫，有時候反而讓人覺得不真實。這裏雖然也說「瑜及程普等與備並力逆曹公」，但看不到劉備方面的貢獻。至少是劉備方面不如東吳方面打得精彩。想來也不難理解，在江上打仗本是東吳的強項。值得注意的是，赤壁只是「初一交戰」的地點，真正的決戰是在曹軍「引次江北」以後的另一個地點。那麼，這個地點在哪裏呢？萬繩楠先生認為是在烏林，這是很有道理的。烏林在今湖北洪湖市的東南，南臨長江，與赤壁隔江相對。《三國志》中的《黃蓋傳》說：「隨周瑜拒曹公於赤壁。」《周泰傳》說：「後與周瑜、程普拒曹公於赤壁。」更多的記載說是在烏林：「故能摧曹操於烏林」（《周瑜傳》），「西破曹公於烏林」（《魯肅傳》），「與周瑜為左右督，破曹公於烏林」（《程普傳》），「後隨周瑜拒破曹公於烏林」（《甘寧傳》），「與周瑜等拒破曹公於烏林」（《淩統傳》），「破操烏林，敗備西陵，禽羽荊州」（《陸遜傳》）。作戰地點的問題，在《三國志》裏已經有點含糊。到唐代更是糊塗起來。唐人孫元晏的三國懷古詩，一會兒說是赤壁，一會兒說是烏林：「會獵書來舉國驚，只應周、魯不教迎。曹公一戰奔波後，赤壁功傳萬古名。」（《赤壁》）「斫案興言斷眾疑，鼎分從此定雌雄。若無子敬心相似，爭得烏林破魏師？」（《魯肅》）《三國演義》雖然將決戰的地點安排在赤壁，但也不時流露出決戰的真正地點在烏林的蛛絲馬跡。第四十八回，正當決戰前夕，「操見南屏山色如畫，東視柴桑之境，西觀夏口之江，南望樊山，北覷烏林，四顧空闊，心中歡喜」。曹操的方向感可能有點問題，柴桑在今日九江市的西南，劉備被曹軍追擊的時候，孫權正在柴桑。諸葛亮去柴桑，商量雙方聯合以拒曹操的大計。曹操當時屯兵赤壁，不應該是「東視」。第四十九回，周瑜調兵遣將，吩咐甘寧：「帶了蔡中並降卒沿南岸而走，只打北軍旗號，直取烏林地面正當曹操屯糧之所。深入軍中，舉火為號。只留下蔡和一人在帳下，我有用處。」又吩咐呂蒙：「領三千兵，去烏林接應甘寧，焚燒曹操寨柵。第四喚淩統領三千兵，直截彝陵界首，只看烏林火起，以兵應之。」劉備這邊，諸葛亮吩咐趙雲：「可帶三千軍馬，渡江徑取烏林小路，揀樹木蘆葦密處埋伏。今夜四更已後，曹操必然從那條路奔走。等他軍馬過，就半中間放起火來。雖然不殺他盡絕，也殺一半。」趙雲問：「烏林有兩條路：一條通南郡，一條取荊州。不知向那條路來？」諸葛亮告訴趙雲：「南郡勢迫，曹操不敢往；必來荊州，然後大軍投許昌而去。」如此，則東吳的甘寧、呂蒙和劉備方面的趙雲，都在烏林等待曹軍。至第五十回，曹軍敗退，果然不出諸葛亮、周瑜所料，「操徑奔烏林」。首先遇到甘寧、呂蒙的伏擊，接着是趙雲、張飛的截擊。第六十六回，魯肅去討荊州，關羽提到當年的那場鏖戰時說：「烏林之役，左將軍親冒矢石，戮力破敵，豈得徒勞而無尺寸相資？今足下復來索地耶？」

李白的《赤壁歌送別》，只提東吳和曹魏：「二龍爭戰決雌雄，赤壁樓船掃地空。烈火張天照雲海，周瑜於此破曹公。」司馬光的《資治通鑒》基本上按照《三國志．周瑜傳》的口徑來寫赤壁之戰，更加突出了周瑜運籌帷幄、指揮若定的大將風度：

> 劉備在樊口，日遣邏吏於水次候望權軍。吏望見瑜船，馳往白備，備遣人慰勞之。瑜曰：「有軍任，不可得委署；儻能屈威，誠副其所望。」備乃乘單舸往見瑜，曰：「今拒曹公，深為得計。戰卒有幾？」瑜曰：「三萬人。」備曰：「恨少。」瑜曰：「此自足用，豫州但觀瑜破之。」備欲呼魯肅等共會語，瑜曰：「受命不得妄委署；若欲見子敬，可別過之。」備深愧喜。

司馬光的這些文字來自裴注所引的《江表傳》：

> 備從魯肅計，進住鄂縣之樊口。諸葛亮詣吳未還，備聞曹公軍下，恐懼，日遣邏吏於水次候望權軍。吏望見瑜船，馳往白備，備曰：「何以知（之）非青徐軍邪？」吏對曰：「以船知之。」備遣人慰勞之。瑜曰：「有軍任，不可得委署，儻能屈威，誠副其所望。」備謂關羽、張飛曰：「彼欲致我，我今自結託於東而不往，非同盟之意也。」乃乘單舸往見瑜，問曰：「今拒曹公，深為得計。戰卒有幾？」瑜曰：「三萬人。」備曰：「恨少。」瑜曰：「此自足用，豫州但觀瑜破之。」備欲呼魯肅等共會語，瑜曰：「受命不得妄委署，若欲見子敬，可別過之。又孔明已俱來，不過三兩日到也。」備雖深愧異瑜，而心未許之能必破北軍也，故差池在後，將二千人與羽、飛俱，未肯繫瑜，蓋為進退之計也。

這段描寫給人的印象是，劉備有求於東吳，可憐巴巴地盼着東吳的援軍。周瑜矜持自負，意氣豪邁，胸有成竹，沒有把曹軍放在眼裏。「此自足用，豫州但觀瑜破之。」多麼自信！相應之下，劉備卻顯得那樣平庸怯懦，缺乏英雄氣概。幸虧司馬光沒有把《江表傳》中「備雖深愧異瑜，而心未許之能必破北軍也」這句話吸收入書，否則劉備的形象就更差。宋元人的眼裏，赤壁之戰主要的功勞是在東吳，尤其被欣賞的是周瑜。蘇軾的《念奴嬌・赤壁懷古》稱讚的是周瑜：「羽扇綸巾，談笑間，強虜灰飛煙滅」，「遙想公瑾當年，小喬初嫁了，雄姿英發」。戴復古的《滿江紅・赤壁懷古》也是滿口地讚譽周瑜，對劉備、諸葛亮一字不提：「赤壁磯頭，一番過、一番懷古。想當時周郎年少，氣吞區宇。萬騎臨江貔虎噪，千艘列炬魚龍怒。捲長波、一鼓困曹瞞，今如許。」金人元好問有詩《赤壁圖》，也是歸功於東吳：「馬蹄一蹴荊門空，鼓聲怒與江流東。曹瞞老去不解事，誤認孫郎作阿琮。孫郎矯矯人中龍，顧盼叱咤生雲風。疾雷破山出大火，旗幟北捲天為紅。至今圖畫見赤壁，仿佛燒虜留餘蹤。⋯⋯可憐當日周公瑾，憔悴黃州一禿翁。」元人周權《赤壁泛舟》云「老瞞當日困周郎，十萬樓船鬥貔虎」，只知周郎，不知劉備。元人鄭允端《東坡赤壁圖》有云「老瞞雄視欲吞吳，百萬樓船一炬枯」，將赤壁之戰視為曹魏與東吳的戰爭。

在對照了《魏書》《蜀書》《吳書》對赤壁之戰的同中有異、異中有同的描寫以後，筆者不禁要想到這樣一個問題：為甚麼會有這種差異呢？是陳壽的疏忽嗎？看來不太像。說起來也不難理解，這種現象和陳壽的資料來源有關係。陳壽著書的時候，魏、吳兩國已經有史，官修的有王沈的《魏書》、韋昭的《吳書》，私撰的有魚豢的《魏略》，陳壽撰寫《三國志》主要依靠這三種書。惟有蜀國無史，要靠陳壽自己收集材料。我們看《蜀書》的篇幅很小，只佔《三國志》的六分之一，大致是《吳書》的五分之三，《魏書》的四分之一，便可以明白這一點。裴松之在《上〈三國志注〉表》中，已批評陳壽的《三國志》「失在於略，時有所脫漏」，而《三國志》中的《蜀書》就更加的過分簡略。當然，也有人提出了相反的看法：

「（裴）注之所載，皆壽書之棄餘也」（葉適《習學記言》卷二八），對裴氏的貢獻不屑一顧。無論如何，裴注對於《三國演義》來說，是太重要了。裴注中所引述的野史筆記，更加適合小說家的口味。其次，吳國人所著的史書向着吳國，有意地美化吳國的人物，魏國人所著的史書就替魏國人說話。至於私人所撰的史書，其褒貶就更可能帶着個人的色彩。譬如，《曹瞞傳》係吳人所著，對曹操的描寫就不太客氣。《江表傳》也是吳國人所撰，所以儘可能地美化吳國的人事，貶低劉備，抬高周瑜。譬如《江表傳》上說劉備曾經試圖挑撥孫權和周瑜的關係：「權獨與備留語，因言次，歎瑜曰：『公瑾文武籌略，萬人之英，顧其器量，恐不久為臣耳。』」想來，劉備的水平不至於如此之低。《魏氏春秋》的作者孫盛就曾經批評說：「《江表傳》之言，當是吳人欲專美之辭。」（見《三國志・先主傳》裴注所引）裴注也說：「劉備與權並力，共拒中國，皆肅之本謀。又語諸葛亮曰：『我子瑜友也。』則亮已亟聞肅言矣。而《蜀書・亮傳》曰：『亮以連橫之略說權，權乃大喜。』如似此計始出於亮。若二國史官，各記所聞，競欲稱揚本國容美，各取其功。今此二書，同出一人，而舛互若此，非載述之體也。」

綜合《三國志》的有關記載，可以對歷史上的赤壁之戰作如下的描述：建安十三年（208）秋七月，曹操南征劉表，率軍大舉南下。八月，劉表病卒。次子劉琮代立，屯襄陽。此時，劉表的長子劉琦駐江夏，依附劉表的劉備屯住樊口。劉備的大將關羽率一萬人屯夏口。九月，操軍到新野。劉琮沒有將曹軍南下及自己準備投降的消息及時地通知劉備，劉備非常生氣。諸葛亮勸劉備乘機襲擊劉琮，被劉備拒絕。劉琮在蒯越、韓嵩、傅巽的勸說下投降曹操。荊州士人不願降曹者，多歸劉備。曹軍十五六萬，加上新收編的劉表所部七八萬人，總兵力達到二十三四萬。曹軍壓境，劉備倉皇出逃。諸葛亮《出師表》中所追憶的「受任於敗軍之際，奉命於危難之間」，就是這個時候。劉備在當陽，與前來協商的魯肅會晤。初步交換了聯合起來抵禦曹操的意圖。曹軍在當陽擊潰劉備的軍隊。劉備倉皇南下。江陵是劉表儲備軍用物資的重鎮，曹操生怕江陵的軍資為劉備所得，派五千輕騎日夜兼程，奔赴江陵。此時的劉備，勢孤力單，但求存活，他已經顧不得去搶佔江陵，便斜插東南方向，去夏口與關羽的水軍會師。途中得遇前來依附的劉琦之師。劉備的殘部在漢水與關羽的一萬水軍，以及劉琦的一萬人會合。總兵力僅僅區區二三萬人。曹操迅速佔領江陵。任命劉表方面的降將文聘為江夏太守。緊接着，繼續追擊劉備。情況緊急，諸葛亮受劉備委託，出使東吳，爭取東吳聯合拒曹。此時的孫權，正擁兵柴桑，坐觀成敗。曹操下書孫權，威脅孫權。是戰是降，孫權猶豫不決。以周瑜、魯肅為代表的主戰派，加上諸葛亮的推動，終於戰勝以張昭為代表的主和派。孫權下定決心，聯合劉備，抵禦曹操。周瑜、程普率軍至夏口。劉備與孫權正式聯手抗曹。孫權出兵三萬，由周瑜、程普率領，與劉備的二萬人組成抗曹聯軍。聯軍沿江而下，與曹軍相遇於赤壁（今湖北蒲圻）。黃蓋詐降，火攻曹軍艦船，勇挫曹軍。曹軍退至江北。雙方又在烏林展開決戰。曹軍大敗。經由華容道，向南郡撤退。聯軍乘勝追擊，攻佔南郡。曹操留下曹仁留守江陵，樂進留守襄陽。自己率軍回許昌。

那麼，小說的描寫與歷史的事實有哪些出入呢？曹軍的二十三萬多人馬被誇張為八十三萬，更加突出了雙方兵力的懸殊。小說保持了東吳為主、劉備為輔的基本框架。在此前提下，儘量地突出劉備方面的貢獻，而劉備方面的貢獻又主要通過諸葛亮體現出來。歷史上的劉備有求於孫權，而小說裏則寫諸葛亮故作矜持。如毛宗崗所說：「孔明勸玄德結孫權為援，魯肅亦勸孫權結玄德為援，所見略同。而孔明巧處，不用我去求人，偏使人來求我。若魯肅一至，孔明慌忙出迎，便沒趣矣。妙在魯肅求見，然後肯出，此孔明之巧也。一見之後，若孔明先下說辭，又沒趣矣。妙在孔明並不挑撥魯肅，魯肅先來勾搭孔明，又孔明之巧也。魯肅欲邀孔明同去，若使孔明欣然應允，又沒趣矣。妙在玄德假意作難，孔明勉強一行，又孔明之巧也。求人之意甚急，故作不屑求人之態；胸中十分要緊，口內十分遲疑。寫來真是好看煞人。」「本是玄德求助於孫權，卻能使孫權反求助於玄德；本是孔明求助於周瑜，卻能使周瑜反求助於孔明。孔明之智，真妙絕千古。」史書上講了赤壁之戰以後劉備與孫權爭奪荊襄地區的矛盾逐漸擴大，沒有講到赤壁之戰中劉備與孫權有何矛盾。而小說則把雙方的矛盾向前延伸到赤壁之戰的全過程。敵、我、友三方，寫來紋絲不亂。舌戰羣儒、智激周瑜、草船借箭、借東風等一系列的情節被虛構出來，中間又加上許多的「花絮」。曹操在赤壁之戰中的表現似乎有失水準。從歷史上看，赤壁之戰中貢獻最大的是東吳，收穫最大的是劉備。劉備因此而欠了東吳很大的一筆人情。小說為了沖淡東吳那種恩人的色彩，特意設計了一個嫉賢妒能的周瑜，寫他一而再、再而三地要害死諸葛亮。歷史上「性度恢廓，大率為得人」的周瑜，被小說改造成一個心胸狹隘的人。其實，從歷史上看，劉備與孫權在赤壁之戰中密切合作，沒有互相拆台的行為。他們的矛盾是在赤壁之戰勝利以後。按照歷史的記載，火攻的主意出自黃蓋。諸葛亮在赤壁之戰中的貢獻是促成了孫、劉的聯盟。入晉以後，陳壽曾經奉命編纂諸葛亮的文集，文集編完以後，陳壽在上書的表中對赤壁之戰有一段敍述，反映了此次戰役中孫權與劉備親密合作的歷史事實：

> 亮時年二十七，乃建奇策，身使孫權，求援吳會。權既宿服備，又觀亮奇雅，甚敬重之，即遣兵三萬以助備。備得用與武帝交戰，大破其軍，乘勝克捷，江南悉平。（《三國志．諸葛亮傳》）

孔明用智激周瑜

《三國》的婦女觀

人們早就注意到，《水滸傳》的婦女觀很成問題。在將《水滸傳》改編成電視連續劇的時候，案頭的鑒賞變成了直觀的鑒賞，這個問題再也無法迴避，變得非常礙眼、非常棘手。到了二十一世紀，社會對婦女的看法已經發生了很大的變化，《水滸傳》那種婦女觀顯然是太不合時宜了，必定使改編者大傷腦筋。如果忠實於原著，把潘金蓮寫成一個「淫婦」「蕩婦」，那就太封建了。把潘金蓮寫得招人同情吧，勢必會影響武松的形象。如何塑造潘金蓮、閻婆惜、潘巧雲、盧俊義的妻子賈氏，如何處理孫二娘、顧大嫂、一丈青的形象，改編者困窘尷尬，簡直是不知所措。電視連續劇《水滸傳》中那些未能盡如人意的地方，一半與此有關。其實呢，《三國演義》的婦女觀也是很成問題，可是，將《三國演義》改編成電視連續劇的時候卻沒有帶來太大的不滿。這是甚麼原因呢？原因很簡單：《水滸傳》中英雄的故事與女人的故事已經連在一起，切割不開。我們試想一下，離開了潘金蓮、閻婆惜、潘巧雲、盧俊義的妻子賈氏，武松、宋江、楊雄和盧俊義的故事怎麼講？可是，《三國演義》中的女子，除了貂蟬以外，她們在人物的塑造、情節的發展方面都沒有那麼大的作用。《水滸傳》寫的是江湖好漢，《三國演義》寫的是歷史人物。闖蕩江湖常常會碰到婦女；緊張激烈的政治軍事鬥爭中，女子就難得有表現的機會了。

就作品對婦女的看法而言，《三國演義》和《水滸傳》其實是半斤八兩。《三國演義》雖然以帝王將相為主，但也還常常要寫到女子。兵荒馬亂之中，時睹煙花粉黛；刀光劍影之中，不乏紅裙翠袖。下面我們來看看《三國演義》中的婦女。婦女的地位當然也是可以分成三、六、九等的。地位高的像何太后，這位身為太后的女子顯然不會給讀者留下甚麼好印象。

她出身屠戶人家，靠着巴結宦官，進宮後當了靈帝的皇后，見識淺陋，沒有一點政治頭腦。鴆殺王美人、董太后二事寫盡她的殘忍。當時，外戚和宦官兩大集團的搏鬥已經進入白熱化的階段，她的弟弟大將軍何進接受袁紹的建議，準備盡誅宦官。何太后反對說：「我與汝出身寒微，非張讓等焉能享此富貴？今蹇碩不仁，既已伏誅，汝何聽信人言，欲盡誅宦官耶？」結果，宦官們先下手為強，把何進給殺了。漢獻帝的皇后伏后，倒是不像何後那樣小家子氣，給人的印象是一個哭哭啼啼、可憐兮兮的女子。作者設計伏后的形象，不過是為了襯托曹操的殘暴，為了寫曹操之欺人孤兒寡母罷了，伏后本身沒有多大獨立的意義。

何太后、伏后的形象基本上與歷史上的原型相符，我們從中看不出多少作者對女性的看法。連環計裏的貂蟬卻是一個重要的角色，經過小說家的處理，這個弱女子簡直關係到漢王朝的生死存亡。難怪董卓的謀主李儒說：「吾等皆死於婦人之手矣！」中國人對女性的看法皆是喜歡走極端的：要麼把女子說得一文不值；要麼把女子說得舉足輕重，簡直是關係到國家的興亡、民族的安危。書中甚至說，劉、關、張的三英戰呂布，都不如一個貂蟬：「三戰虎牢徒費力，凱歌卻奏鳳儀亭」。其實，一個女子哪有那麼大的作用！書中寫到司徒大人王允，竟跪着對貂蟬說：「百姓有倒懸之危，君臣有累卵之急，非汝不能救也。賊臣董卓，將欲篡位；朝中文武，無計可施。董卓有一義兒，姓呂，名布，驍勇異常。我觀二人皆好色之徒，今欲用『連環計』：先將汝許嫁呂布，後獻與董卓；汝於中取便，諜間他父子反顏，令布殺卓，以絕大惡。重扶社稷，再立江山，皆汝之力也。不知汝意若何？」國難當頭，男人們都跑哪裏去了？把這樣沉重的責任放在一個弱女子的肩膀上。毛宗崗如此評價貂蟬的作用：

> 十八路諸侯，不能殺董卓，而一貂蟬足以殺之；劉、關、張三人，不能勝呂布，而貂蟬一女子能勝之。以衽席為戰場，以脂粉為甲胄，以盼睞為戈矛，以顰笑為弓矢，以甘言卑詞為運奇設伏，女將軍真可畏哉！當為之語曰：「司徒妙計高天下，只用美人不用兵。」

貂蟬的形象很容易使人想起春秋時期吳越爭霸中嶄露頭角的美人西施。兩人都是擔當色情間諜的角色。顯然，貂蟬的任務比西施更困難，西施要對付的是吳王夫差一個人，而貂蟬卻要應付董卓和呂布父子二人。如毛宗崗所謂：「為西施易，為貂蟬難。西施只要哄得一個吳王；貂蟬一面要哄董卓，一面又要哄呂布，使用兩付心腸，妝出兩付面孔，大是不易。」在呂布的眼裏，「貂蟬故蹙雙眉，做憂愁不樂之態，復以香羅頻拭眼淚。」在董卓的面前，她又會撒嬌：「妾身已事貴人，今忽欲下賜家奴，妾寧死不辱！」當然，西施完成任務的時間很長，而貂蟬完成任務的時間則很短。中國的男人對女人的貞節是非常重視的，可是，王允好像把這麼重要的事情給忽略了。在這裏，我們也可以看到中國人的道德觀念是多麼地富有彈性，多麼地實用主義。只要動機純正，就可以不擇手段。一般人對於美人計之類的故事也饒有興趣，這當然也是《三國演義》中出現貂蟬故事的重要原因。

孫權與周瑜的美人計，也是這個道理。孫權用自己的妹妹做誘餌，準備「教人去荊州為媒，說劉備來入贅。賺到南徐，妻子不能勾得，幽囚在獄中，卻使人去討荊州換劉備」。劉備其實對美人並不是太感興趣，雙方的年齡差距不能不使他有所顧慮：「吾年已半百，鬢髮斑白，吳侯之妹，正當妙齡，恐非配偶。」誰知道半路上殺出個吳國太，破壞了孫權和周瑜的預謀。吳國太不懂政治，她老人家堅決反對用女人去做政治鬥爭的工具，更不用說讓女兒去做政治鬥爭的犧牲品。在吳國太心裏，只要女婿是英雄，年齡不是問題。結果當然是「賠了夫人又折兵」。吳國太痛罵周瑜：「汝做六郡八十一州大都督，直恁無條計策去取荊州，卻將我女兒為名，使美人計！殺了劉備，我女便是望門寡，明日再怎的說親？須誤了我女兒一世！你們好做作！」看來，吳國太也不是在替劉備着想，她完全是從女兒的幸福出發。吳國太的添亂，使得一場你死我活的政治鬥爭變得非常富有戲劇色彩。這戲劇性來自兩種婦女觀的對立和鬥爭。一邊要把女性當作政治鬥爭的工具，一邊則追求女性自己的幸福。這種鬥爭之所以能夠成立，完全是因為兩個條件：吳國太的特殊地位和孫權的孝順。在這裏，我們看

貂蟬

殄殲國賊西施遜耳
漢朝臣宰不及婦人

退思盦主

到了道德和政治的衝突：孝道的維護損害了政治鬥爭的利益。一計不成，又生一計，孫權和周瑜乾脆順水推舟，想利用新婚燕爾來消磨劉備的雄心壯志。於是，孫夫人從誘餌一變而為腐蝕劉備的糖衣炮彈。後來，孫吳方面想要動武，解決荊州問題，又擔心孫夫人成為蜀漢要挾東吳的人質，於是又生發出「趙雲截江奪阿斗」的一場好戲。儘管吳國太一心一意要讓女兒和政治脫鈎，可是，從誘餌到糖衣炮彈，從糖衣炮彈到人質，孫夫人始終處於政治鬥爭的漩渦之中。嘉靖本的《三國演義》裏，孫夫人回到東吳，一去不復返，書裏再也沒有隻字的交代。這是與歷史相符的。毛宗崗的本子有憾於此，在劉備猇亭大敗以後，又給孫夫人添上悲壯殉情的一幕：「時孫夫人在吳，聞猇亭兵敗，訛傳先主死於軍中，遂驅車至江邊，望西遙哭，投江而死。」（第八十四回）於是，孫夫人成為有情有義、從一而終的貞烈女子。作者為了突出孫夫人的貞烈，還特意將孫夫人的殉情而死設計在劉備白帝託孤歸天之前。孫夫人是在誤聽了「訛傳」以後「投江而死」的。這是繼長坂坡糜夫人之後又一個為劉備殉情而死的女子。毛宗崗的改寫，並非全無根據，民間確有此類傳說。顧炎武考證說：「蕪湖縣西南七里大江中蟂磯，相傳昭烈孫夫人自沉於此，有廟在焉……是孫夫人自荊州復歸與權，而後不知所終。蟂磯之傳殆妄。」（《日知錄》卷三一）小說的描寫與顧氏的考證大致吻合：「時孫夫人在吳，聞猇亭兵敗，訛傳先主死於軍中，遂驅車至江邊，望西遙哭，投江而死。後人立廟江濱，號曰梟姬祠。」「蟂磯」，即「梟姬」也。事實上，孫夫人並不太受劉備重視。《三國志》沒有給孫夫人列傳，倒是為劉備的甘皇后、穆皇后立了傳。劉備一得益州，孫權立即派人將妹妹接了回去，從此一去不復返。由此可見，兩人的感情也是一般。

緊張激烈的戰爭之中，女子常常被作為禮物送給對方，充作疏通雙方關係的潤滑劑。董卓要拉攏孫堅，便派人做媒，要把女兒嫁給孫堅的兒子，結果自討沒趣，被孫堅堅決拒絕。袁術為了利用呂布，主動提出要和呂布結成兒女親家。陳宮非常支持這樁婚姻。呂布就把女兒送去。陳珪得知此事後，向呂布陳述利害，堅決反對呂布與袁術結親。呂布大驚，「急命張遼引兵追趕，至三十里之外將女搶歸」。後來，呂布被曹軍包圍，危急之中，呂布為了得到袁術的援助，又急着要把女兒送給袁術的兒子做媳婦。曹軍圍困萬千重，「次夜二更時分，呂布將女以綿纏身，用甲包裹，負於背上，提戟上馬」，想殺出重圍，把女兒送出去。在這裏，呂布的女兒完全成為呂、袁聯手反曹的一個籌碼。董卓為了籠絡孫堅，要和孫堅結成秦晉之好，特意派李傕去求婚，誰知親沒求成，李傕反被孫堅臭罵一頓。袁譚向曹操投降，「操大喜，以女許譚為妻，即令呂曠、呂翔為媒」。孫權為了和關羽籠絡感情，要與關羽結為兒女親家。誰知前往求親的諸葛瑾卻遭到關羽的一頓羞辱。「雲長勃然大怒曰：『吾虎女安肯嫁犬子乎？不看汝弟之面，立斬汝首！再休多言！』遂喚左右逐出。」（第七十三回）關羽的發怒，發得一點道理都沒有，即便是不同意這門婚事，也大可不必如此意氣用事。諸葛亮臨別時「北拒曹操，東和孫權」的八字方針被置之腦後，結果是遭人暗算，壞了一世英名。「曹操知孫策強盛，歎曰：『獅兒難與爭鋒也！』遂以曹仁之女許配孫策幼弟孫匡，兩家結婚。」這種聯姻的政治效果十分可疑，好像也起不了多大的作用，該打的時候還是要打。曹仁的女兒嫁給了孫策的幼弟孫匡，但後來「孫策求為大司馬，曹操不許。策恨之，常有襲許都之心」。如毛宗崗所說：「嘗縱觀春秋時事，婚姻每為敵國。辰嬴在晉，而秦嘗伐晉；穆姬在秦，而晉嘗絕秦。」「若謂荊州之失，為關公拒婚所致，則又不然。曹仁之女曾配孫權之弟，而竟無解於赤壁之師；曹操之女亦為獻帝之后，而究不改其篡奪之志。」他認為，「興亡成敗，止在能用人與否耳，豈在好色不好色哉！吳王不用子胥，雖無西施，亦亡。吳王能用子胥，雖有西施，何害？」即便如此，毛宗崗亦認為，應該委婉地拒婚，「不致大傷東吳之心也」，「犬子一語，太覺不堪耳」。明人袁中郎亦說：「蜀宮無傾國之美人，劉禪竟為俘虜。亡國之罪，豈獨在色。」（《文章辨體匯選》卷六百五《靈巖記》）

《三國演義》雖然輕視婦女，但偶爾亦流露出英雄美人的情結。劉備擔心孫夫人嫌他年齡大，東吳派來說親的媒人呂範便說：「吳侯之妹身雖女子，志勝男兒，常言：『若非天下英雄，吾不事之。』今皇叔名聞四海，正所謂淑女配君子，豈以年齒上下相嫌乎！」在英雄的面前，年齡不是問題。孫權並非真心要與劉備攀親，所以他對母親和喬國老說：「年紀恐不相當。」但喬國老卻反對說：「劉皇叔乃當世豪傑，若招得這個女婿，也不辱了令妹。」

像貂蟬、孫夫人這樣成為政治鬥爭工具的女子畢竟是很少的。在小說的大多數場合，作者對女性都流露出一種輕視的態度。呂布偷襲徐州，張飛把城池丟了，劉備的妻子也陷在城裏。關羽責備張飛，張飛急得要拔劍自刎。劉備竟向前抱住，說是「古人云：『兄弟如手足，妻子如衣服。』衣服破，尚可縫；手足斷，安可續？」看來，劉備把兄弟感情看得很重，而把夫妻情分看得很輕，妻子是破了可以續補的衣服，簡直是舊的不去，新的不來。難怪我們看劉備好幾次兵荒馬亂之中把妻子丟失。孫夫人回東吳了，書裏也沒有寫劉備怎麼想念她。趙雲好像很了解劉備，所以他「截江」奪的是阿斗，沒有阻攔孫夫人回東吳。在這一點上，劉備和漢高祖劉邦倒是十分相似的。劉備的妻子，兩次落在呂布手裏，一次落在曹操手裏。曹操南征荊州，劉備倉皇出逃，妻子也沒顧得帶走。可是，呂布和曹操事後都將劉備的妻子還給了劉備。大概他們與項羽一樣，認為留在手裏也沒有用。

在《三國演義》中，女子常常是成事不足，敗事有餘。郭汜的妻子最妒，所以楊彪得行反間計，使郭汜與李傕不和，互相打起來。劉表的家裏，嫡庶不和，其中有劉表續弦蔡夫人進讒的原因。書中說：「總為牝晨致家累，可憐不久盡銷亡！」陳宮建議呂布「步騎出屯於外」，以成掎角之勢，結果遭到嚴夫人的阻攔。陳宮又建議呂布親自率領精兵去切斷曹軍的糧道，結果遭到嚴夫人和貂蟬的一致反對，「布於是終日不出，只同嚴氏、貂蟬飲酒解悶」。忠言不進，兩次挽救危亡的機會都因為呂布妻妾的反對而失去，加速了呂布集團的覆滅。劉備在東吳娶親，「果然被聲色所迷，全不想回荊州」。後來是趙雲依諸葛亮的錦囊妙計，謊說「曹操要報赤壁鏖兵之恨，起精兵五十萬，殺奔荊州，甚是危急」，才把劉備哄回荊州。連劉備這樣的英雄都是如此，可見女色是多麼可怕！張闓見財起意，半夜來殺曹操的父親曹嵩一家。「曹嵩忙引一妾奔入方丈後，欲越牆而走；妾肥胖不能出，嵩慌急，與妾躲於廁中，被亂軍所殺。」關鍵是「妾肥胖不能出」。曹操將張濟的妻子鄒氏找來鬼混，機關泄露，逼反張濟的姪兒張繡。結果是一場混戰，曹操損失一員勇將典韋，長子曹昂「被亂箭射死」，為曹操提供鄒氏線索的兄子曹安民「被砍為肉泥」。這就是好色的惡果。「妻子如衣服」倒也罷了，獵戶劉安竟把妻子當「狼肉」野味給不知情的劉備吃了：

> 當下劉安聞豫州牧至，欲尋野味供食，一時不能得，乃殺其妻以食之。玄德曰：「此何肉也？」安曰：「乃狼肉也。」玄德不疑，乃飽食了一頓，天晚就宿。至曉將去，往後院取馬，忽見一婦人殺於廚下，臂上肉已都割去。玄德驚問，方知昨夜食者，乃其妻之肉也。玄德不勝傷感，灑淚上馬。（第十九回）

後來劉備與曹操說起此事，「操乃令孫乾以金百兩往賜之」。劉安殺妻待客，手段非常殘忍。在劉安的眼裏，做妻子的簡直不是人，沒有野味也就罷了，劉安居然將妻子充作野味。天底下竟有這樣的丈夫！這就很使人懷疑，是不是劉安夫妻平時不和，劉安藉口無物招待劉備而下毒手殺害自己的妻子？令人深思的是，劉備雖然「不勝傷感」，但好像也很為劉安待客的這份「熱情」和「真誠」所感動，曹操居然還要派人去獎勵這個殘忍的家伙！值得注意的是，《三國演義》是把這個劉安作為正面人物介紹給讀者的。當然，作者編織這麼一個故事，其目的是為了寫劉備是多麼得人心。可是，這種故事卻在無意中寫出了劉備乃至作者是多麼缺乏人道！劉安殺妻待客的故事，不由得使筆者想起吳起殺妻求將的故事：

> 齊人攻魯，魯欲將吳起，吳起娶齊女為妻，而魯疑之。吳起於是欲就名，遂殺其妻，以明不與齊也。魯卒以為將。（《史記・吳起傳》）

唐朝的張巡被安史叛軍圍在城裏，他居然殺妾給士兵們吃：

> 巡士多餓死，存者皆痍傷氣乏。巡出愛妾曰：「諸君經年乏食，而忠義不少衰，吾恨不割肌以啖眾，寧惜一妾而坐視士飢？」乃殺以大饗，坐者皆泣。（《新唐書．張巡傳》）

韓愈的《張中丞傳後序敘》對此事也以肯定的口吻加以記載。毛宗崗所謂「古名將亦有殺妻饗士者」，大概就是指的這類殘忍的故事。由此可見，《三國演義》中出現劉安殺妻饗客這樣的故事絕非偶然。這雖然是一個極端的故事，但也不是一個絕無僅有的故事。封建社會對女性的態度亦由此可見一斑。

《三國演義》裏有幾個得到高度讚揚的女性，譬如徐庶的母親。曹操用程昱之計，模仿徐母的筆跡將徐庶誆來。徐母見到兒子，先是大吃一驚，了解原委以後，便把徐庶痛罵一頓：「辱子飄蕩江湖數年，吾以為汝學業有進，何其反不如初也！汝既讀書，須知忠孝不能兩全。豈不識曹操欺君罔上之賊？劉玄德仁義佈於四海，況又漢室之胄，汝既事之，得其主矣。今憑一紙偽書，更不詳察，遂棄明投暗，自取惡名，真愚夫也！吾有何面目與汝相見！汝玷辱祖宗，空生於天地間耳！」不等兒子申辯，便自己轉到後面懸梁自盡了。徐母的形象，只有政治性，沒有母性。完全是政治概念的化身。再如小說第六十四回，寫趙昂與妻子商量：「吾今日與姜敍、楊阜、尹奉一處商議，欲報韋康之仇。吾想子趙月現隨馬超，今若興兵，超必先殺吾子。奈何？」其妻厲聲曰：「雪君父之大恥，雖喪身亦不惜，何況一子乎！君若顧子而不行，吾當先死矣！」趙昂的妻子也是只有政治性，沒有母性。她一點也沒有考慮將要失去兒子的悲痛，她有的只是對那個沒有政治覺悟的丈夫的憤慨！當《三國演義》讚揚女性的時候，她們已經失去了女性的特點。貂蟬倒是體現了女性的特點，利用了女性的「優勢」，卻又失去了女性的尊嚴。

第五十二回，聯軍在赤壁大敗曹操以後，劉備派趙雲去取桂陽。桂陽守將趙範投降，與趙雲結為兄弟，又想將美麗的寡嫂樊氏嫁給趙雲，以結秦晉之好。誰知趙雲大怒，堅決拒絕。其理由有三：「趙範既與某結為兄弟，今若娶其嫂，惹人唾罵，一也；其婦再嫁，使失大節，二也；趙範初降，其心難測，三也。」趙雲的迂腐，真是無人可及。連孔明都不以為然：「此亦美事，公何如此？」毛宗崗則撰數聯加以揶揄：

太守華堂出粉面，可惜莽相如負卻卓王孫；
佳人翠袖捧金鍾，又憐美玉環不遇韋節度。

李靖無心，枉了善識人的紅拂；
令公有院，逢着不解事的千牛。

老拳一擊，打斷了駕鵲仙橋；
美酒三杯，撮不合行雲巫峽。

雖非認義哥哥，也彷着雲長秉燭；
不學多情叔叔，羞殺他曹植思甄。

兒女情長與英雄氣短

我們看《史記・項羽本紀》，會覺得劉邦和項羽的性格很不一樣。項羽在關鍵時刻常顯得有點兒女情長。用封建時代的語言來說，叫作「婦人之仁」，不像個政治家。鴻門宴上，范增屢次地向項羽示意，叫項羽抓住這個難得的機會，把劉邦殺了。可是，項羽不忍，把劉邦放跑了。范增氣得拔劍將玉斗劈了，惡狠狠地罵道：「唉！豎子不足與謀！奪項王天下者，必沛公也。吾屬今為之虜矣。」范增不幸而言中，一日縱敵，數世之患，一代豪傑終於演出霸王別姬、烏江自刎的一幕。與此形成對照的是，劉邦很絕情，卻像一個真正的政治家。公元前 205 年，項羽大敗漢軍於彭城，劉邦倉皇出逃，「道逢得（兒子）孝惠、（女兒）魯元，乃載行。楚騎追漢王，漢王急，推墮孝惠、魯元車下，滕公常下收載之。如是者三。曰：『雖急不可以驅，奈何棄之？』於是，遂得脫。」劉邦的子女僥倖逃脫，劉邦的父親和妻子呂后卻成了楚軍的俘虜。成為項羽要挾劉邦的人質。項羽「為高俎，置太公其上，告漢王曰：『今不急下，吾烹太公。』」誰知這一招對劉邦卻不靈，劉邦嬉皮笑臉地對項羽說：「吾與項羽俱北面受命懷王，曰：『約為兄弟。』吾翁即若翁，必欲烹而翁，幸分我一杯羹。」項羽氣得真要把劉邦的父親烹殺，結果遭到「內奸」項伯的勸阻，終於沒有將太公和呂后殺掉。事實上，殺了也沒有用，劉邦不吃這套。綁架人質者遇到劉邦這樣的主兒真是一點辦法也沒有。

我們看《三國演義》裏失敗的幾個諸侯，差不多都有項羽那種弱點。董卓迷戀貂蟬，不忍放棄。李儒規勸他說：「恩相差矣。昔楚莊王『絕纓』之會，不究戲愛姬之蔣雄，後為秦兵所困，得其死力相救。今貂蟬不過一女子，而呂布乃太師心腹猛將也。太師若就此機會，以蟬賜布，布感大恩，必以死報太師。太師請自三思。」董卓拒絕李儒的建議，捨不得將貂蟬讓給呂布，結果釀成禍變，身死人手，為天下笑。曹操「遂起大軍二十萬，分兵五路下徐州」。劉備不得已向袁紹求救。袁紹的謀士田豐建議乘虛襲擊許昌，袁紹「形容憔悴，衣冠不整」，「心中恍惚」，拒絕田豐說：「吾生五子，惟最幼者極快吾意；今患疥瘡，命已垂絕。吾有何心更論他事乎？」「五子中惟此子生得最異，倘有疏虞，吾命休矣。」遂決意不肯發兵。「田豐以杖擊地曰：『遭此難遇之時，乃以嬰兒之病，失此機會！大事去矣，可痛惜哉！』跌足長歎而出。」此處有毛宗崗的評語諷刺道：「紹所患者不過小兒之病，小兒所患者又不過疥癬之疾，可發一笑。」袁紹欲廢長立幼，羣臣亦分作兩派，埋下了身後袁譚、袁尚同室操戈的禍根。難怪荀彧、郭嘉說他「見人飢寒，恤念之，形於顏色」，意思是婦人之仁。再看曹操的另一位勁敵呂布，陳宮建議他分兵城外，以成掎角之勢，他卻聽了嚴夫人的話拒絕了陳宮的建議。陳宮建議他領兵去斷曹軍的糧道，他又聽了嚴夫人和貂蟬的意見再一次拒絕陳宮的建議。不久，呂軍內亂，呂布和陳宮成為曹操的階下囚。名稱八俊、威鎮九州、地方數千里、帶甲十多萬的劉表，既愛少子，又憐長子；既憐長子，又怕蔡氏。優柔寡斷，觀望猶豫，終於造成身後兩子分道揚鑣、劉氏勢力土崩瓦解的結局。毛宗崗就此諷刺道：「袁紹昵後妻，劉表亦昵後妻；袁紹愛幼子，劉表亦愛幼子。袁紹優柔不斷，劉表亦優柔不斷。兩人性情，何其相似至於如此之甚也！」

曹魏、東吳、蜀漢三國的領袖人物都沒有類似袁紹、劉表、呂布那樣的毛病。張繡來偷襲，典韋和曹操的長子曹昂、姪兒曹安民都在混戰中死去。曹操為典韋大哭。劉備好幾次不顧妻小而出逃。一次是呂布追來，「玄德見勢已急，到家不及，只得棄了妻小，穿城而過，走出西門，匹馬逃難」。一次是曹軍追來，劉備攜民渡江，「看手下隨行人，止有百餘騎；百姓、老小並糜竺、糜芳、簡雍、趙雲等一干人，皆不知下落」。趙雲後來找到劉備，將阿斗「雙手遞與玄德。玄德接過，擲之於地曰：『為汝這孺子，幾損我一員大將！』」這裏有毛宗崗的評語說：「袁紹憐幼子而拒田豐之諫，玄德擲幼子以結趙雲之心。」民間有歇後語說：「劉備扔孩子——

刁買人心。」可見劉備的扔阿斗和曹操的哭典韋真有異曲同工之妙。毛宗崗解釋道：「為天下者不顧家。玄德前敗於呂布，遂棄妻小而不顧；今敗於曹操，又棄妻小而不顧。與高祖委呂后於項羽，正復相同。彼袁紹室家情重，戀戀小兒，豈得為成大事之人？」孫權可以用妹妹做誘餌，使美人計。劉備私自逃跑時，小說誇張地寫孫權派蔣欽、周泰帶了他的劍，「汝二人將這口劍去取吾妹並劉備頭來！違令者立斬！」儘管如此，徐盛等四將依然不敢造次：「他一萬年也只是兄妹。更兼國太作主；吳侯乃大孝之人，怎敢違逆母言？明日翻過臉來，只是我等不是。不如做個人情。」真是聰明過人。

孫權、周瑜自己不講兒女私情，但知道利用別人的兒女情長。他們知道用孫夫人籠住劉備，讓他戀於新婚，消磨壯志。如張昭所說：「劉備起身微末，奔走天下，未嘗受享富貴。今若以華堂大廈、子女金帛令彼享用，自然疏遠孔明、關、張等，使彼各生怨望，然後荊州可圖也。」劉備的抗腐蝕能力確實也令人不敢恭維：「玄德果然被聲色所迷，全不想回荊州。」劉備虎口脫險以後，「驀然想起在吳繁華之事，不覺淒然淚下」。書中揶揄劉備說：「誰知一女輕天下，欲易劉郎鼎峙心。」可惜孫權、周瑜的美人計沒有利用好，反而成全了劉備的好姻緣，真所謂「周郎妙計安天下，賠了夫人又折兵」。劉備要活命，則利用吳國太的好感；劉備要脫身，則利用孫夫人的柔情。劉備先是跪在吳國太的面前：「若殺劉備，就此請誅。」吳國太問他：「何出此言？」劉備回答說：「廊下暗伏刀斧手，非殺備而何？」後來孫權的追兵殺來，劉備又去泣告孫夫人，說是：「昔日吳侯與周瑜同謀，將夫人招嫁劉備，實非為夫人計，乃欲幽困劉備而奪荊州耳。奪了荊州，必將殺備。是以夫人為香餌而釣備也。備不懼萬死而來，蓋知夫人有男子之胸襟，必能憐備。昨聞吳侯將欲加害，故託荊州有難，以圖歸計。幸得夫人不棄，同至於此。今吳侯又令人在後追趕，周瑜又使人於前截住，非夫人莫解此禍。如夫人不允，備請死於車前，以報夫人之德。」毛宗崗就此揶揄劉備道：「玄德在車前哀告夫人，涕泣請死，活似婦人乞憐取妍，在丈夫面前放刁模樣。以英雄人作此兒女態，是特孔明之所教耳！」

孫夫人

思親淚灑吳江冷
望帝魂歸蜀道難

一壺道人

孫夫人

「前在丈母面前請死，今又在夫人面前請死，此是從來婦人嚇丈夫妙訣，不意玄德亦作此態，詐甚，妙甚！」「老新郎學作婦人腔，宛然弱婿；小媳婦偏饒男子氣，壯矣賢妻。一個向娘子身邊長跪，顧不得膝下有黃金；一個為丈夫面上生嗔，那怕他車前排白刃。」歷史上的劉備並沒有如此多情。東吳自己將孫夫人送到荊州，劉備根本就沒有去東吳成親。孫夫人要回東吳，劉備也沒有攔着。

曹操並非不好色，戎馬倥傯之際，他會向部下打聽城裏有沒有妓女。但是，曹操不讓妃妾干政。周瑜娶的也是美人，但沒有聽說小喬干預軍政大事。

諸葛亮的名士風度

我們讀陳壽的《三國志》，讀諸葛亮的文集，尤其是他那篇膾炙人口的《出師表》，並沒有覺得諸葛亮和魏晉的名士們有甚麼相似之處。阮籍、嵇康、王徽之這些名士，鄙棄世務，鄙薄功業，他們和諸葛亮的「每常自比管仲、樂毅」，以及那種「鞠躬盡瘁、死而後已」的精神，似乎是風馬牛不相及。魏晉名士的痛苦，關鍵在於知識分子力求在從政的過程中保持自己思想的獨立性。只要知識分子不想失去自己，他就很難從政。魏晉易代之際，阮籍和嵇康等一類名士，面臨着一種艱難的人生選擇：入世則同流合污，失去自己；出世則無所作為、一事無成。一般來說，純粹的思想家不能從政。思想家常常比政治家看得更遠、更深刻；但是思想家常常缺乏行動的能力，他們缺乏解決具體問題的策略和方法。從政也無法滿足思想家對理論問題的興趣和追求。政治家也需要遠見，但同時也要能夠針對瞬息萬變的形勢提出解決具體問題的策略和方法。和阮籍、嵇康相比，諸葛亮似乎還不夠超凡脫俗。諸葛亮十分幸運地遇到了劉備這樣尊重他、信任他的明主，得到了施展自己才華的大好機會。這是諸葛亮和魏晉名士的大不同處。

劉備和諸葛亮的關係是如此融洽，唐朝大詩人李白就因此十分羨慕諸葛亮：「劉、葛魚水本無二」（《君道曲》），「魚水三顧合，風雲四海生」（《讀諸葛武侯傳書懷贈長安崔少府叔封昆季》）。岑參的詩《先主武侯廟》也發表了類似的感慨：「先主與武侯，相逢雲雷際。感通君臣分，義激魚水契。」

我們讀《三國演義》，品味一下小說裏諸葛亮的形象，就會覺得諸葛亮很有一點魏晉風度的味道。歷史上的諸葛亮，除了「每常自比管仲、樂毅」，「鞠躬盡瘁、死而後已」的一面之外，還有隱士「淡泊以明志，寧靜以致遠」的一面。這「淡泊」和「寧靜」就有點接近魏晉風度的意思。到了說話人和小說家的筆下，更是給諸葛亮渲染出濃郁的名士風采。試看作者為諸葛亮設計的首次亮相：

玄德見孔明身長八尺，面如冠玉，頭戴綸巾，身披鶴氅，飄飄然有神仙之概。（第三十八回）

這不是活脫脫一個魏晉名士嗎！諸葛亮舌戰羣儒的時候，東吳的元老人物張昭就諷刺諸葛亮「在草廬之中，但笑傲風月，抱膝危坐」，可見諸葛亮給人的印象就是一個名士。當然，諸葛亮並非像張昭所諷刺的那樣徒有一種超凡脫俗的風度。草船借箭的時候，魯肅生怕曹軍出來，諸葛亮卻滿不在乎，叫魯肅只管放心地「酌酒取樂」。每當激戰之時，我們常常看到這樣一幅畫面：「旗開處，推出一輛四輪車，車中端坐一人，頭戴綸巾，身披鶴氅，手執羽扇」。失街亭的空城計一節，更把諸葛亮的名士風度描寫得淋漓盡致：

孔明乃披鶴氅，戴綸巾，引二小童攜琴一張，於城上敵樓前，憑欄而坐，焚香操琴。（第九十五回）

果見孔明坐於城樓之上，笑容可掬，焚香操琴。左有一童子，手捧寶劍；右有一童子，手執麈尾。城門內外，有二十餘百姓，低頭灑掃，傍若無人。（第九十五回）

那兩位旁邊侍候的小童，那些「低頭灑掃」的百姓，未必就能做到那麼鎮靜。但小說家為了襯托諸葛亮的沉着，為了渲染出那種「內緊外鬆」的氣氛，把他們寫成那樣。諸葛亮洞察一切，但是他卻偏偏喜歡後發制人；諸葛亮料事如神，但是他卻比任何人都小心謹慎；諸葛亮功勛卓著，但是他卻並不心高氣傲；縱然是大兵壓境，他也依然是那麼從容鎮定。這就是諸葛亮的魅力。諸葛亮的這些特點與魏晉名士的風度是有些吻合之處。魏晉名士的一個特徵就是所謂「雅量」，深藏不露，處變不驚，喜怒不形於

司馬徽再薦名士

色。再說魏晉名士也不是個個不理世務，其中也有幾位危難之際能夠力挽狂瀾、安邦定國的出色人物。譬如東晉謝安那樣的大名士，他指揮過著名的淝水之戰。謝安高臥東山，時人有「安石不肯出，將如蒼生何」之說，而諸葛亮則經先主三顧而後出。《世說新語》裏這樣描寫謝安得到前方捷報時的反應：

> 謝安與人圍棋，俄而謝玄淮上書信至，看書竟，默然無言，徐向局。客問淮上利害，答曰：「小兒輩大破賊。」意色舉止，不異於常。

這樣一次關係到東晉王朝生死存亡的戰爭，謝安卻能夠如此從容淡定。歷史上的謝安身當東晉時代，而《三國演義》的成書在元末明初，《三國演義》中諸葛亮的形象顯然受到了有關謝安一類魏晉名士的傳說的啟發，使這位功勛卓著的文武全才，這位中國歷史上著名的賢相顯得更加光彩照人。其實，東晉裴啟所撰的筆記小說《語林》中的諸葛亮，已經是一派名士風度：

> 諸葛武侯與司馬宣王在渭濱，將戰，宣王戎服蒞事。使人視武侯，素輿、葛巾，持白羽扇，指麾三軍，皆隨其進止。宣王歎曰：「可謂名士！」

晉人王隱所著《蜀記》寫諸葛亮的空城計，也是一種典型的名士風度：

> 將士失色，莫知其計。亮意氣自若，敕軍中皆臥旗息鼓，不得妄出庵幔，又令大開城門，掃地卻灑。

我們看諸葛亮出山前所交往的人中，頗多荊襄一帶的名士。其中有劉表未能屈致的龐德公，有號作「水鏡」的司馬徽，諸葛亮的岳父黃承彥也是當時的名士，其他如崔州平、徐庶、石廣元、孟公威，也都是和諸葛亮交往非常密切的名士。

千呼萬喚始出來

《三國演義》的人物之多，或許是中國古代長篇小說中首屈一指的。就這一點而言，它和神魔小說《西遊記》恰成鮮明的對比。由此可見，名著不名著，與作品中人物的數量沒有成比例的聯繫。當然，《三國演義》的人物之多，在某種程度上說，也是作品的性質所造成的。作為一部歷史長篇小說，為了儘可能兼顧歷史的真實性，不能隨意地將人物合併，必須儘量地避免張冠李戴的現象。從小說的技巧而言，我們看《三國演義》中人物的出場，一般都不太講究。在這一點上，《三國演義》比《水滸傳》遜色多了。清人金聖歎就此批評道：「《三國》人物事體說話太多了，筆下拖不動，踅不轉。」劉、關、張的出場，曹操的出場，都看不出有甚麼精彩之處。卻是在小說的第一回，把全書主要的對立面端了出來。緊接着第二回，孫堅出場，三國的各方首腦都亮了相。雖然總體上看，東吳的代表是孫權，可是，如果沒有孫堅、孫策，哪來的東吳？作者顯然是急於將有關的三方介紹給讀者，以便把筆頭集中到劉、曹、孫三方來。具體來說，小說主要是通過鎮壓黃巾起義將三方人物集中到一起，黃巾是三方共同的敵人。如毛宗崗所說：「以三寇引出三國，是全部中賓主；以張角兄弟三人，引出桃園兄弟三人，此又一回中賓主。」很多人物的出場顯得比較生硬，並沒有預先做甚麼鋪墊，招之即來，揮之即去，不講甚麼「草蛇灰線」「伏脈千里」。人物一出現，便是一篇傳記式的介紹。一般是籍貫、家世、簡歷、仕宦、軼聞。情節完全中斷，作者一概不管。譬如劉備、曹操、孫堅、劉表、糜竺、孔融、周瑜、甘寧、王粲的出場，都是如此。這種出場的介紹性文字，往往是直接從史書上抄來。譬如劉備的出場：

榜文行到涿縣，引出涿縣中一個英雄。那人不甚好讀書，性寬和，寡言語，喜怒不形於色。素有大志，專好結交天下豪傑。生得身長七尺五寸，兩耳垂肩，雙手過膝，目能自顧其耳，面如冠玉，脣若塗脂。中山靖王劉勝之後，漢景帝閣下玄孫。姓劉，名備，字玄德。昔劉勝之子劉貞，漢武時封涿鹿亭侯，後坐酎金失侯，因此遺這一枝在涿縣。玄德祖劉雄，父劉弘。弘曾舉孝廉，亦嘗作吏，早喪。玄德幼孤，事母至孝；家貧，販屨織席為業。家住本縣樓桑村。其家之東南，有一大桑樹，高五丈餘，遙望之，童童如車蓋。相者云：「此家必出貴人。」玄德幼時，與鄉中小兒戲於樹下，曰：「我為天子，當乘此車蓋。」叔父劉元起奇其言，曰：「此兒非常人也！」因見玄德家貧，常資給之。年十五歲，母使遊學，嘗師事鄭玄、盧植，與公孫瓚等為友。及劉焉發榜招軍時，玄德年已二十八歲矣。（第一回）

明顯是從《三國志·先主傳》改編而來：

先主少孤，與母販履織席為業。舍東南角籬上有桑樹生高五丈餘，遙望見童童如小車蓋，往來者皆怪此樹非凡，或謂當出貴人。先主少時，與宗中諸小兒於樹下戲，言：「吾必當乘此羽葆蓋車。」叔父子敬謂曰：「汝勿妄語，滅吾門也！」年十五，母使行學，與同宗劉德然、遼西公孫瓚俱事故九江太守同郡盧植。德然父元起常資給先主，與德然等。元起妻曰：「各自一家，何能常爾邪！」起曰：「吾宗中有此兒，非常人也。」而瓚深與先主相友。瓚年長，先主以兄事之。先主不甚樂讀書，喜狗馬、音樂、美衣服。身長七尺五寸，垂手下膝，顧自見其耳。少語言，善下人，喜怒不形於色。好交結豪俠，年少爭附之。中山大商張世平、蘇雙等貲累千金，販馬周旋於涿郡，見而異之，乃多與之金財。先主由是得用合徒眾。

為了更好地樹立劉備的形象，小說家把本傳中「喜狗馬、音樂、美衣服」等文字一概刪去。

曹操出場的介紹性文字，基本上來自《三國志》本傳及裴注所引《曹瞞傳》。小說第十回，荀彧、荀攸來投奔曹操，荀彧又介紹程昱，程昱介紹郭嘉，郭嘉推薦劉曄，劉曄推薦滿寵、呂虔，滿、呂推薦毛玠。曹操智囊團的核心就如此滾雪球似的悉數登場。東吳集團裏許多人物的出場，亦是如此。周瑜向孫權推薦了魯肅和張昭。魯肅向孫權推薦諸葛瑾。其他如呂蒙、陸遜、潘璋、徐盛、丁奉，也都是「連年以來，你我相薦」而來。有些人物的出場，其情況的介紹雖然不是直接從史書上抄來，但也寫成傳記式的文字。小說第二十二回，說到陳登給劉備出主意，讓他去求鄭玄作書，下面便介紹鄭玄：

> 原來鄭康成名玄，好學多才，嘗受業於馬融。融每當講學，必設絳帳，前聚生徒，後陳聲妓，侍女環列左右。玄聽講三年，目不邪視，融甚奇之。及學成而歸，融歎曰：「得我學之祕者，惟鄭玄一人耳！」玄家中侍婢俱通《毛詩》。一婢嘗忤玄意，玄命長跪階前。一婢戲謂之曰：「『胡為乎泥中？』」此婢應聲曰：「『薄言往愬，逢彼之怒。』」其風雅如此。桓帝朝，玄官至尚書；後因十常侍之亂，棄官歸田，居於徐州。

趙雲的出場，作者稍微用了一點心思：「（公孫）瓚翻身落於坡下。文丑急捻槍來刺。忽見草坡左側轉出一個少年將軍，飛馬挺槍，直取文丑。公孫瓚扒上坡去，看那少年：生得身長八尺，濃眉大眼，闊面重頤，威風凜凜，與文丑大戰五六十合，勝負未分。」一出場，就救公孫瓚於危難之中。與名將文丑大戰，竟不分勝負，可見其不同凡響。

《三國演義》是歷史小說，他把虛構的功夫放在人物的故事上。至於人物的出場，並沒有太留心。可是，書中有一個人物的出場，作者真正下了功夫，那就是諸葛亮。諸葛亮是作者胸中得意之人，所以他寫得特別用心，格外耐心。諸葛亮的出場，寫得百步九折，真所謂「千呼萬喚始出來」。毛宗崗形容道：「隱隱躍躍，如簾內美人，不露全身，只露半面，令人心神恍惚，猜測不定。至於『諸葛亮』三字，通篇更不一露，又如隔牆聞環佩聲，並半面亦不得見。」「寫來如海上仙山，將近忽遠。」三國之中，蜀漢的建立，最為艱難曲折。得孔明以前，劉備東奔西走，為人作嫁，寄人籬下，誰的氣他都得受。雖有關羽、張飛、趙雲等一班虎將；但文職人員卻都是三流人才。南陽得孔明，赤壁破曹操，是劉備集團崛起的轉折點。真所謂「山重水覆疑無路，柳暗花明又一村」。唐人尚馳的《諸葛武侯廟碑銘並序》有云：「曹氏挾王室之威重，孫氏藉父兄之餘業，劉氏獨不階尺土，開國於亡命行旅之間，天贊一武侯，即鼎足之勢均也。」作者正是從這樣的高度來看孔明的出山，所以他才寫得那麼用心，那麼耐心。作者先在第三十六回、三十七回，借水鏡先生之言「伏龍、鳳雛，兩人得一，可安天下」，「可比興周八百年之姜子牙，旺漢四百年之張子房」，虛寫諸葛亮的聲望魅力。接着，借單福（即徐庶）之口來呼應水鏡先生對諸葛亮的推崇。單福幫助劉備設計奇襲樊城，大敗曹仁。毛宗崗就此評論道：「敍單福用兵處，不須幾句，然設伏料敵、破陣取城之能，已略見一斑矣。後文有孔明無數神機妙算，此先有單福小試其端以引之。如將觀名優演名劇，而此一卷，則是副末登場也。」單福和劉備分手的時候，卻說自己和諸葛亮相比，「譬猶駑馬並麒麟，寒鴉配鸞鳳耳」。又說：「若得此人，無異周得呂望，漢得張良也。」「此人每嘗自比管仲、樂毅；以吾觀之，管、樂殆不及此人。此人有經天緯地之才，蓋天下一人也！」劉備聽了徐庶的一番話，「似醉方醒，如夢初覺」，便去登門拜訪。誰知事情遠非想像的那樣順利。一顧茅廬的結果是領教了崔州平一番迂腐的言論。二顧茅廬的結果是見到了諸葛亮的兩個朋友：潁州石廣元和汝南孟公威，見到了諸葛亮的弟弟諸葛均和岳父黃承彥。儘管兩次拜訪都沒有甚麼結果，但劉備求賢若渴的心情、諸葛亮的聲望魅力，已經寫得筆酣墨飽。如毛宗崗所說：「此卷極寫孔明，而篇中卻無孔明。」與此同時，物以類聚，人以羣分，對於諸葛亮的友人、弟弟、岳父的描寫，也從側面襯托出諸葛亮的胸襟識度。三顧茅廬總算沒有白跑，可惜諸葛亮午睡沒醒。作者以此對劉備禮賢下士的誠意做了最後一次考驗。劉備見到了諸葛亮，本來可以促膝談心、共商大計了，可是，作者依然不願意直奔主題。如毛宗崗所分析：「及初見時，玄德稱譽再三，孔明謙讓再三，只不肯賜教，於此作一曲。及玄德又懇，方問其志若何。直待玄德促坐，細陳衷悃，然後為之畫策，則又一曲。及孔明既畫策，而玄德不忍取二劉，孔明復決言之，而後玄德始謝教，則又一曲。孔明雖代為畫策，卻不肯出山，直待玄德涕泣以請，然後許諾，則又一曲。既已許諾，卻復固辭聘物，直待玄德殷勤致意，然後肯受，則又一曲。及既受聘，卻不即行，直待留宿一宵，然後同歸新野，則又一曲。此既見以後之曲折也。文之曲折至此，雖九曲武夷，不足擬之。」其實，這是寫足諸葛亮這位帝王之師的矜持，以襯托出他的身份。諸葛亮不出則已，一出就成為舞台的主角。他的一顰一笑，舉手投足，都使讀者為之屏息凝神。如毛宗崗所說：「未遇諸葛，雖關、張之勇，無所用之；既遇諸葛，雖曹操之智，不能當之。」諸葛亮高臥隆中，對天下大勢卻了如指掌。諸葛亮恰如其分地分析了敵、我、友三方的實力，為劉備制訂了先取荊州後取川蜀的戰略方針：

> 自董卓已來，豪傑並起，跨州連郡者不可勝數。曹操比於袁紹，則名微而眾寡，然操遂能克紹，以弱為強者，非惟天時，抑亦人謀也。今操已擁百萬之眾，挾天子而令諸侯，此誠不可與爭鋒。孫權據有江東，已歷三世，國險而民附，賢能為之用，此可以為援而不可圖也。荊州北據漢、沔，利盡南海，東連吳會，西通巴、蜀，此用武之國，而其主不能守，此殆天所以資將軍，將軍豈有意乎？益州險塞，沃野千里，天府之土，高祖因之以成帝業。劉璋暗弱，張魯在北，民殷國富而不知存恤，智能之士思得明君。將軍既帝室之胄，信義著於四海，總攬英雄，思賢如渴，若跨有荊、益，保其巖阻，西和諸戎，南撫夷越，外結好孫權，內修政理；天下有變，則命一上將將荊州之軍以向宛、洛，將軍

身率益州之眾出於秦川，百姓孰敢不簞食壺漿以迎將軍者乎？誠如是，則霸業可成，漢室可興矣。（第三十八回）

劉備後來基本上執行了這一戰略，贏得了三足鼎立的局面，充分證實了諸葛亮的遠見卓識。

一百二十回的《三國演義》，一直寫到第三十七回諸葛亮才正式出場；可是，他一出場就使局面頓時改觀，起到了力挽狂瀾、扭轉乾坤的作用。博望坡設伏、舌戰羣儒、智激孫權、草船借箭、三氣周瑜、智取漢中、安居平五路、七擒孟獲、巧設空城計、製作木牛流馬、智收姜維，處處表現出他高瞻遠矚、足智多謀、指揮若定的大政治家、大軍事家的胸襟識度。從全書來看，諸葛亮出山以後，才顯得那樣風吹雲動、精彩紛呈。毛宗崗但知「劉備以帝冑而纘統，則有宗室如劉表、劉璋、劉繇、劉辟等以陪之。曹操以強臣而專制，則有廢立如董卓，亂國如李傕、郭汜以陪之。孫權以方侯而分鼎，則有僭號如袁術，稱雄如袁紹，割據如呂布、公孫瓚、張楊、張邈、張魯、張繡等以陪之」。殊不知從人物描寫的角度去看，諸葛亮在全書處於一個中心的位置上，書中的一切重要人物，包括曹操、劉備、孫權、周瑜、司馬懿等等，幾乎都成為他的陪襯：「孔明神機妙算，吾不如也！」「孔明真神人也！」「此人有奪天地造化之法，鬼神不測之術。」「此人見識，勝吾十倍」，「既生瑜，何生亮！」（周瑜）「孔明真非常人也！」（魯肅）「先生神算，世所罕及。」（劉備）「孔明智在吾先」，「孔明真神人也」，「孔明真有神出鬼沒之計，吾不能及也！」（司馬懿）「孔明勝仲達多矣！」（孫禮）「丞相真神人也！」（張翼）諸葛亮成為敵、我、友三方欽佩的對象。

定三分隆中決策

定三分隆中決策

《三國》的佈局

小說的佈局極為重要，長篇小說的佈局自然比短篇小說更費心思。《三國演義》作為我國古代第一部長篇小說，它在佈局方面的成敗得失，很值得我們來探討。首先引起我注意的是，《三國演義》的佈局在主觀上體現了作者的創作意圖，而在客觀上卻受到歷史原貌和成書過程的巨大牽制。這是和世情小說、神魔小說不同的。具體來說，是受到了《三國志》的制約。其次，《三國演義》是一部世代累積型的長篇小說，它的佈局又受到了成書過程的巨大牽制。三國鼎立的實際結局是曹魏集團取得了最後的勝利，而劉備集團以失敗而告終。將三國紛爭的實際結局與小說的主題相對照，不能不給小說帶來濃郁的悲劇色彩。仁政的理想未能實現，天下竟統一於竊國大盜，邪惡戰勝了正義。人謀不及天命，人不能與命爭。這就規定了《三國演義》全書的悲劇色彩。我們讀《三國演義》，從關羽大意失荊州、張飛之死，到彝陵之戰陸遜大敗蜀漢、劉備白帝城託孤，不能不感到越來越濃郁的人力不敵天命的沮喪。

佈局是小說的技巧，但又不僅僅是技巧。從主觀方面來看，高明的佈局服從於作者表達主題的需要。那麼，《三國演義》的主題是甚麼呢？筆者以為，《三國演義》的主題，從政治上來看，是要表達民眾對仁政的嚮往；從歷史方面來看，它要表達一種「天下惟有德者居之」的觀念；從道德方面來看，它讚揚一種生死相託、患難與共的人際關係。主題的這三方面的內涵，通過全書尊劉貶曹的總體傾向得到了充分的體現。

為了實現這樣一種創作意圖，作者將蜀漢和曹魏兩大集團設計為主要的對立面，而以孫吳集團作為陪襯。從這種設計出發，小說有意地誇大蜀漢的國力，使蜀漢成為與曹魏能夠相互匹敵的對手。歷史上的曹操和劉備雙方，難以構成善和惡的兩極。這就決定了，小說必須通過更多的虛構和想像，來人為地拉大劉備與曹操之間的道德差距。為了貫徹自己的創作意圖，作者將劉備設計為愛民如子的仁義之君，將曹操設計為殘民欺主的奸臣。蜀漢和曹魏兩者之間的關係不是並列的，作者把蜀漢放在主要的一面，加以着力的描寫，而把曹魏放在比較次要的位置上。也就是說，把作者要歌頌的光明一面放在主要位置上，而把要揭露要鞭撻的黑暗一面放在次要位置上。這就可以使小說的主題顯示出更加積極的意義。由於種種原因，作者將諸葛亮放到全書中心的位置，使其他的重要人物或多或少地成為了諸葛亮的陪襯。

蜀漢的建國極為艱難曲折，一直到公元 208 年的赤壁之戰以前，劉備集團還沒有成為一支值得重視的力量，相關的歷史材料和民間傳說也不夠豐富。雖然小說儘可能地在當時的重大歷史事件中穿插劉備的活動，但畢竟劉備還沒有站到歷史舞台的中心。小說用了將近全書三分之一的篇幅來寫劉備這一段艱難屈辱的創業史，而未能將劉備的創業作為敍事的主線，實有其難言的苦衷。赤壁之戰以前，最重要的歷史事件是各路諸侯討伐董卓的戰爭，孫堅、孫策、孫權父子的前仆後繼、艱苦創業，曹魏擊滅呂布的戰爭，曹操和袁紹的官渡之戰，消滅袁譚、袁尚的戰爭。從材料上看，圍繞董卓和呂布的材料最為豐富，也最富有故事性。小說為了突出劉備的地位，從第一回就讓劉、關、張出場，讓曹操出場。緊接着第二回，就讓孫堅出場。聯繫三方的線索是鎮壓黃巾起義，黃巾軍是三方共同的敵人。小說這樣急於讓三國三方的領袖亮相，是為了及早地將筆頭集中到劉、曹對立的這條主線上來。雖然此時的劉備還不能算是一支重要的力量，但小說也儘可能地把劉備的活動穿插進去，並利用一切機會渲染劉備的人格魅力。小說的前三十回，未能將劉備集團的創業作為敍事的主線，結構上顯得比較鬆散，這或許是因為長篇小說處於起步的階段，無可借鑒的原因。縱觀小說的全部描寫，圍繞諸葛亮、關羽、張飛、趙雲的描寫，有聲有色，最為豐富，構成了全書的亮色，而劉備的仁義和曹操的奸詐形成了鮮明的對比。

諸葛亮

南陽得孔明、赤壁破曹操以後，劉備集團真正崛起，成為一支不可輕視的力量。從此以後，小說的描寫才大致統一在「擁劉反曹」的大綱之下，劉備、諸葛亮和曹魏的對立才成為故事的主線。隨着「隆中對」既定方針一步一步地實現，諸葛亮的形象也越來越鮮明突出。劉備集團的衰落始於關羽的大意失荊州。惟其如此，全書一百二十回，從第三十七回「司馬徽再薦名士，劉玄德三顧草廬」到七十四回「龐令明抬櫬決死戰，關雲長放水淹七軍」，就成為全書最受看的篇章。從時間跨度來看，全書從建寧元年（168）漢靈帝即位開始，至公元 280 年吳國滅亡為止，總共寫了一百一十三年的歷史。因為小說以歌頌蜀漢為主旨，而諸葛亮是蜀漢的中流砥柱，他去世於公元 234 年；所以在小說第一百零四回諸葛亮「秋風五丈原」以後，雖然後面還有四十六年的歷史，但是小說卻只用了短短十六回的篇幅就把它結束了。時間上佔三國五分之二的歷史，在小說裏卻只用了不到七分之一的篇幅。

《三國演義》受到《三國志》和成書過程的雙重制約，又是中國歷史上第一部長篇小說，在佈局上無可借鑑，自然會出現一些不能盡如人意的地方。譬如人物的出場，一般都顯得比較隨意，不甚講究。高潮的設計也不是十分合理。從第七十六回「關雲長敗走麥城」關羽去世以後，一直到第一百零四回諸葛亮歸天，中間就沒有甚麼高潮。「七擒孟獲」固然表現了諸葛亮的智慧，但對手不強，好像是被諸葛亮耍着玩似的。「空城計」雖然精彩，但那已經是「失街亭」以後的「亡羊補牢」。無力回天的悲哀籠罩了近三十回的篇幅。

精彩的地方都是虛構

《三國演義》告訴了我們甚麼？是歷史知識嗎？從不太嚴格的意義上來說，《三國演義》確實起到了普及歷史知識的作用。由於種種原因，中國廣大的民眾，不是從史書，從二十四史，而是從小說、戲曲和各種藝術作品中獲得了歷史的知識。在大體上普及九年義務教育的今天，情況基本上還是如此。人們從《封神演義》知道了商紂王、姜太公；從《將相和》知道了廉頗、藺相如；從《三國演義》中得知了曹操、孫權、周瑜、劉備、諸葛亮，知道了關羽、張飛、趙雲；從小說《三俠五義》和《鍘美案》之類的包公戲得知了包公；從《隋唐演義》知道了隋煬帝、李世民、秦瓊、程咬金；從《長生殿》和一系列的李楊戲知道了唐明皇和楊貴妃。中國人最熟悉的歷史人物和歷史故事，無不與小說、戲曲有關。中國人對於歷史人物的愛憎褒貶，也往往取決於小說、戲曲所塑造的形象。難怪黃人在《小說小話》裏發出這樣的感慨：「書中人物最幸者，莫如關壯繆；最不幸者，莫如魏武帝。歷稽史冊，壯繆僅以勇稱，亦不過賁、育、英、彭流亞耳。至於死敵手，通書史，古今名將，能此者正不乏人，非真可據以為超羣絕倫也。魏武雄才大略，奄有眾長，草創英雄中，亦當佔上座。雖好用權謀，然從古英雄，豈有全不用權謀而成事者？況其對待孱主，始終守臣節，較之蕭道成、高歡之徒，尚不失其為忠厚，無論莽、卓矣。乃自此書一行，而壯繆之人格，互相推崇於無上，祀典方諸郊禘，榮名媲於尼山，雖由吾國崇拜英雄之積習，而演義亦一大主動力也。若魏武之名，則幾於窮奇、檮杌、桀、紂、幽、厲，同為惡德之代表⋯⋯今試比人以古帝王，雖傲者謙不敢居；若稱以曹操，則屠沽廝養必怫然不受。即語以魏主之尊貴，且多才子，具文武才，亦不能動之也。文人學士，雖心知其故，而亦徇世俗之曲說，不敢稍加辨正。」可是，從嚴格的意義上來說，小說和戲曲所提供的並非歷史的原貌，而是一種藝術加工以後的「歷史」。經過學者的研究，我們知道：《三國演義》作為一部歷史小說，尊重基本的歷史事實，書中重要人物的主要活動，和歷史相去不遠；如清人劉廷璣所言：「演義者，本有其事，而添設敷衍，非無中生有者比也。」（《在園雜志》）但也並非如「清溪居士」所說「悉本陳志裴注，絕不架空杜撰」（〈《重刊三國志演義》序〉）。小說中的精彩部分，幾乎都是虛構。正如《包公案》裏包公破的那些案子，百分之九十九都是出於虛構，都是「貪他人之功，據為己有」。按照《宋史・包拯傳》的記載，包拯一生只破了一個「牛舌案」。就連這個惟一的案子，也還有掠人之美的嫌疑。蔡襄《端明集》卷三八中《尚書都官員外郎致仕葉府君墓志銘》，就記載了一個類似的牛舌案。後來的穆衍也破過同樣的案子，見於《宋史・穆衍傳》。精彩處多出於虛構，讀者讀得津津有味的地方，正是子虛烏有的地方啊！

從歷史上看，鞭打督郵的是劉備，而不是張飛。據裴注所引《典略》，劉備在朝廷沙汰之列，督郵來縣裏具體執行。劉備求見督郵，督郵稱病不見。備恨之，「將吏卒更詣傳舍。突入門言：『我被府君密教收督郵。』遂就牀縛之。將出，到界，自解其綬，以繫督郵頸，縛之着樹，鞭杖百餘下，欲殺之，督郵求哀，乃釋去之。」這個故事與滿寵的事跡頗有相似之處：「縣人張苞為郡督郵，貪穢受取，干亂吏政，寵因其來在傳舍，率吏卒出收之，詰責所犯，即日考竟，遂棄官歸。」（《三國志・滿寵傳》）小說家可能是捏合了劉備和滿寵兩人的故事而設計出張飛鞭打督郵的情節。劉、關、張未曾救過董卓。「捉放曹」的不是陳宮。曹操潛逃在漢靈帝中平六年，當時陳宮還沒遇到曹操，放曹者另有其人。歷史上並無貂蟬其人，如徐渭所說：「布妻，諸史及與布相關者諸人之傳並無姓，又安得有貂蟬之名？」（《徐文長逸稿》卷四《呂布宅》）《三國演義》說徐州太守陶謙「溫厚純篤」，是個忠厚君子；但《三國志・陶謙傳》卻說，在陶謙的治下，「忠直見疏，曹宏等，讒慝小人也，謙親任之。刑政失和，良善多被其害，由是漸亂」。趙雲沒有在文丑的槍下救出公孫瓚。董卓死後，蔡邕並沒有「伏其屍而大哭」，《三國志．董卓傳》裴注所引謝承《後漢書》不過是說：「蔡邕在王允坐聞卓死，有歎息之音」。據《三國志》，董承確實得到漢獻帝的衣帶密詔，曾與劉備等人密謀，企圖算計曹操，但小說圍繞衣帶詔，生發想像，虛構出無數情節，說得如火如荼。董承東窗事發，在建安五年；吉本、金禕、耿紀、韋晃等造反並旋即被曹操鎮壓，是在建安二十三年，小說《三國演義》將吉本改為「吉平」，把吉平定為董承一夥，並且虛構出吉平企圖毒死曹操的驚心動魄的故事。這樣，吉本（小說中的「吉平」）之死，由建安二十三年提前到建安五年。董承的密謀是如何暴露的呢？史書上並未記載。小說卻虛構出曲折的故事：「承心中暗喜，步入後堂，忽見家奴秦慶童同侍妾雲英在暗處私語。承大怒，喚左右捉下，欲殺之。夫人勸免其死，各人杖脊四十，將慶童鎖於冷房。慶童懷恨，夤夜將鐵鎖扭斷，跳牆而出，徑入曹操府中，告有機密事。操喚入密室，問之。慶童云：『王子服、吳子蘭、种輯、吳碩、馬騰五人，在家主府中商議機密，必然是謀丞相。家主將出白絹一段，不知寫着甚的。近日吉平咬指為誓，我也曾見。』」《三國演義》第五十七回，馬騰奉衣帶詔密謀曹操的計劃，亦因為相似的原因而泄露。馬騰的中軍黃奎無意中對小妾泄露了衣帶詔的祕密，而其妾李春香與奎妻弟苗澤私通，「澤欲得春香，正無計可施」，於是，苗澤就去向曹操舉報。我們在明清的小說中，經常看到類似的泄密故事：奴婢與人偷情，為主人無意中發現。主人責罰奴婢，奴婢舉報主人罪愆，以求報復。或是婢妾有私情，舉報主人以遂情慾。官渡之戰時，《三國演義》中所謂「郭奉孝十勝十敗」之說，其實是根據荀彧的「度勝」「謀勝」「武勝」「德勝」之說擴充而來。據《三國志．張郃傳》，是張郃，而不是沮授，向袁紹進言，必須火速派兵支援烏巢，「若（淳于）瓊等見禽，吾屬盡為虜矣」。張郃的意見遭到郭圖的反對。烏巢兵敗，郭圖羞慚，進一步陷害張郃，結果為淵驅魚，為叢驅雀，促使張郃投降了曹操。淳于瓊並非兵敗逃回，被袁紹處死，而是在烏巢之戰中被樂進斬殺。歷史上劉琮確實投降了曹操，荊州落入曹操之手。曹操封劉琮為青州刺史，封侯，沒有派于禁去追殺剛剛投降過來的劉琮和蔡夫人。

小說為了給曹操抹黑，又給添上這麼一段故事。當然，《三國志平話》裏已經是如此設計，借諸葛亮之口說：「您二人皆言曹公之威，你待納降？豈不聞曹公奪了荊楚之地，改差劉琮，覓罪令人殺之！您二人要學蒯越、蔡瑁之後，使劉琮降曹操之說。」魯肅遠見卓識，精明幹練，並非如《三國演義》裏所寫的那樣平庸。黃蓋沒有獻甚麼「苦肉計」。據《三國志・孫權傳》裴注所引《魏略》所述，草船借箭的是孫權，不是諸葛亮。時間在赤壁之戰以後，地點在濡須（今安徽南）。孫權的借箭也不是有甚麼預謀，只是隨機應變罷了。當然也沒有在船的兩邊紮甚麼草人。曹軍射他的船，船的一邊吃了箭，船身傾斜，孫權怕船翻，就讓船身轉過身來。斬華雄的是孫堅，不是關羽。《三國志・孫堅傳》有云：「堅復相收兵，合戰於陽人，大破卓軍，梟其都督華雄等。」顏良倒是被關羽斬了，文丑卻並非死在關羽的刀下。宋人洪邁為傳說所誤，在《容齋隨筆》中說：「關公手殺袁紹二將顏良、文丑於萬眾之中。」他若是仔細讀讀《三國志》，恐怕就不會犯這種錯誤了。可是，我們由此也可以知道，至遲在宋朝就已經有文丑死於關羽刀下的傳說了。王朗是正常死亡，並非被諸葛亮罵死。為關羽刮骨療毒的不是華佗。隆中一帶並沒有甚麼臥龍崗。赤壁之戰的決戰地點不在赤壁，而是在烏林。諸葛亮未曾以二喬來激怒周瑜，曹操也沒有銅雀台鎖二喬之意。赤壁之戰的時候，二喬均已三十開外。我們讀《三國志平話》，才知道諸葛亮借二喬以激怒周瑜，是出自說話藝人的創造。《三國志平話》中說：「孔明振威而喝曰：『今曹操動軍，遠收江吳，非為皇叔之過也。爾須知曹操，長安建銅雀宮，拘禁天下美色婦人，今曹相取江吳，虜喬公二女，豈不辱元帥清名？』」據《三國志・周瑜傳》：「時得橋公兩女皆國色也，策自納大橋，瑜納小橋。」則小說所謂「喬公」，當係「橋公」之誤，則「二喬」當為「二橋」。張遼後寨起火，一片聲叫反。張遼處變不驚，鎮定自若。《三國演義》虛捏出戈定一人，指其為太史慈鄉人，欲做內應。呂蒙、潘璋並非因關羽顯靈復仇而死，他們都是普通的病死老死。歷史上的周瑜是一個豁達大度之人，可是小說把他寫成一個心胸狹隘之人。周瑜臨終之時也沒有「既生瑜，何生亮」的「仰天長歎」。現在有所

用奇謀孔明借箭

謂「瑜亮情結」之說，其實是小說家言，歷史上的周瑜沒有那麼狹隘。龐統沒有參加赤壁之戰，當然也未曾獻過連環計。《三國志》裏沒有周倉這個人。據《關羽傳》，關羽有關平、關興兩個兒子，而在《三國演義》裏，關平卻成了關羽的義子，關興至小說第七十四回方才突然出現。第八十七回，劉、關、張相繼去世以後，諸葛亮遠征南蠻之前，關羽的第三個兒子關索從天而降：「忽有關公第三子關索，入軍來見孔明曰：『自荊州失陷，逃難在鮑家莊養病。每要赴川見先帝報仇，瘡痕未合，不能起行。近已安痊，打探得東吳仇人已皆誅戮，徑來西川見帝，恰在途中遇見征南之兵，特來投見。』」「七擒孟獲」以後，這個關羽的三公子又神祕地消失了。真是來也匆匆，去也匆匆。而在《新編全相說唱足本花關索傳》裏，卻有了關索的詳細故事，講到關羽和關索的悲歡離合。俞樾說：「按世俗以關索為漢前將軍之子，實無其人。乃宋時賊盜中即有小關索之名，則其流傳亦遠矣。」（《茶香室叢鈔》）關羽是不是用刀，也得打個大大的問號。俞樾對此提出疑問：「關公本傳，無一刀字。傳云：『紹遣大將軍顏良攻東郡太守劉延於白馬，曹公使張遼及羽為先鋒擊之。羽望見良麾蓋，策馬刺良於萬眾之中。』……古人用字精審，《關公傳》既用『刺』字，則其殺顏良，疑亦用矛。若用刀，必不云『刺』也。《吳志・魯肅傳》：『肅住益陽，與羽相拒。肅邀羽相見，各駐兵馬百步上，但諸將軍單刀俱會。』此卻有刀字，然恐是佩刀耳。」（《小浮梅閒話》）《三國演義》則謂：「顏良措手不及，被雲長手起一刀，刺於馬下。」即不說「砍」，也不說「斬」「劈」，而要說「刺」。或許是注意到了《關羽傳》的這個用字。果真如此，則小說的作者還是非常仔細的。《三國志・徐晃傳》說徐晃是病死，可小說裏說他是被孟達一箭射中頭額，「當晚身死」。小說中說張郃不聽司馬懿的勸告，自恃其勇，中了埋伏而被亂箭射死。但裴注所引《魏略》之說，卻正好相反：「亮軍退，司馬宣王使郃追之。郃曰：『軍法：圍城必開出路，歸軍勿追。』宣王不聽，郃不得已，遂進。蜀軍乘高佈伏，弓弩亂發，矢中郃髀。」小說的寫法維護了司馬懿老謀深算的形象，卻損害了張郃智勇雙全的名將風采。馬謖確實是丟了街亭，《諸葛亮傳》上說：諸葛亮「戮謖以

司馬懿

開言崇聖典用武若通神三國英雄士四
朝経濟臣屯兵驅乕豹養子得麒麐諸
葛常稱冣能廻天地春

養拙室主

司馬懿

謝眾」，《王平傳》亦說諸葛亮斬了馬謖，但是，據《三國志・馬謖傳》上的記載，馬謖是「下獄物故」。而《向朗傳》則說：「朗素與馬謖善，謖逃亡，朗知情不舉，亮恨之。免官。」同一部《三國志》，同一個陳壽，對於馬謖的結局，卻給出了互相矛盾的三種答案。馬謖究竟是被諸葛亮揮淚斬了，還是畏罪潛逃，或是病死獄中，恐怕永遠說不清楚了。荀攸在曹魏伐吳的途中病死，而《三國演義》卻說荀攸反對曹操進封魏王，引起曹操不滿，荀攸鬱悶而死。諸葛亮伐魏，只有五次，其中第一次和第四次至祁山。第一次是建興六年，諸葛亮率軍攻祁山，馬謖為張郃所破，諸葛亮拔西縣千餘家，還於漢中。建興九年，第四次伐魏，諸葛亮復出祁山，糧盡退軍。所謂「六出祁山」，並非事實。周瑜死後，劉備並沒有派諸葛亮去弔喪，當然更沒有諸葛亮弔唁周瑜的祭文。街亭之役，曹魏方面的主帥並非司馬懿，而是張郃。歷史上的劉備並沒有去東吳入贅，而是孫夫人來荊州與劉備成親。《三國志》中有關孫夫人的記載極少，陳壽甚至沒有單獨給她列傳。《三國演義》裏講得有聲有色的劉、關、張桃園三結義、曹操行刺董卓、虎牢關三英戰呂布、王允的連環計、孫策的怒斬于吉、諸葛亮火燒新野、劉皇叔越馬過檀溪、糜夫人的投井自盡、羣英會蔣幹中計、諸葛亮三氣周瑜、關羽的降漢不降曹、關羽的秉燭達旦、闞澤的假投降、龐統的連環計、華容道放曹操、過五關斬六將、關羽斬蔡陽、單刀赴會、禰衡的擊鼓罵曹、關羽戰黃忠、左慈戲曹操、周瑜「虛名收川，實取荊州」的假途滅虢之計、空城計等等，完全是小說家和民間藝人的虛構。史書上涉及關羽的材料不多，可小說卻描繪出「溫酒斬華雄」「三英戰呂布」「過五關斬六將」「單刀赴會」「水淹七軍」等一系列可歌可泣的英雄故事。據《三國志》的記載，徐庶在歷史上只有三件事，一是他與崔州平都是諸葛亮的好友；二是徐庶向劉備推薦諸葛亮；三是庶母為曹操所得，徐庶不得已去了曹營。其餘的計奪樊城之類，都於史無據。趙雲在《三國志》裏，排在關羽、張飛、馬超、黃忠之後，也沒有顯赫的軍功。《三國演義》中那些精彩的篇章，大多具有民間傳說的深厚基礎。史書上關於諸葛亮出山的事，記載得十分簡略，而小說卻敷演出劉備三顧茅廬的大段漂亮文字。《三國志・諸葛亮傳》上有云：

> 時先主屯新野。徐庶見先主，先主器之，謂先主曰：「諸葛孔明者，臥龍也，將軍豈願見之乎？」先主曰：「君與俱來。」庶曰：「此人可就見，不可屈致也。將軍宜枉駕顧之。」由是先主遂詣亮，凡三往，乃見。

由此可見，劉備本來是想讓徐庶將諸葛亮請來。後來聽徐庶介紹，知道「此人可就見，不可屈致也」，才決定親自出馬，登門拜訪。小說把諸葛亮的出山寫得百步九折，以此來突出劉備禮賢下士的誠意，渲染諸葛亮的名士風采。歷史上的關羽，也沒有小說裏寫得那樣「高大全」。《三國志・明帝紀》裴注所引的《獻帝傳》上說：

> （秦）朗父名宜祿，為呂布使詣袁術，術妻以漢宗室女。其前妻杜氏留下邳。布之被圍，關羽屢請於太祖，求以杜氏為妻。太祖疑其有色。及城陷，太祖見之，乃自納之。

看來，關羽對女色還是十分重視的。關羽也是人。在得知杜氏有色以後，特意與曹操打招呼。不是一次，而是屢次地請求。因為是「屢請」，這才引起曹操的注意和關切，結果反而把事情搞糟，讓曹操先下手為強，把杜氏奪了去。美女是稀缺資源，杜氏正寡居，關羽想得到杜氏，也是人之常情。這是多麼煞風景的考證啊！至於杜氏本人願意嫁給誰，這並不重要，那是現代人才會想到的問題。

越是精彩的地方，就越是離不開虛構，作品之能否成功，藝術想像力的強弱是最關鍵的因素。這一點是很有啟發性的。筆者由此而聯想到人們佩服得五體投地的《紅樓夢》，必定充滿了作者的虛構。那些處處要將賈府和曹家對號入座的人，一定是所求愈深，所得愈寡。那麼，能不能由此得出結論：《三國演義》不能給我們一點可靠的歷史知識。當然也不能這麼說。譬如說，小說對禪讓醜劇的描寫就要比《三國志》深刻得多，也真實得多。小說對宮廷鬥爭的殘酷性的描寫，也要比正史真實得多。《三國志・文帝紀》提到曹丕代漢時，只是淡淡地說：「漢帝以眾望在魏，乃召羣公卿士，告祠高廟。使兼御史大夫張音持節奉璽綬禪位。冊曰：……」下面便是一篇冠冕堂皇的官樣文章。袁宏的《漢紀》錄下了漢獻帝禪位的詔書，這篇文字極為簡單的詔書見於魏文帝本傳的裴注：「朕在位三十二載，遭天下之盪覆，幸賴祖宗之靈，危而復存；然仰瞻天文，俯察民心，炎精之數既終，行運在乎曹氏，是以前王既樹神武之績，今王又光耀明德以應其期，是曆數昭明，信可知矣。夫大道之行，天下為公，選賢與能；是故唐堯不私於厥子而名播於無窮。朕羨而慕焉。今其追踵堯典，禪位於魏王。」實際的禪讓過程想來不會像陳壽和袁宏寫的那樣平靜順利。所謂「眾望在魏」，不過是擁漢派已經消亡殆盡的一種委婉的表達。

《三國演義》中寫得最精彩的人物，往往就是虛構成分比較大的人物。歷史上的曹操，固然有酷虐變詐的一面，但他的雄才大略也不可否認。小說把曹操塑造成一個奸雄，歷來有許多人為他喊冤叫屈。程樹德便說：「說阿瞞之奸，亦逾其分量。孟德一代英雄，何至如演義所說之不堪？」（《國故談苑》）諸葛亮本是蕭何一類的人物：「先主外出，亮常鎮守成都，足食足兵」，如陳壽的《三國志・諸葛亮傳》所說，「應變將略，非其所長」，可小說把他寫成一個神機妙算、臨陣指揮的三軍統帥。唐人王勃，就非常贊同陳壽對諸葛亮軍事才能的懷疑：「初，備之南也，樊、鄧之士，其從如雲，比到當陽，眾十萬餘，操以五千之卒，及長坂，縱兵大擊，廓然霧散，脫身奔走，方欲遠竄。用魯肅之謀，然投身夏口，於時諸葛適在軍中，向令帷幄有謀，軍容宿練，包左車之計，運田單之奇，操懸軍數千，夜行三百，輜重不相繼，聲援不相聞，可不一戰而擒也。坐以十萬之眾，而無一矢之備，何異驅犬羊之羣，餌豺虎之口？固知應變將略，非武侯所長。斯言近矣。」（《王子安集》卷十《三國論》）當然，諸葛亮比蕭何的功勞大多了。如葉適所說：「漢高猶是大勢已成，何之與為易；備漂流二十年，未嘗得尺寸，亮鑿空幹取，以無為有，比於蕭何，其事倍難。」（《習

學記言》卷二十八）

李慈銘對小說的「以假亂真」非常痛恨：「余素惡《三國演義》，以其事多近似而亂真也。」（《荀學齋日記》）章學誠主張嚴格史學和小說的界限，寫史就嚴格地按照歷史的真實來寫，寫小說就完全虛構，不要虛虛實實，使人誤將小說當作歷史，堪稱李慈銘的知己：

> 凡演義之書，如《列國志》《東西漢》《說唐》及《南北宋》，多記實事，《西遊》《金瓶》之類，全憑虛構，皆無傷也。惟《三國演義》，則七分實事，三分虛構，以致觀者，往往為所惑亂，如桃園等事，學士大夫直作故事用矣。故演義之屬，雖無當於著述之倫，然流俗耳目漸染，實有益於勸懲。但須實則概從其實，虛則明著寓言，不可虛實錯雜如《三國》之淆人耳。

章學誠不明白，虛構是藝術的生命，不讓虛構，那就是要了藝術的命。當然，有一個辦法可以滿足他們的要求，那就是在小說的前面列出十二個大字：「作品純屬虛構，請勿對號入座。」可是，小說家也不想給人子虛烏有的印象。妙就妙在真真假假、虛虛實實，虛中有實，實中有虛。當然，章學誠的批評自有其合理的成分：大眾將小說的描寫完全當作歷史來接受，也會產生許多弊病。眼下無數的「戲說」乃至於惡搞充塞舞台，唐突經典，引起了史學界理所當然的憂慮。

嚴格地說，古代的文獻也是真偽雜陳，不能全信。這裏也有一個去偽存真的問題。裴松之在〈上《三國志注》表〉中，已經對三國的歷史文獻中「或同說一事而辭有乖雜，或出事本異，疑不能判」，或「紕漏顯然」，「言不附理」，感慨萬分。他注意到史家所記，未必都那麼可信：「史之記言，既多潤色，故前載所述，有非實者矣；後之作者，又生意改之。於失實也，不亦彌遠乎？」

《三國演義》以後，歷史演義層出不窮，可是都未能超過《三國演義》。其中的一個教訓就是缺乏藝術的虛構。馮夢龍的《新列國志》（後經蔡元放改題作《東周列國志》）就是一個典型的例子。當然，也不是想虛構就能虛構，虛構的也未必都能夠成功。再說，《三國演義》是一部世世代代累積而成的長篇小說，其中凝結了不知多少人的心血，並非羅貫中一個人的作品。

亦雅亦俗的《三國演義》

縱觀中國古代的小說，那些影響最大的作品，都是亦雅亦俗、雅俗共賞的作品。譬如說《三國演義》《水滸傳》《西遊記》，都是如此。老百姓喜聞樂見，文人學子也津津樂道。像《儒林外史》《紅樓夢》這樣的作品，雖然也劃入通俗小說，但比起《三國》《水滸》《西遊》來，又要雅一點。《儒林外史》《紅樓夢》在民間的影響，便無法和《三國》《水滸》《西遊》相比。曹操、劉備、諸葛亮、關羽、張飛、林冲、宋江、魯智深、李逵、孫悟空、豬八戒比王冕、范進、周進、賈寶玉、林黛玉、薛寶釵的知名度高多了。難怪魯迅要說：「偉大也要有人懂。」（〈葉紫作《豐收》序〉）說雅俗共賞則「影響最大」，其實是同義反覆。世界上的人，除了雅人，就是俗人，雅人欣賞，俗人也欣賞，當然是影響最大。問題在於，《三國演義》「雅」在哪裏，「俗」在哪裏，又是如何做到雅俗共賞的。

雅和俗的分野，不是一種政治的分野，而是一種文化的分野。仔細推究起來，雅和俗的關係實在是一個說不清、道不明，剪不斷、理還亂的問題。甚麼叫雅，甚麼叫俗，當然有很多不同的理解。有時候指文學的體裁，「雅體」和「俗體」「野體」「鄙體」相對立。有時候指正統文學與民間文學的區分，正統文學是「雅」，民間文學是「俗」。有時候指作品的風格，「雅」指高雅的風格，「俗」指鄙俗的風格。文學是語言的藝術，文體和風格的「雅」和「俗」，又往往牽涉到語言和文體的「雅」和「俗」。就詩歌而言，古體、今體之外，就有所謂打油詩。這打油詩就是俗的，是被人看不起的。就古典小說而言，文言小說被認為是「雅」的，通俗小說、白話小說被認為是「俗」的。《四庫全書》就不收白話小說。儘管白話小說當時已經誕生了像《儒林外史》和《紅樓夢》這樣偉大的作品，但《四庫全書》依然保持着官方對白話小說的輕蔑。以語言劃分「雅」「俗」，當然也是非常籠統的區分。譬如《聊齋志異》，雖然是文言，但它的趣味卻與通俗小說接近。像《三國演義》，是半文半白；《紅樓夢》雖然是白話，但文言味也相當重。如《古今小說評林》中冥飛所說：「《三國志》（實指《三國演義》）是白描淺說的文言，不是白話。」雅俗之分，有時候指人的風度氣質，「雅」是灑脫不羣、高邁脫俗，「俗」是指平庸、淺薄。其次，要談甚麼是「雅」，甚麼是「俗」，不能離開一定的時代。周代的時候，《大雅》《小雅》《魯頌》《周頌》《商頌》被認為是「雅」的；十五《國風》則被認為是「俗」的。後來，《詩經》整個地被奉為儒家的經典，《國風》也逐漸地「上升」為雅文學。漢朝以後，四言詩就顯得非常古雅。極而言之，一切的雅文學也都是從俗文學進步而來，然後又逐漸地僵化。但是，幾千年來，「雅」字常帶褒義，而「俗」字常帶貶義。其中包含着「高貴者」對「卑賤者」、文化人對沒文化人、勞心者對勞力者的蔑視。魯迅曾經如此地諷刺道：「優良的人物，有時候是要靠別種人來比較，襯托的，例如上等與下等，好與壞，雅與俗，小器與大度之類。」（《且介亭雜文．論俗人應避雅人》）

從《三國演義》的成書過程來看，既不是一種單純的由俗趨雅的過程，更不是一種由雅趨俗的過程，而是一種俗和雅不斷地互相滲透、互相影響，又互相排斥、互相摩擦，終於交融在一起，難分難解的過程。

《三國演義》中「雅」的成分主要來自《三國志》。《三國志》是史學著作，從敘事來說，《三國志》要排斥虛構和想像；任何一點尋奇覓異和炫耀想像的地方都會招致批評和責難。從語言上來說，《三國志》採用純正的文言；從趣味來說，《三國志》感興趣的是探索興亡成敗的道理和歷史人物的功過是非；從風格上說，《三國志》追求的是嚴肅簡明的風格。《三國演義》固然不是史學，而是小說；可是，《三國演義》既然要以《三國志》作為自己最重要的文字依據，它就不能不受到《三國志》的巨大牽制。如此一來，《三國演義》的想像和虛構便不能離史實太遠。《三國志》中的很多奏章、書信、詔書、人物的傳記、人物的對話、帶有故事性的情節，被直接抄入小說，或是稍作加工，便吸收進去。《三國演義》的行文中因此而出現大量的文言。國家的興亡成敗，人物的功過是非，便自然地成為小說的興奮點。凡此種種，都為小說《三國演義》注入了「雅」的成分。

《三國演義》中「雅」的成分，不僅來自《三國志》，而且來自裴注，來自《世說新語》一類的筆記小說，來自唐詩宋詞。它們對小說《三國演義》所注入的營養要比《三國志》複雜得多。裴注引書一百四十多種，其中多有野史。這些野史往往帶有較多的感情投入，常有細節的描寫，也不排斥虛構和想像。野史裏那些雜有愛憎、不乏想像和虛構的故事，雖然與民間的說唱還有區別，但與嚴肅的《三國志》已經大異其趣，而與搜奇覓異、逞其想像的小說相比，已是一步之遙。難怪四庫館臣雖然對裴注的功績加以肯定：「網羅繁富，凡六朝舊籍，今所不傳者，尚一一見其崖略。又多首尾完具，不似酈道元《水經注》、李善《文選注》皆剪裁割裂之文，故考證之家，取材不竭，轉相引據者，反多於陳壽本書」，但對裴松之的「嗜奇愛博」也有所不滿。「嗜奇」則偏愛野史，「愛博」則選擇不精。總而言之，偏離了信史實錄的軌道。此類批評，不免使人想起揚雄對《史記》「愛奇」之批評，韓愈對《左傳》「浮誇」之責難。至於詩詞和筆記小說，那就更不必說。野史和筆記往往在偷偷摸摸地追求趣味性和故事性，這就是它們和小說相通的地方，也是它們因此而「降低身份」的地方。但野史和筆記畢竟是文人所作，所以又帶來了文人的愛好和趣味，帶來了文人的學問和語言。我們看諸葛亮的那種名士風度，那一份超凡脫俗的胸襟識度，便不能不承認《世說新語》和唐詩宋詞對《三國演義》潛移默化的影響。除此以外，歷代文人還寫過無數有關三國歷史人物的史論、雜文和辭賦，這些作品施加於《三國演義》的影響也隱約可見。

雅文化雖然也帶着感情，帶着愛憎褒貶，有傾向，有取捨，但還是比較客觀。在追求故事性、趣味性的同時，也不敢，不肯離開學術性。雅文化是在保持學術性的前提下追求故事性和趣味性。當然，這種說法也是相對的。追求故事性和趣味性總是難免會使學術性遭受一些損失。那些故事性、趣味性很強的野史、雜傳不能被稱為「信史」，甚至被貶為「小說家言」，就是這個道理。這裏當然包括了雅文化對俗文化的輕視和排斥。《隋書・經籍志》裏的一大批雜史類的作品，譬如《述異記》《搜神記》《孔氏志怪》《幽明錄》《齊諧記》《感應傳》《冥祥記》《集靈記》《冤魂志》等，到了《新唐書・藝文志》，都被「降」入「小說家」類。從雅文化的角度去看，這類講述怪異的書連「雜史」「雜傳」也已經「不配」了。到了清代乾隆年間，又有一批屬於雜史、雜傳、地理類的書，譬如《山海經》《神異經》《漢武帝內傳》《拾遺記》《開天傳信記》等書，被「貶」為「小說」。揚雄在《法言》中揶揄司馬遷「愛奇」，就是說司馬遷不應該為了追求趣味性和故事性而摻入想像和虛構，不應該為了文學而損害史學的實錄。經史高於文學，經史是學問，講的是修身、齊家、治國、平天下的道理。文學是雕蟲小技，業餘搞搞還可以，專門去搞就是「玩物喪志」。文學之中，詩文又高於小說、戲曲。前者是雅，後者是俗。小說之中，文言小說高於白話小說，因為前者比後者要雅一些。文言小說可以收入《四庫全書》，白話小說則沒有資格。總而言之，雅的高於俗的。

儘管《三國演義》從《三國志》及裴注，從筆記小說和唐詩宋詞中吸取了豐富的營養；但是，如果沒有俗文學的發展，沒有說話藝術、宋元戲曲的澆灌，要產生像《三國演義》這樣偉大的歷史長篇小說幾乎是不可能的。是民間的說話藝術、戲曲藝術，給了三國故事以擁劉反曹的傾向，這就使三國故事染上了強烈的感情色彩。是說話藝術和戲曲藝術娛樂大眾的功能給了小說創作巨大的推動，使三國故事藉助大膽的藝術虛構不停地提高它的故事性，使人物越來越生動傳神。說話藝術和戲曲藝術是商業化的藝術、市場化的藝術，是民間藝人的「身上衣裳口中食」。文化市場的激烈競爭大大加快了三國故事的進化過程。民間藝人不是一般的俗人，他們一方面從生活中汲取靈感，另一方面也不拒絕從雅文化中汲取營養。南宋人羅曄所著的《醉翁談錄》中就說：

> 夫小說者，雖為末學，尤務多聞。非庸常淺識之流，有博覽該通之理。幼習《太平廣記》，長攻歷代史書。

這種兼跨雅、俗兩大文化的說話藝人，雖然常常被有學問的雅人譏為「村學秀才」「三家村秀才」，但他們確是《三國演義》的功臣。

從《三國志》到《三國演義》，大膽的藝術虛構是關鍵。文人不容易跨出這一步，民間的藝人則沒有那麼多的顧慮和猶豫。他們其實也並非因為讀過《文學原理》《文學概論》，懂得了藝術真實和生活真實的區別與聯繫，才勇敢地跨出了這一步。為了娛樂大眾，為了謀生，同時也為了自娛，他們視藝術的虛構為理所當然的事情。這些地位卑賤的「三家村秀才」又一次顯得比文人聰明。雖然最初的虛構可能比較幼稚笨拙，甚至非常可笑；但是它的方向沒有錯，終於越來越成熟。與此同時，尊崇雅文化的文人們卻顯得非常保守，對文學的新形式十分看不慣。他們一味地在虛實問題上糾纏不休，在這個問題上消耗了太多的精力，藐視一味「媚俗」的小說，表現出雅文化對俗文化的誤解和隔膜。大文豪王士禛寫詩來弔龐統，題目是《落鳳坡弔龐士元》，傳為笑柄。清人嚴元照即說：「演義、傳奇，其不足信一也，而文士亦有承訛襲用者。王文簡《蠶益集》有《落鳳坡弔龐士元》詩，士元死於落鳳坡，自演義外更無確據。」（《蕙櫋雜記》）原因就在於王士禛混淆了雅文化和俗文化的界限。袁枚在《隨園詩話》中說：「崔念陵進士，詩才極佳，惜有五古一篇，責關公華容道上放曹操一事，此小說演義語也，何可入詩？何屺瞻作札有『生瑜生亮』之語，被毛西河誚其無稽，終身慚悔。」也是不允許混淆雅文化和俗文化的界限。杜牧有詩「東風不與周郎便，銅雀春深鎖二喬」，有人引《三國演義》來為其作注，於是招來後人的竊笑：「乃江西坊本，有《唐詩三百首注疏》者，於此詩下竟引《三國演義》諸葛祭風事，余竊笑之。」（顧家相《五餘讀書廛隨筆》）

通俗小說顯然是感受到了來自雅人的壓力，於是，小說的序跋中便常有「寓教於樂」的自辯。即便是充斥着性描寫的《金瓶梅》，前面的序也要說《金瓶梅》是如何地有益於世道人心。將嘉靖本和毛本相比，後者顯然加強了封建的說教。這種說教色彩的加強，一方面固然反映了毛綸父子的思想；另一方面，也不妨看作面對雅文化的壓力，俗文化的一種本能的

諸葛亮痛哭龐統

自我保護反應。

小說畢竟有審美的功能，這種美的誘惑對於雅人也是難以抗拒的。隨着小說的日趨成熟，這種誘惑促成了文人的分化。於是，一部分文人出來替通俗文學辯護，一部分文人則激烈地咒罵。辯解者說小說之感人，猶如暮鼓晨鐘，勝過《論語》《孝經》；咒罵者說小說之可惡，簡直是洪水猛獸。他們形似對立，其實都承認小說必須具有教化的功能，必須有益於世道人心。清朝《皇朝經世文編》卷六八《禮政・正俗》載錢大昕一奏摺，有云：「古有儒、釋、道三教。自明以來，又多一教，曰小說。小說演義之書，未嘗自以為教也，而士大夫農工商賈，無不習聞之。以至兒童婦女不識字者，亦皆聞而如見之。是其教較之儒、釋、道而更廣也。釋、道猶勸人以善，小說專導人以惡。奸邪淫盜之事，儒、釋、道書所不忍斥言者，彼必盡相窮形、津津樂道。以殺人為好漢，以漁色為風流，喪心病狂，無所忌憚。子弟之逸居無教者多矣，又有此等書以誘之，曷怪其近於禽獸乎？世人習而不察，輒怪刑獄之日繁、盜賊之日熾。豈知小說之中，於人心風俗者，已非一朝一夕之故也。有覺世牖民之責者，亟宜焚而棄之，勿使流播。內自京邑，外達直省，嚴察坊市，有刷印鬻售者，科以違制之罪。行之數十年，必有弭盜省刑之效。或訾吾言為迂，遠闊事情，是目睫之見也。」慷慨陳詞，切齒痛恨。

儘管雅文化在抵制俗文化，但俗文化終究是擋不住的。即便是在官場和文壇，《三國演義》的影響也是無處不在。《三國演義》中許多膾炙人口的故事雖然與正史不符，但許多文人仍用為典故。陳孟象《與程石門書》中說：「惟恨無情巒巘，遮吾望眼，不啻劉豫州之伐樹望徐元直也。」徐渭〈注《參同契》序〉則說：「譬如陸遜束炬，先攻一營，遂曉破蜀之法。連營七百里，一旦席捲。」「乾隆初，某侍衞擢荊州將軍，人賀之，輒痛哭，怪問其故，將軍曰：『此地以關瑪法尚守不住，今遣老夫，是欲殺老夫也。』聞者掩口。」（姚元之《竹葉亭雜記》）王士禛的《古詩選・凡例》、尤悔庵的《滄浪亭詩序》、金正希的《任澹公文序》、孫豹人的《與王貽上書》，都用到《三國演義》中「既生瑜，何生亮」的典故。欽定的類書《淵鑒類函》中，亦載有諸葛亮借東風的故事。

世界上畢竟是「雅人」少，「俗人」多，「俗人」受通俗小說影響之大，是「雅人」無可奈何的事情。梁啟超就說：「今我國民綠林豪傑，遍地皆是，日日有桃園之拜，處處為梁山之盟，所謂『大碗酒、大塊肉、分秤稱金銀、論套穿衣服』等思想，充塞於下等社會之腦中，遂成為哥老、大刀等會』。」（《論小說與羣治之關係》）「蓋全國大多數人之思想業識，強半出自小說，言英雄則《三國》《水滸》《說唐》《征西》，言哲理則《封神》《西遊》，言情緒則《紅樓》《西廂》，自餘無量數之長章短帙，樊然雜陳，而各皆分佔勢力之一部分。此種勢力，蟠結於人人之腦識中，而因發為言論行事，雖具有過人之智慧、過人之才力者，欲其思想盡脫離小說之束縛，殆為絕對不可能之事。」（《告小說家》）

保衛名著

《水滸傳》從小說改編成電視連續劇以後，一時間眾說紛紜。有人對電視連續劇很不滿意，便起來「保衛名著」。他們認為：名著不能改編，改編名著必然是吃力不討好。在這裏，筆者不想探討電視連續劇《水滸傳》的成敗得失，也不急於探討名著能不能改編，只是想提醒讀者注意，《三國演義》這部名著確實是經過了無數人的手，一步一步地「改編」出來的。

從《三國演義》的成書過程來看，兩晉南北朝時期，三國的故事已經在民間廣泛地流傳。晉人陳壽所著的《三國志》，以國別體和紀傳體相結合，為三國的興亡成敗描繪了基本的線索，為風雲變幻的三國故事構築了初步的框架，為三國時期眾多歷史人物的生平軌跡、思想性格做了粗線條的勾勒。當時的一些筆記小說，譬如像裴啟所著的《語林》、劉義慶所著的《世說新語》中，已經記錄了一些三國人物的故事逸聞。譬如《語林》中就有管寧和華歆園中鋤菜見金，諸葛亮與司馬懿戰於渭水，曹操夢中殺人，楊修解讀曹娥碑，曹操會見並追殺匈奴使者的故事，這些故事都被後來的《三國演義》所吸收。南朝劉宋的時候，裴松之為陳壽的《三國志》作注，裴注保存了漢末和三國以來的大量史料和傳說，這些史料和傳說為後來三國故事的創作提供了豐富的素材。隋唐的時候，三國故事通過詩歌和雜戲的形式，更加地深入民間和宮廷。據《太平廣記》第二二六卷「水飾圖經」條的記載，隋煬帝楊廣曾經與羣臣一起在曲水觀看「水飾」七十二勢。所謂「水飾」就是指遊船上用水力機械操縱的各色木偶，其中有表演「曹瞞浴譙水擊水蛟」，「劉備乘馬渡檀溪」，「魏文帝興師，臨河不濟」等故事的傀儡戲。唐代的寺院裏，講說着「死諸葛走生仲達」的故事。晚唐著名詩人李商隱的《驕兒》詩中有「或謔張飛鬍，或笑鄧艾吃」的句子，形容當時的兒童模仿三國人物的情景，我們可以由此而聯想到三國故事在當時的流傳和影響。唐詩中歌詠三國歷史人物的作品很多，其中又以歌詠讚頌諸葛亮的作品最多，影響也最為深遠。在杜甫的詩集裏就有二十多首作品吟詠或提及諸葛亮。唐詩對於三國歷史人物的精神面貌和氣質風度的渲染，無疑啟發了《三國演義》的人物塑造。宋元的時候，三國故事廣泛地出現在各種藝術門類中，不但詩詞、散曲、筆記中有三國故事，繪畫中還有《三顧草廬圖》。宋代的都市中，有專門供市民和士兵娛樂的場所——瓦舍。瓦舍中附設有占卜、雜貨、飲食等各種服務行業，瓦舍中最受人歡迎的娛樂項目之一就是「說話」，類似於今天的說書、評書。有關的資料表明，三國故事已經成為當時民間藝人說話藝術和演唱的熱門題材，喚作「說三分」。三國故事成為說話藝術的專門科目，出現了如霍四究那樣擅長講說三國故事的藝人。宋元的說話藝術是關鍵中的關鍵。北宋的汴京、南宋的臨安，城裏有很多瓦舍勾欄，裏面有很多講故事的高手。除此以外，你看那茶肆酒樓、寺廟佛舍，乃至於鄉村集市、街頭巷尾，甚至於宮廷內府、私人府邸，到處可以發現他們的身影。觀眾踴躍，風雨無阻。台上的說話人說得眉飛色舞，台下的觀眾聽得如癡似醉。士農工商，都為那歷代的興亡成敗激動不已；男女老少，都為那英雄的豐功偉績感歎唏噓，以至於後來傳下來一句俗話：「看《三國》掉淚——替古人擔憂」。我們如果想理解《三國演義》，就一刻也不能忘記它是一部世世代代累積而成的小說。資料表明，最晚在宋代，三國故事已經形成了推崇劉備、貶斥曹操的思想傾向。元代的雜劇裏有很多三國戲。在元雜劇七百多種劇目中，三國戲的劇目就有近六十種，現存的尚有二十一種。著名的元雜劇作家，譬如關漢卿、王實甫、高文秀等，都寫過三國戲。元雜劇中的三國戲，包括了自漢末戰亂至三國統一於晉的近一百年的歷史過程，其中涉及黃巾起義、董卓之亂、官渡之戰、隆中對、赤壁之戰、孔明隔江鬥智、劉備取四川、漢中大戰、彝陵之戰、諸葛亮北伐中原等重大歷史事件。與此同時，皮影戲、傀儡戲、院本、南戲，也都表演三國的故事。有些雜劇中的情節並沒有被後來的小說《三國演義》所吸收，但是，多數雜劇都為小說提供了創作的素材。元代還留下了講說三國故事的長篇話本《三國志平話》和內容大致相同的《三分事略》。所謂「話本」，就是說話藝人講述故事時所用的底本，或是指摘錄史書、複述史書的通俗讀物。《三國志平話》是一部元代至治年間刊刻的長篇話本，標明「建安虞氏新刊」，八萬多字，分上、中、下三卷。每頁有上下兩欄，上欄是畫，描繪書中的故事和人物；下欄是敘事的正文。《三國志平話》與後來的長篇小說《三國演義》相比，顯得比較稚拙粗疏；但是，這部長篇話本為《三國演義》的總體結構、人物塑造提供了藍本。其內容已經包括黃巾起義、桃園結義、張飛鞭督郵、三英戰呂布、王允獻貂蟬、白門樓斬呂布、曹操勘審吉平、關羽刺顏良殺文丑、古城會、先主跳檀溪、三顧孔明、火燒新野、張飛據橋退曹兵、孔明出使東吳勸說孫權周瑜、黃蓋詐降、赤壁鏖兵、華容道、周瑜使美人計、氣死周瑜、曹操殺馬騰、馬超戰渭河、張松獻地圖、劉備入川、雒城龐統中箭、義釋嚴顏、平定益州、單刀會、定軍山斬夏侯淵、水淹七軍、先主伐吳、白帝城劉備託孤、孔明七擒孟獲、斬馬謖、百箭射殺張郃、秋風五丈原、三家歸晉等一系列的故事。《三國志平話》的民間文學風格非常鮮明，一系列的歷史人物染上了草莽英雄的色彩，其中張飛的形象尤為突出。《三國志平話》尊劉貶曹的傾向已經非常突出。從藝術上看，《三國志平話》還相當粗糙。除了說話藝術以外，北宋時還有「斬關羽」等表演三國故事的影戲。三國故事由各種通俗文藝的哺育滋補，同時廣泛地吸收了史學著作、野史筆記中的材料，隨時都會有新的故事添進來，隨時都會有新的人物加進來。虛構的成分愈來愈重，人物形象愈來愈生動，情節愈來愈曲折生動和豐富多彩。元明之際，羅貫中在長期的羣眾創作的基礎上，經過艱苦地再創造，終於寫成了長篇歷史小說《三國演義》。

由於年代的久遠，我們現在已經無法描繪出《三國演義》成書過程的細節，我們只是知道《三國演義》成書過程的某些中間環節。譬如說，公元 1967 年上海嘉定縣在一明代宣姓墓穴中發現了一部《新編全相說唱足本花關索傳》，其中寫道：

【白】關、張、劉備三人結為兄弟，在姜子牙廟裏對天設誓，宰白馬祭天，殺黑牛祭地。只求同日死，不願同日生。哥哥有難兄弟救，兄弟有事哥哥便從。如不依此願，天不遮，地不載，貶陰山之後，永不轉人身。劉備道：「我獨自一身，你二人有老小掛心，恐有回心。」關公道：「我壞了老小，共哥哥同去。」張飛道：「你怎下得手，殺自家老小？哥哥殺了我家老小，我殺了哥哥底老小。」劉備道：「也說得是。」

【唱】張飛當時忙不住，青銅寶劍手中存。來到蒲州解梁縣，直到哥哥家裏去。逢一個時殺一個，逢着雙時殺二人。殺了一十單八口，……走了嫂嫂胡金定。……

這不是劉、關、張桃園三結義，而是劉、關、張姜子牙廟三結義。結義以後劉備提出了一個嚴肅的問題：「你二人有老小掛心，恐有回心。」這是暗示關、張，各人要把家小處理掉，以免牽腸掛肚，一步一回頭，不能一心一意地幹事業。我們現在常常講要消除後顧之憂，劉備則提供了消除後顧之憂的另一條思路。我們不要以為這種辦法很可笑，《水滸傳》裏的吳用為了讓秦明、盧俊義入夥，就是用的這類辦法。區別只是在於，吳用是借刀殺人，關、張是互相換了殺。剛剛結義就把老小殺了。劉、關、張是不是「同年同月同日死」尚未肯定，他們的老小卻是先實現了這一點。關羽的夫人算是命大，僥倖逃脫。我們在這裏意外地發現，原來關羽的夫人叫胡金定。《花關索傳》啟發我們：三國故事在流傳過程中，產生了許多不同的版本，宋元的「說三分」非常複雜，絕非《三國志平話》所能囊括。

元代至治年間福建刊刻有《三國志平話》，這部話本裏劉、關、張的相遇與《花關索傳》《三國演義》都不同。在《三國志平話》裏，最先出場的是關羽，第二個是張飛，劉備則是最後一個出場。說的是張飛先與關羽打招呼，因為談話投機，就一起去酒店喝酒，恰好劉備也在酒店，三人就認識了。下面便是桃園三結義，與《三國演義》一樣。在《三國志平話》裏，曹操的形象沒有《三國演義》裏那麼奸詐，正面人物的素質、境界，

宴桃園豪傑三結義

也還沒有《三國演義》裏那麼高大。在《三國志平話》裏，張飛鞭打督郵以後，還將其「分屍六段，將頭吊在北門，將腳吊在四隅角上」，顯得非常殘暴。「關、張二人見德公生得狀貌非俗，有千般說不盡底福氣」，「趙雲自思：先主非俗人之像，異日必貴，又兼是高祖十七代孫，我肯棄之？」好像關羽、張飛和趙雲都是有所貪圖才跟了劉備。張飛動員別人跟他去衝鋒陷陣，也都是以利祿作誘餌：「如跟我去，得功者子孫永享國祿！」關羽降曹的時候，劉備以為他貪圖富貴而變心：「愛弟關公將我家小亦投曹操去了」，「想兄弟雲長官封壽亭侯，受漢家結政，亦無弟兄之心」。似乎劉備對關羽的為人也沒有多大的信任。與此同時，也把「漢壽亭侯」誤作「壽亭侯」，不知「漢壽」乃是地名，而「漢壽」之「漢」，並非指漢朝。《三國演義》寫劉備始終堅信關羽身在曹營心在漢，只有張飛懷疑關羽已經被曹操收買，對歸來的關羽表現出高度的敵視和警惕。《三國志平話》裏的諸葛亮還缺乏應有的風度。他出使東吳的時候，恰好遇到曹操的使者來東吳嚇唬孫權。諸葛亮為了促成孫、劉聯盟，竟「結袍挽衣，提劍就階，殺了來使」，顯得非常莽撞。於是，「眾官皆鬧，張昭、吳危曰：『方知諸葛奸猾！知者知是諸葛殺了曹使；不知，則言吳軍殺之。』」諸葛亮竟被張昭、呂範令人抓了起來。書中還說諸葛亮「本是一神仙」，「呼風喚雨，撒豆成兵，揮劍成河」。與孟達交戰時，「武侯急下馬，披頭跣足，持劍祭風」，「軍師祭風北起，蠻軍仰撲者勿知其數」，簡直像個妖道！我們讀《三國演義》，只知道張飛的嗓子好生了得，誰知《三國志平話》裏諸葛亮的嗓門也不弱。七擒孟獲的時候，「軍師與蠻軍對陣，軍師出，喝三聲，南陣上蠻王下馬」。龐統的形象更加不堪：「張飛持劍入衙，至天晚，聽得鼻息若雷，張飛連砍數劍，血如湧泉。揭起被服，卻是一犬。」周瑜、孫權的形象和境界也寫得很低。曹操派人來送信威脅，「孫權讀書罷，唬遍身汗流，衣濕數重，寒毛斗豎」。孫權派人找周瑜來商量北拒曹操的軍國大事，「周瑜每日與小橋（喬）作樂」，置之不理。後來，孫權「委差一官人，將一船金珠緞匹」賜予周瑜，「小橋（喬）甚喜」，周瑜這才與魯肅、諸葛亮一起商量抵抗曹操的軍國大事。在《三國志平話》裏，草船借箭的是周瑜：

卻說周瑜用帳幕船隻，曹操一發箭，周瑜船射了左面，令扮棹人回船，卻射右邊。移時，箭滿於船。周瑜回，約得數百萬隻箭。

按《三國演義》第七回，孫堅也曾經幹過這樣漂亮的活兒：「黃祖伏弓弩手於江邊，見船傍岸，亂箭俱發。堅令諸軍不可輕動，只伏於船中，往來誘之。一連三日，船數十次傍岸，黃祖軍只顧放箭。箭已放盡，堅卻拔船上所得之箭，約十數萬。」

很顯然，《新編全相說唱足本花關索傳》《三國志平話》這樣的話本，還保留着民間說唱樸拙的原貌，其中的劉、關、張等人的形象，還保留着濃厚的草莽英雄的氣息。我們由此可以聯想到，從《花關索傳》《三國志平話》到《三國演義》，其間經歷了多麼艱巨複雜的「改編」過程。當然，將《三國志平話》和《三國演義》相比，也有它若干的好處。前者沒有後者那些迂腐的說教，也很少大段地抄摘那些冗長的奏章、書信、詔書；人物的出場也比較自然，不是一上來就插入一篇傳記；語言的風格也比較統一。《三國演義》成功的關鍵在於它充分地吸收、巧妙地利用和改造了民間的傳說。

羅貫中的《三國演義》誕生以後，三國故事並沒有「定型」，改編的過程在繼續進行。毛綸、毛宗崗父子的評點是一次大的改編。電視連續劇《三國演義》是又一次大的改編。其實，在三國故事的說唱過程中，「改編」的工作就始終沒有停止過。羅貫中的《三國演義》誕生以後，沒有一個說書人會完全按照小說的敍述來講。如果說書人完全照着原著去講，那他就沒有飯吃了。與此同時，有一些戲曲甚至完全不顧已經成為名著和經典的《三國演義》的存在，另搞一套，與小說大唱反調。譬如元人的雜劇有《關大王月下斬貂蟬》的名目，見於《寶文堂書目》《也是園書目》，《遠山堂劇品》錄作《斬貂蟬》，注作五折。明清戲曲選本《風月錦囊》《羣英類選》中都有「關羽斬貂蟬」的劇目。《三國演義》沒有採用元雜劇中的情節。毛宗崗曾經在小說第八回的回前總批中對俗傳關羽斬貂蟬的故事表示憤慨：

> 最恨今人訛傳關公斬貂蟬之事。夫貂蟬無可斬之罪，而有可嘉之績，特為表而出之。

可是，明清的民間戲曲中仍有「關羽斬貂蟬」的劇目，晚清乃至近代的京劇劇目中也有《斬貂蟬》的劇目。清車王府抄藏曲目中就有此目。清人顧家相的《五餘讀書廛隨筆》中說：「傳奇、院本所演劉、關、張、曹操之事，亦往往與《三國演義》相出入。」你說你的，我演我的，並行不悖，和平共處。

很顯然，每一次「改編」，不管其成敗如何，是積極的還是消極的，總是反映出改編者對三國故事新的理解和不滿。因為有了新的理解和不滿，所以就要來改編。有的人不同意他的理解和不滿，就要來批評他。說「名著不能改編」這本身就是批評的一種。其實，中國小說史上的許多名著，就是改編出來的。不讓改編就是不允許有新的理解和不滿。不要因為反對消極的改編就去否定一切改編。

《三國演義》：歷史的智慧

張國風　著

責任編輯　巫爾芙
裝幀設計　廖彥彬
排　　版　黎　浪
印　　務　林佳年

出版　開明書店
香港北角英皇道 499 號北角工業大廈一樓 B
電話：（852）2137 2338　傳真：（852）2713 8202
電子郵件：info@chunghwabook.com.hk
網址：http://www.chunghwabook.com.hk

發行　香港聯合書刊物流有限公司
香港新界荃灣德士古道 220-248 號
荃灣工業中心 16 樓
電話：（852）2150 2100　傳真：（852）2407 3062
電子郵件：info@suplogistics.com.hk

印刷　美雅印刷製本有限公司
香港觀塘榮業街 6 號海濱工業大廈 4 樓 A 室

版次　2021 年 11 月初版

規格　16 開（240mm×160mm）

ISBN　978-962-459-229-0

本書繁體字版經由商務印書館有限公司授權出版發行